KB079543

은주의

영화

공선옥 소설집

창비

차례

행사

작가

맛집 관광 홍보회사의 전화

작가 K는 그날, 마을 앞 가게에서 장을 봐 오던 중이었다. 6월이었고 더웠다. 가게는 집에서 걸어서 반시간 넘게 걸리는 곳에 있다. 차로는 오분이 채 안 걸릴 거리다. 달걀, 두부, 콩나물, 감자, 마늘, 소주, 삼겹살, 담배가 든 비닐봉지를 들고, 왠지 화가 나는 것 같기도 하고 뭔가 유유자적한 것 같기도 한 오묘한 기분을 느끼며 뜨거운 태양 아래를 걸어가고 있는데 휴대전화가 울렸다.

K는 지난여름의 교통사고로 차가 없다. K의 차가 빗길에 미끄러져 중앙선을 넘었고 마주 오던 차들이 연쇄 추돌했다. 안전벨트를 매고 있었고 빗길이라 차들이 워낙 천천히 달려서 사람은 크게 다

치지 않았으나 차는 망가졌다. 회복 불능의 차를 폐차하고 시 경계 너머에 있는 집으로 가야 했으나 K는 어떻게 해야 할지 알 수 없었다. 삼년 전 교외로 이사해서 사는 동안 K는 한번도 버스를 타본 적이 없었다. 근처 대도시인 광주를 오가는 버스의 종점이 마을 앞에 있다는 것은 알았지만 버스 시간과 노선을 몰랐다. 할 수 없이 그날은 택시를 타고 집으로 왔다가 다시 버스 종점으로 가 운행 시간과 노선을 알아보고 왔다. 차가 없어서 불편할 거라고 마을 사람들이 사뭇 걱정들을 했다. 그럴 때마다 K는 자신에게 교통사고가 얼마나 큰 트라우마로 남았는지를 말하고 아직은, 아니 어쩌면 다시는 운전을 할 수 없을 것 같다고 했다. 차 살 돈이 없다는 말이 더 사실에 가까울 것이지만, 그 말은 하고 싶지 않았다. 그러나 이렇게 더운 날, 더구나 짐까지 든 날은, 이것 자체가 언젠가는 또 트라우마로 남게 될 것 같았다. 인도 옆 찻길을 씽씽 달리는 차들 옆으로 무거운 짐을 들고, 최근에 부쩍 더 머리숱이 빠지고 있는 정수리를 따갑게 쏘는 태양 아래로 묵묵히 걸어가는 50대 후반, 초로의 남자 K의 발밑으로 배가 약간 튀어나온 그림자가 따라오고 있었다. 해가 있는 한 떨치려고 해도 떨쳐버릴 수 없는 그림자가 좀 우스워서 우뚝 걸음을 멈추었다. 그림자도 멈추었다. 휴대전화 벨은 그때 울렸다.

맛집 관광 홍보행사 대행업체에서 온 전화였다. 작가 K는 「대낮의 매운탕」이라는 단편소설을 쓴 적이 있었다. 그것도 아주 오래전 일이다. 그 소설이 실린 단편집은 겨우 삼천부쯤 팔리다 말았다. 소설 내용도 사실은 매운탕에 관한 것이라기보다 무거운 시대를 건너는 청춘의 초상을 그린 것인데도, 잊어버릴 만하면 그 소설 혹은 제목을 운위하는 사람들을 만났다. 그 작품이 소설집의 표제작이어서 그런지도 몰랐다. 사람들은 대체로 시대의 무거움이라든가, 그런 시대를 통과하는 청춘의 초상 같은 것은 쏙 빼고, 오직 매운탕에 관해서만 말하기를 좋아했다.

오늘은 왠지 대낮의 매운탕이 생각나는구먼. 거기에 낮술 한잔이면 세상 부러울 것 없지!

대낮에 매운탕집에 앉아 있는 남녀를 보면 왠지 불륜 같아.

천렵하고 나서 매운탕에 소주 마시고 한숨 자고 싶다.

그런 식이었다.

글을 써서 밥을 버는 사람이 되리라는 생각은커녕 뭘 해서 먹고 살 것인지 도무지 한번도 생각해보지 않았던 청춘 K는, 시골에서 홀아버지와 살면서 아버지에게 '벌러꿍' 소리를 듣는, 말하자면 오라는 데도 없고 갈 데도 없이 살아가는 청춘 H, 그리고 불안한 청춘이기는 마찬가지인 H의 애인과 함께 대낮에 낚시를 다니곤 했다. 「대낮의 매운탕」은 바로 그 시절의 이야기를 재료 삼아 쓴 단편소설이었다.

인터넷으로 알아보니까안 선생님께서 「대낮의 매운탕」이라는 작품도 쓰셨더라구요.

전화를 걸어온 남자는 강원도 말투를 썼다. 인터넷으로 알아보니까안, 하는 식으로 강원도 중에서 특히 춘천 쪽 말투에 특유의 고저장단이 있다는 것을 K는 경험으로 알고 있었다. K는 많은 곳을 떠돌며 살았다. 어떤 곳에서는 채 일년을 채우지 못하고 짐을 싼 적도 있었다. 굳이 역마살이라고 표현하기는 좀 거시기한 측면이 있는 떠돌기로, 그것은 그러니까 K의 취약한 경제 사정이 가장 큰 이유였다. 어차피 도시 중심에서는 살 수 없는 형편이고 그렇다고 생판 모르는 시골로 들어가 살 자신은 없고 만만한 게 그저 집세 싼 소도시여서 떠돌다보니 그렇게 되었는데, 그렇게 살았던 곳 중에는 춘천도 있었다. 고속도로가 생기고 경춘선이 전철로 바뀌고 하면서 집세가 올라 어쩔 수 없이 떠날 때까지 춘천에서 몇년을 살았다. 그러나 K가 떠돌며 산 것이 꼭 경제 사정 때문만이 아니라, 역마살이 껴서 그렇다는 것을 굳이 부정할 수는 없는 측면도 있었다. K가 초등학교에 입학할 무렵 친어머니가 세상을 떠나자 아버지는 떠돌이 일꾼으로 살았다. 아버지는 그가 제천에 살 때 단골로 드나들던, 상호가 '과부집'이고 실제로도 과부가 하는 음식점에 주소를 두고 일거리를 좇아 떠돌았는데, 그러니까 K가 떠돌며 살았던 것이 어쩌면 아버지의 내림일 수도 있는 것이었다. 하여간 지금 K는 남쪽으로 내려와 살고 있다. K의 친구 L은 이십여년 전 서울의 직장에서 모종의 모멸적인 사건을 겪고 직장을 때려치운 후 더플백 하나 메고 전라선을 탔다. 기차가 전라도 땅으로 접어들어 임실 지나고 남원 지나 곡성까지 지나자 기찻길 옆으로 나란히 흐르는 섬진강이 그렇게 보기 좋았다. 애초에 여수까지 가는 표를 끊었던 L은 섬진강물에 홀려 구례구역에 내려서 역전에서 국밥을 먹은 뒤 강가로 내려갔다. 강물로 세수를 하고 고개를 드는데, 서울에서 겪었던 온갖 감정, 분노, 모멸감, 배신감이나 허전함, 공허감, 자괴감 등등의 감정이 싹 가시고 기분이 말개지는 것을 느꼈다. L은 그렇게 구례에 정착했다. 그뒤 L은 구례 여자와 결혼하여 구례읍내에서 매운탕집을 하고 있다. 매운탕이라면, 구례의 L도 만만치 않다. 하여간 춘천 억양의 남자는 지금 전화를 받는 사람이 자신이 인터넷으로 알아본 문제의 소설을 쓴 작가가 맞는지 재차 확인한 뒤에,

그래서 말인데요, 저희가 이번에 전국 매운탕집 투어 특별행사를 기획하고 있거들랑요.

춘천 살 때 '거들랑요' 하는 소리를 들었는지 못 들었는지는 잘 기억나지 않는다. 어쩌면 이 남자는 춘천 사람이 아닌지도 모른다. 그렇든지 아니든지 남자의 말을 끝까지 듣고 대답해야 할 것 같아, 무엇보다 더위가 자심하여, 남자의 열정적인 말에 대꾸를 하지 못하고 있었더니,

선생니임? 듣고 계시지요? 바로 저희가 기획하는 매운탕 행사에 선생님을 특별 게스트로 초청하고 싶어서 이렇게 전화를 드렸습니다.

더위 속에서 남자의 말을 계속 듣고 있는 것이 고통스러워 자세한 내용은 이메일로 보내라고 하고는 전화를 끊었다. 자세한 내용에는 출연료가 얼마인지도 포함되어야 한다는 것을 그 남자가 감지했기를 바랐지만, 그것은 이메일을 확인하기 전에는 알 수 없는 일이었다.

L과의 술자리

K가 춘천을 떠나야 하는데 어디로 가야 할지 모르겠다고 하자, L이 저 사는 구례로 오라고 했다. 그렇게 구례로 가서 한해를 살았다. L과 처음에는 자주, 나중에는 거의 매일 술을 마시며 노는 생활이 고착되었다. 어느날, 두 사람이 동시에 자각했다. 자신들은 붙어 살아서는 안 된다는 것을. K는 L과 그리 멀지 않으면서 광주에서 가까운 담양에 거처를 마련했다. 이제 L은 처음에는 자주, 나중에는 뜸하게 K를 방문했다. L은 연락을 미리 하지 않고 근방에 다 와서 하는 버릇이 있다. 만나면 당연히 술을 마셨다. 어느날 화장실 변기에 앉아 신문을 보다가 졸고 있는데 석달 만에 전화를 걸어온 L이 개울을 건너오라고 했다. '송어횟집'은 개울가의 정자나무 맞은편에 있다. L은 이미 송어횟집에 있는 모양이었다.

요새 뭐 먹고 사냐?

「대낮의 매운탕」으로 먹고살고 있다는 말을 할까 하다가,

그냥 뭐.

K가 그냥 뭐,라고 하는 말을 L은 '소설은 쓰지 못하고 잡문만 쓰면서 살고 있다'고 이해할 것이었다. 그러나 그 속에는 이제 '행사 뛰어서 살고 있다'는 말도 포함되어 있다.

옛날에, 그러니까 이십년 전쯤에 L은 잡문만 써대는 K에게, 우선 먹기는 곶감이 달다고 자꾸 잡문만 쓰다보면 시간 금방 간다는 말을 한 적이 있었다. 그러나 이제 L은 그런 충고도 하지 않는다.

대신, 그래 잡문이라도 써라, 뭐라도 써라,라는 말을 하고 싶을지도 모른다. 그런데 L이,

요새 세상이 문화가 대세인 모양이야. 인문학이니 뭐니. 얼마 전에는 찾아가는 인문학이라고 해가지고 매운탕집 하는 나한테까지 강연 요청이 오더라.

말하자면 정 살기 어려우면 자존심 세우지 말고 행사라도 뛰라는 말이다.

그러잖아도 그러고 있다는 말은 차마 못하고, 술을 먹으면 늘 나오는 밑도 끝도 없는 말버릇으로,

우리가 대낮에 송어횟집에 앉아 있구나, 송어횟집에.

니가 쓴 소설 중에 송어횟집 나오는 거 있지 않아?

있지. 소설에 나오는 그 집은 강원도 인제 산골짜기에 있었는데 산사태 나가지고 횟집에 흙, 나뭇등걸이 가득 찼지. 그 집에서 일하던 주방장은 행방불명되고.

산사태는 여름에 났는데 가을이 다 가도록 주방장을 끝내 찾지 못했다. 주방장의 아내는 그해 가을 내내 산골짜기 폐허를 떠나지 못했다. 주방장의 아내가 그 속에서 가을을 보내는 동안, 지난여름의 재난을 잊은 단풍놀이 관광객들이 탄 차가 그녀 옆을 스쳐 지나갔다고, 그 무서운 무심함을 내가 어찌해야 할지 몰라서, 쓰는 일밖에는 할 수 있는 것이 없었다는 말은 생략했다.

옛날 같으면 무슨 말에나 인생을 갖다붙이는 버릇이 있는 L이 무심함이 인생의 본질 운운했을 터이지만, 이제 K나 L이나 인생의

본질을 따지고 들기에는 쑥스러운 나이이니 그저 싱거운 술이나 홀짝거리다가, 길어지는 침묵도 쑥스러운 것은 매한가지라서,

물고기 나오는 글 중에 송어횟집 있고 또 대낮의 매운탕 있고…… 그뿐이야?

대답 대신 피식 웃었다. 실은 만나도 둘이 실없이 웃는 것밖에는 할 일이 없었다. 그런데 문득 L이,

걔가 담양 애 아니었나?

담양 애라고 해서 아직 어린 사람을 말하나 싶었는데,

고영태 말야, 최근에 국정농단사건에 나왔던.

고영태 고향은 담양 대덕이라고 했다. 「대낮의 매운탕」의 H도 고향이 대덕이었다는 것을 L에게 말할까 하다가 그만두었다.

회 다음에 매운탕, 매운탕 다음에 회

L이 가고 나서 며칠 동안 꿈에 H가 나타났다. 최근에는 이상하게 꿈도 연재 식으로 꾸는 날이 가끔 있었다. 어젯밤 꿈의 끄트머리가 오늘밤 꿈의 첫머리가 되고 오늘밤 꿈이 또 그다음 날 이어지는 식이다. 지난여름에는 이혼한 뒤 아이를 데리고 스페인으로 이민을 가버린 아내가 사흘 연속 나타난 적도 있었다. 아이는 아직 어렸고 아내는 양지바른 마당에서 고사리인지 취나물인지를 말리고 있었다. 아내와 함께 살 때 마당 있는 집에서 살아본 적이 없는

데도 그랬다. 꿈을 깨고 생각해보니, 그 마당은 아버지를 따라 떠돌며 살던 시절의 여인숙 마당인 것도 같았다. 그런 날 아침이면 평소에 마시는 우유 섞은 커피가 아니라 아무것도 가미하지 않은 독한 커피를 많이 마시게 된다. 계절이 바뀐 이번에는 H다. H가 그끄제 밤에 오기 시작해서 그저께 밤을 건너뛴 뒤 어젯밤에 또 왔다. H와 H의 애인과 어디인지 바람 많이 부는 벌판을 마구 헤매고 다녔다. 황사바람이었는지 흙 알갱이 때문에 눈을 뜰 수가 없었다. 그대로 눈을 감고 바람 속을 헤쳐 가는데 H와 H의 애인이 바람 속으로 가뭇없이 멀어졌고 간절한 안타까움 때문에 울음이 삐져나올 것 같은 기분을 안고 눈을 떴다. 어쩌면 전화 벨소리 때문에 잠이 깼는지도 모르겠지만.

선생님, 지난번 행사 반응이 너무 좋아서 다음달 저희가 기획하고 있는 맛집 투어 행사에 선생님을 다시 한번 모시고 싶어 전화드렸습니다.

맛집 관광 홍보행사 대행업체의 춘천 남자다. 세상에 그런 회사가 있다는 사실을 거기서 전화를 받고서야 알았다. 그러니까 이런 것이다. 어느 때부턴가 텔레비전에서는 음식에 관한 프로그램이 넘쳐났다. 대개 나이 든 여성이 주부들이 주 시청층인 프로에 나와서 음식 만드는 것을 보여주던 시대에서, 이제 젊고 잘생긴 남성 셰프들이나 연예인들까지 요리쇼를 보여주는 시대가 되었다. 그런 시대라서 식도락가뿐 아니라 전국의 맛집 탐방만을 목적으로 하는 보통 사람들의 관광수요가 생겼고, 당연히 그런 사람들을 모집해서 전국 맛집 기행을 시켜주는 회사가 생겨난 것이다. 「대낮의 매운탕」 작가는 매운탕집 순례객들 앞에서 '매운탕 전문 작가'로 소개되었다. 다행히 매운탕 순례객 중에는 「대낮의 매운탕」을 읽어본 사람은 없었던 모양으로, 왜 매운탕 전문 작가인지를 따지는 사람은 없었다. 맛집 관광 홍보 대행업체에서 단기 비정규직으로 일한다는 춘천 남자는 이번에 순례할 곳은 횟집이라고 말했다.

회 다음에 매운탕 따라오잖아요. 이번에는 순서가 좀 바뀌긴 했지만 뭐, 행사니깐 감안하시구요. 하여간 이번 행사는 매운탕보다 회에다 방점을 찍어야 하는 행사입니다. 인터넷으로 찾아보니깐 송어회에 관련된 글을 쓰신 적도 있으셔서 이번에도 이렇게 모시게 되었습니다. 송어도 쓰셨으니, 가을 전어도 좀 아시겠지요? 하여간 잘 부탁드립니다.

부탁을 받았으니, 지난번 매운탕 행사에 응했을 때 그랬던 것처럼 공부를 미리 해둬야 할 것 같았다. 그래도 춘천 남자처럼 인터넷을 뒤지고 싶지는 않았다.

전어와 관련된 책을 구하기 위해 광주 시내로 가는 버스 종점으로 갔다. 전어 횟집 순례객들 앞에서 매운탕 전문 작가는 '회 전문 작가'로 변신해야 할 것이다. 순례객들 중에서는 인터넷으로 전어회 정보를 알아본 사람도 있을 것이다. '회 전문 작가'가 그들과 같은 양의, 같은 깊이의 정보만을 나열할 수는 없는 노릇이다. 명색이 '전문 작가'가 아니냔 말이다! 광주로 가는 버스 출발 시간은 아직 한시간이나 남았다. 버스 타는 것이 익숙지 않아 시간을 체크하지 않고 나온 게 불찰이었다. 정류장에 서서 담배를 막 입에 무는데, 초록색의 미니 버스가 K 앞에 멈췄다. 군내에서만 운행하는 버스였다.

타쇼.

운전수가 무조건 타라고 했다. 타라고 해서 그냥 탔다. 그러니까 광주로 가는 버스 종점은 담양 읍내로 가는 버스 정류장이기도 하다는 것을 처음 알게 됐다. 내가 광주로 가는 사람인지 담양으로 가는 사람인지를 어떻게 알고 타라고 했느냐고 물으려다 그만두었다. 십분도 안 걸려 도착한 읍내는 흥청거렸다. 장날이었다. 장 구경을 하다가 마침 전어 횟집을 발견했다.

대낮이었다. 혼자서 전어회를 시키는 남자가 수상해 보였는지, 아니면 장난기가 발동했는지 서빙하는 할머니가 말을 걸었다.

혼자 묵으면 짜고 낭게 나한테도 한입 줘봐.

'짜고 낭게'가 뭔지를 물으려다가, 아마 배가 터진다는 뜻이라는 걸 짐작만 하고는, 아무 맥락 없이 물었다.

할머니, 벌러꿍이 뭡니까?

오란 데도 없고 갈 데도 없어 요라고 혼자 앉았는 거여?

제대로 된 답인지, 동문서답인지는 알 수 없다. 제 아버지로부터 벌러꿍 소리를 듣던 H는 오란 데는 없으나 갈 곳은 많았다. 그때 그 시절에. 대덕 골짜기가 다 H가 갈 데였다. 그리고 청량리도.

K와 H는 대학 같은 과 신입생이었다. K가 초등학교 3학년 무렵에 잠깐 H의 고향 마을에 새마을 창고를 짓던 아버지를 따라 거기

산 적이 있었다. 신입생 환영모임에서 대화를 트고 서로의 인연을 확인하면서 친해졌다. 대학에 들어오고 두달 동안 고향에 가지 못해서 아버지가 보고 싶다며 5월에 H가 고향에 다녀오겠다고 했다. 그러고 나서 H는 다시 돌아오지 않았다. 광주 상무대 영창에 있었다고 했다. 그해 봄 내내. 5월에 고향에 간 H를 그해 12월 청량리정신병원 앞에서 만났다.

내일 새벽에 내가 청량리로 갈 테니 청량리정신병원 앞으로 와라.

필체가 분명 H였다. 입대하기 전 몇달을 H의 고향집에서 보냈다. 한달에 한번 광주로 가서 서울 용산으로 가는 기차를 밤새 타고 그다음 날 새벽에 청량리정신병원을 방문하는 H와, 담양 대덕에서 태어나 담양 대덕을 한번도 떠나보지 않았다는, 웃으면 눈이 초승달같이 되는 H의 애인과 무등산 언저리, 담양 대덕 골짜기를 쏘다녔다. 벌건 대낮에 젊디젊은 것들이…… 쯔쯔쯔, 소리를 들어가며.

함께 고기를 잡아서 대낮에 매운탕을 끓여 먹었던 그 저수지에 H가 몸을 던졌다는 소식을 들은 때는 K가 훈련병 생활을 마치고 자대배치를 받은 지 일주일쯤 되었을 때였다. H의 대덕 애인으로부터 온 까마득한, 가냘픈 전화음이 가까스로 기억난다.

K는 부지런히 전어회를 씹는다. 부지런히도 씹어보고 천천히도 씹어본다. 이리저리 살펴도 본다. 이번에 뛰는 횟집 탐방 행사는 지

난번 매운탕 때보다 잘하고 싶다,는 생각도 씹는다. 이제 곧 매운탕이 나올 것이라고 생각했다. 그런데 전어회는 매운탕이 안 나온다는 것을 회를 먹고 나서야 알았다. 매운탕은 포기하고 횟집을 나와 대덕으로 가는 버스를 탔다. 술기운 때문인지, H가 어디에 있는지 잘 생각나지 않았다. 대덕에서 태어나서 대덕을 한번도 떠나지 않고 살았다던 H의 애인이 지금도 그곳에 살고 있다면 H가 어디 있는지를 알 수 있을지도 모른다. H 있는 자리에 부어줄 소주는 전어 횟집에서 K가 먹다 남긴 것이다. 벌건 대낮에 H와 소주를 나눠 마실 생각을 하니, 기분이 좀 좋아지는 것 같기도 했다. 열어둔 차창 안으로 가을바람이 삽상하게 불어왔다. 행사작가 K는 가을 미풍에 깜빡 잠이 들었다. 잠깐 든 선잠 속에서 회 다음에 매운탕…… 매운탕 다음에 회……가 곡선을 그렸다. 바람도 그렇게 곡선을 그리며 불어왔다.

순수한

사람

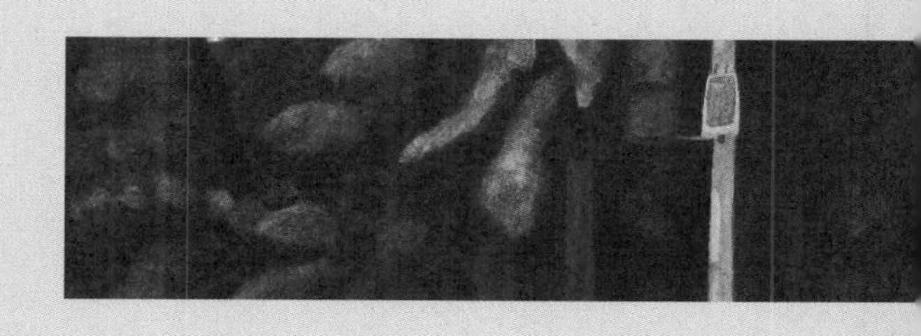

텔레비전을 쳐다보던 아이가 대뜸 내뱉었다.

"저 사람 진짜 우리 아빠 같다."

부동산 투기에 위장 전입에 탈세에 논문 표절까지 했다는 사람이 청문회장에서 죄송합니다, 저의 불찰입니다, 하나마나 한 소리만 읊조리다가 결국 장관에 임명되는 모습을 보고서 한 말이었다. 그러니까 아이에게는 이 세상 모든 '나쁜 사람'은 다 '아빠 같은 사람'이었고, 그 나쁜 사람 중의 하나인 아빠를 자신이 응징할 수 있는 유일한 방법은 '양육비 청구 소송'을 하는 것이었다.

"정말 나빠. 그러니까 소송해야 해. 아빠같이 자기 맘대로인 사람은 법으로 대해야 해."

아이는 일부러 그러는지, 아니면 저절로 그래지는지 하여간 이를 득득 갈았다. 이제 겨우 열다섯살짜리가 '돈' 부분에 잔뜩 힘을 주면서 이를 가는 모습은 일견 인생을 다 산 노인 같아 보이기도 했다. 노인 같은 아이를 바라보는 것이 불편해 내가 저를 외면하면서, 그깟 돈……이라고 뇌는 것을 아이가 알아채고는,

"엄마아!"

소리 질렀다.

"내가 왜 담탱한테 민수보다 더 맞은 줄 알아? 돈 때문이야!"

아이는 담임 선생을 '담탱'이라고 한다. 저와 민수가 교실에서 싸웠는데 담임이 민수보다 저를 더 야단치고 저에게만 매를 든 이유가 민수네보다 우리가 더 가난해서라고 아이는 믿고 있었다. 민수가 가난한 집 아이들만 골라서 '깐죽'대는 것을 참다 못해 먼저 주먹을 날린 건 자기지만, 싸움의 진짜 원인은 민수가 제공했다는 제 주장을 담임이 믿어주지 않는 것도 결국 돈 때문이라는 것이다. 어쨌든 아이는 아빠에게서 돈만 받아내면 자신이 적어도 돈 없는 집 아이라는 이유만으로 매 맞을 일은 없어질 거라고 생각하는 것일까. 나는 아이가 흥분해서 하는 말을 듣고 있자면 화가 난다기보다 서러워졌다. 내가 저를 외면하는 것이 사실은 서러워서, 그래서 눈에 눈물이 맺히는 것을 저한테 보이기 싫어서라는 것을 아이는 최근에야 눈치챈 것 같았다. 소리 질러놓고는 아이가 내 뒤로 조용히 다가와 내 어깨를 붙잡았다.

"엄마아, 엄마가 울면 나는 화나니까 울지 마. 엄마가 울기만 하고 소송 안 하면 나는 이제 엄마도 미워해버릴 거야. 그러니까 해,

알았지?"

목소리는 부드러운데, 내용은 독했다. 그렇게 해서 하게 된 게, 아이 아빠를 상대로 한 '양육비 청구 소송'이었다. 나는 아이 아빠의 돈을 '그깟 돈'이라고 표현했다. 아이 주장대로 아이 아빠한테 돈을 달라고 요구하는 과정에서 오가게 될 불쾌한 장면들을 떠올리는 것만으로도 머리가 아프고 절로 숨이 가빠졌다. '그깟 돈'을 받아내기 위해 내가 견뎌야 할 '정신적 수고'는 그러나 이 세상의 모든 행복과 불행이 돈에서 판가름난다고 생각하는 아이의 '현실적 고통'에 비교할 수는 없을 터였다. 나 혼자 힘으로는 소송이라는 것을 도대체 어떻게 해야 할지 엄두가 나지 않아 돈이 들 걸 뻔히 알면서도 변호사 사무실을 찾아가려는데, 같이 안 가도 된다는데도 굳이 따라나선 아이는 아빠가 돈을 주면 자기 밑으로 들어가는 돈 때문에 엄마가 고생하는 일도 더 줄어들 것이라며 어디 소풍이라도 가는 듯이 어깨를 들썩거렸다. 그럴 때의 아이는 이제 노인이 아니라 소년가장 같았다.

법원 근방에 가면 변호사 사무실이 많다는 정보야 알았지만 막상 어느 변호사 사무실로 찾아가야 할지 막막하여 건물 외벽에 붙은 간판부터 살폈다. 이제창, 김만호, 박수열, 한원장, 김숙희. 둘러본 이름 중에 유일하게 여자 이름으로 보이는 김숙희로 정했다. 혹시 아이 키우는 엄마라면 내 입장을 더 잘 이해해줄 수 있을 것이라는 기대 그대로 변호사 김숙희는 아이 엄마였고 그래서인지 아이에게서 말을 끌어내는 노련한 데가 있었다.

"지금 중학교 2학년이면 이제 앞으로 영호한테 돈이 많이 들어가겠구나."

"예."

"돈이 사람을 훌륭하게 성장시키는 전제조건 중의 전부는 아니지만, 그래도 아주 중요한 부분이기도 하지."

"네."

왠지 두 사람의 차분한 대화가 '쿵짝'이 잘 맞았다.

"그래, 영호의 마음은 나도 이해할 수 있을 것 같다. 영호는 앞으로 뭐가 되고 싶지?"

"음, 변호사요."

나는 영호에게서 변호사가 되고 싶다는 말을 들은 기억이 없었다. 하긴, 꿈은 순간적으로 생각나기도 하고 또 중학교 2학년 나이인 만큼 수시로 변하기도 할 때니까, 하고서 나는 변호사와 아이의 대화를 그저 가만히 듣고 있을 수밖에 없었다. 내가 무슨 말인가를 하려고 하자 변호사가 바로 제지했기 때문이다.

"정말? 와아, 영호가 변호사가 되고 싶구나. 그래. 영호가 변호사 꿈을 이루기 위해서라도 아빠의 경제적 도움이 절실하겠다, 그치?"

"당연하죠."

아이는 숫제 신이 났다. 왠지 모를 저항감이 솔솔 피어났으나, 아이의 한층 밝아진 모습에 뭐라고 말을 하기가 애매했다. 어쨌든 김숙희 변호사에게 '양육비 청구 소송'에 대한 사무를 의뢰한 것은 전적으로 아이 때문이었다. 아이가, 왠지 변호사 아줌마가 첫인상부터 좋더니 이야기하는 게 엄마와는 차원이 다르다고 꼭 그 아줌마로 하자고 우기는데다, 같은 여자이고 같은 아이 엄마인 만큼 통상의 수임료보다 훨씬 저렴한 가격으로 변호를 맡아준다니, 나는 그저 그런가보다, 수임료를 주면서 고마워할밖에 다른 도리가 없었다. 수임료를 주느라, 나는 지난달 받은 퇴직금의 절반을 털었다.

해고 통지는 휴대전화 문자로 날아왔다. 휴대전화 부품회사였는데 내가 만든 부품이 들어간 휴대전화로 날아온 해고 통지를 바라보며 나는 슬프다거나 망연해진다거나 충격을 받거나 그래야 할 것인데도 민망하고 무안한 기분이 먼저 들었다. 그래서 해고 통지 문자가 찍힌 휴대전화를 들고 있는 것 자체가 곤혹스러워 혼자서 발을 동동 굴렀다. 언제는 한식구처럼 일하자 해놓고, 전날 퇴근할 때까지도 아무 내색 없다가 아침에 출근하려는 시간에 맞추어 '오늘부로 오명희 씨는 출근하지 않으셔도 됩니다. 그동안 수고하셨습니다'라는 짧은 문자를 보내다니. 순간 나를 잠깐 휴가 보내고 싶어서 보낸 문자인가 싶어 회사로 전화를 걸었더니, 말 그대로 그만 나와도 된다고, 말하자면 해고 통지라고 확인해주는 목소리에서 민망함과 무안함을 넘어 어떤 이질감을 구체적으로 느꼈다. 그것은 그러니까, 내게는 익숙하지 않은 세계였다. 휴대전화로 해고 통지를 보내놓고 그것을 미심쩍어하는 사람에게 그것은 해고 통지가 맞다고 확인해주는 사람들의 세계는 어떤 세계일까,를 잠시 생각했다. 그러나 그 세계는 내 상상력으로는 도저히 닿을 수 없는,

아득한 세계였다. 아이가 속한 세계 또한 마찬가지였다. 아이는 돈에 굉장히 민감했다. 아이가 그럴 때마다 나는 내가 아이만 했던 때를 생각했다. 그 무렵 내게 이 세상에서 가장 중요한 것이 무엇이었을까. 적어도 돈은 아니었던 것이 분명하다. 아이보다 어린 시절에는 사금파리가 가장 중요한 물품이었다. 유릿조각, 오지그릇 깨진 것들이 왜 그렇게 소중했던 것인지, 나는 그 이유를 지금은 기억하지 못한다. 어쨌든 소중하니까 소중했을 것이다. 그리고 그 다음 소중했던 물품은 '시루핀'이라는 것이었다. 검은 실핀을 시루핀이라고 불렀다. 까맣게 윤나는 시루핀을 옷핀에 끼워서 앞섶에 주렁주렁 매달고 다니는 아이들을 나는 가장 부러워했었다. 어느 날, 아이가 눈에 보이는 사물들을 가리켜 얼마짜리냐고 물었을 때, 어떤 행위를 가리켜 얼마 받느냐고 물었을 때, 나는 어린것이 별걸 다 궁금해한다고 면박을 줬다. 면박을 주는 것으로 마음에 이는 민망함을 무마시켰다. 아이의 입에서 처음 돈 얘기가 나왔을 때, 그때 나는 이미 알아챘어야 했는지도 모른다. 내가 살고 있는 이 세계에 새로운 물건이 나오고 그 물건이 무엇에 쓰는 물건인지를 내가 겨우 알았을 때는 이미 그 새로운 물건은 더이상 새로운 것이 아니게 되는 것을 빈번히 경험하는 사람들에게 이 세계는 언제나 낯선 세계일 수밖에 없음을. 휴대전화만 해도 그렇다. 남들이 휴대전화를 들고 다니기 시작했을 때 내게는 소용에 닿지 않는 물건이라 관심을 두지 않고 살다가, 어느 순간부터 입사원서에도, 은행에서 통장을 만들 때도 휴대전화 번호를 써넣어야 하는 칸이 생기고 나서 내게도 휴대전화가 필요한 세상이 도래했음을 알아채고 화들짝 놀랐다. 이제 휴대전화로 못하는 게 없는 세상이 왔다는데 내가 그걸로 인터넷을 해야만 생존이 가능한 단계는 아니므로 나는 아직 휴대전화로 인터넷을 하며 사는 사람들의 세계가 궁금하지 않다. 그러나 아이는 달랐다. 아이는 다른 아이들이 가진 이른바 '스마트폰'이란 것을 갖지 못해 부쩍 불행해하며 살고 있었다. 제 친구들하고 열심히 '문자질'을 하기에 그렇게 하고 싶은 말이 많으면 직접 만나서 하면 되지 않느냐고 했더니 아이가, 얼굴 맞댔을 땐 하기 힘든 말도 문자로는 편하게 할 수 있다고 했다. 그러면 '휴대전화로 온 해고 통지' 문자도 얼굴을 맞대고 하면 서로가 힘들 것을 염려한 '세심한 배려'의 결과일까. 아무려나, 휴대전화 문자로 온 해고 통지를 내가 무안한 마음 없이 받아들이기까지는 또 얼마나 많은 시간이 걸릴지 알 수 없는 일이었다. 무안해하든 덤덤해하든 내가 해고된 것은 사실이었고 나는 이제 새로운 생계 대책이 절실한 상황이 되었다. 아이 아빠에게 '양육비 청구 소송'을 제기했던 것은 어쩌면, 아이의 채근도 채근이지만 절박해진 생계 문제 때문이기도 했을 것이다.

재판은 예상보다 빨리 열렸다. 아이는 '법'이 저를 보호해주리라 여겼는지 굳이 학교도 빼먹고 법정까지 따라나섰다. 아이 아빠는 법정 로비에서 아이를 발견하자마자 소리부터 질렀다. 아비를 한번도 찾지 않다가 돈 달라고, 그것도 법정에서 애 얼굴을 봐야 하는 아비 된 자의 참담한 심정을 당신들이 아느냐고, 소리 지르지 말라고 제지하는 사람들에게 또 소리를 질렀다. 자신의 바로 그러한 행동이 아이로 하여금 아빠를 멀리하게 하는 요인이라는 것을, 그러나 아이 아빠는 인정하려 들지 않았다.

"세상에 어느 애비가 자식한테 돈을 주고 싶지 않겠습니까. 그러나 아비는 자식한테 돈만 주는 기계가 아닙니다."

흥분한 아이 아빠가 판사 앞에서 소리 지르자, 판사가 법원경위를 불러 아이 아빠를 퇴정시키라고 지시했다.

"우리 애기 아빠가 원래는 안 그래요. 그런데 오죽하면 저러겠습니까. 아이를 너무 보고 싶어했는데 법정에서 보게 되니, 그 쏙이 쏙이겠습니까. 우리 시댁 사람들이 얼마나 점잖은 사람들인지 아십니까? 그리 점잖은 사람이 저리 소리 질러쌓는 데는 그만한 이유가 있다는 거 아닙니까. 아버지가 멀쩡히 살아 있는데, 찾아오지도 않다가 느닷없이 돈 달라고 법정으로 불러들이는 이런 몰상식한 경우가 어데 있답니까, 판사님."

아이 아빠의 아내가 아이 아빠를 변호했다. 판사가 아이 아빠 대신 그녀에게, 아이 아빠가 법원에서 가사조사를 받고 아이와 함께하는 캠프 프로그램을 이수해야 한다고 명령하는 것으로 첫번째 재판은 별 '소득 없이' 허무하게 끝났다.

재판이 끝나고 돌아오는 길에 변호사의 차를 얻어 탔다. 변호사가 아이에게 물었다.

"왜 아빠를 안 보려고 해?"

"아빠가 소리 지르니까요."

"아무리 아빠가 소릴 질러도 아빠는 아빠야."

"그래도 싫어요."

나는 아이가 조금만 더 생각해서 말하기를 바랐다. 싫어요,라고 말하기보다, 나는 아빠가 싫지는 않지만 소리부터 지르는 아빠가 힘들어요,라고 말하는 게 더 정확하다는 것을 아이가 알게 되기를. 그러나 이제 아이는 정말로 아빠가 싫은지도 몰랐다. 변호사가 살펴보라고 건네준 소송서류 속에 아이 아빠가 제출한 '양육비를 지급하지 않는 이유' 부분을 읽어본 아이가, "나는 이제부터 아빠를 아빠라고 생각하지도 않을 거야"라고 말했던 것이다. 거기에 아이가 자신을 만나려 하지 않기 때문에 돈을 주지 않는 것이라는 비난의 말이 반복해서 쓰여 있었기 때문이다.

"아무리 싫어도 없는 것보단 낫단다."

"돈 주면 그렇겠죠."

변호사의 표정이 싸늘해졌다.

"제가 영호 있는 데서 이런 말씀 드려서 안됐기는 하지만, 영호 엄마, 아이한테 왜 이런 교육을 시키신 거예요? 두 사람이야 서로가 맞지 않아 헤어지셨겠지만 그래도 아이가 있잖아요. 아무리 부정하고 싶으셔도 돈하고는 상관없이 아이한테 아빠는 아빠잖아요, 그죠? 저도 변호사이긴 하지만 아이 키우는 입장에서 보자면 아이한테 너무 아빠에 대한 부정적인 생각을 키워주신 게 아닌가, 좀 염려가 되네요. 영호야, 명절 때만이라도 꼭 아빠한테 가봐. 가기 싫으면 연락이라도 드리고. 아빠가 아무리 네 맘에 안 들더라도 너는 네 할 도리를 해야 떳떳한 사람이 되는 거야, 알았지?"

집에 가는 버스가 서는 정류장 앞에서 내렸다. 변호사가 차창을 열고 가까이 오라고 손짓했다.

"영호 엄마, 담에는 아이를 법정에 데리고 오지 마세요. 뭐 좋은 일 있다고 이런 데를 데려오세요? 모든 결정은 결국 영호 엄마가 하셔야 해요. 아이한테 너무 끌려다니지 마시구요, 알았죠?"

내가 미처 대답하기도 전에 변호사는 떠났다. 버스는 그날따라 유독 오지 않았다.

"아이, 이것이 뭔 일인지 모르겠다. 동석이가 맥없이 쓰러져부렀다."

친정엄마한테서 전화가 온 건 새벽이었다. 엄마는 어쩌면 큰오빠, 작은오빠, 큰언니, 작은언니네 집에 모두 전화를 돌렸는데, 그들의 덤덤한 반응에 꾸역꾸역 나오는 서러운 울음을 겨우겨우 틀어막으며, 그래도 아직 전화를 걸 사람이 남아 있다는 사실을 스스로 위안 삼으며 내게 전화했을 것이다. 예전에 아버지가 돌아가셨을 때도 엄마가 울면서 전화를 해왔던 것이 기억났다. 그때도 엄마는 "느그 아부지가 맥없이 쓰러져부렀다"고 했었다. 큰오빠, 작은오빠, 큰언니, 작은언니는 아버지가 맥없이, 말하자면 이유 없이 쓰러진 것이 아니라, 평생 동안 장복한 술 때문임을 알고 있어서 그랬는지는 몰라도, 아버지가 쓰러졌다는 엄마의 다급한 전화를 받고서는 오히려 안도했다는 것을 나는 나중에, 아버지 장례를 치르고서야 알았다. 쓰러진 동식이 걱정돼서라기보다, 아버지에 이어 어느 자식에게도 마음의 의지처를 갖지 못한 엄마를 향한 가여움 때문에 나는 서둘러 친정으로 출발했다. 자는 아이를 차마 깨울 수가 없어 그대로 두고 고속버스터미널로 갔다가 버스 안에서부터 아이를 깨우기 위해 수없이 집에 전화를 걸었다. 아이는 저를 깨우지 않으면 깨우지 않았다고 화를 내고 깨우면 깨운다고 화를 낸다. 깨우지 않으면 내 인생을 망칠 셈이냐고 화를 내고 깨우면 잠 좀 자자고 화를 낸다. 아이가 화를 낼 때마다 나는 민망하고 무안해진다. 아이는 끝내 전화를 받지 않았다. 전화를 받지 않는 아이 때문에 불안한 마음을 안고 막상 내가 친정에 도착했을 때, '맥없이 쓰러졌다'는 동식이는 멀쩡하게 마당에서 연기를 피우고 있었다. 묻지도 않았는데 엄마가,

"그것이 그렇게, 야가 맥없이 쓰러져 있다가 갑자기 깨나더니, 저렇게 물고기를 꿉고 있다."

"그럼 어떡해, 고기라도 꾸어 묵고 기운 차려서 그년 잡으러 가야제."

동식은 소를 팔아서 만든 비용을 들여 '절대 도망가지 않는다'는 베트남 여자와 결혼했다. 그리고 그 여자는 결국 지난 설 명절 어름에 '도망'을 갔다.

"그년이 소 한마리 값이여. 아니 소 한마리가 뭐여. 왔다 갔다 차비에."

"차가 아니라 비행기제."

"응, 그려, 비양기, 비양기 값에, 또 뭐여…… 하여튼지, 잡기는 잡아와야제, 안 그러먼……"

안 그러면 소 값만 날리게 생긴 것이 아깝다는 것이리라. 엄마가 과도하게 분개하는 것이 소 값이 아까운 것도 아까운 것이지만 동식의 비위를 맞추기 위해서라는 것을 나는 금방 눈치챘다. 그렇게 비위를 맞춰주지 않으면 동식이 제 마누라 집 나가서 생긴 분노를 엄마한테 풀 것이 두려워 그러는가, 하고서 왠지 불안한 마음에 집 안을 둘러보니 과연, 마당 한 귀퉁이에 널브러진 비닐봉지 속에서 깨진 술병들이 삐져나온 것이 보였다. 그러니까 저 깨진 술병이 베트남 여자를 도망가게 한 것인지도 몰랐다.

정말 제 아내를 찾으러 가는 것인지는 알 수 없으나 동식은 마당에서 물고기를 구워서 소주 몇병을 비운 뒤에 가방을 챙겨 메고 집을 나섰다. 어디로 갈 거냐고, 차비는 있느냐고 묻고 싶었지만, 엄마가 나를 향해 눈을 껌벅껌벅하는 것이 아무것도 묻지 말라는 신호임을 알아채고 그저 뒤따라 나가서 동식의 뒤꼭지를 망연히 바라봐주는 수밖에는 달리 할 수 있는 게 없었다. 동식이 집을 나서자마자 엄마는 휴이히히히, 하는 기괴한 한숨을 길게 내뱉었다. 나는 사실 동식이 없을 때를 기다려 엄마에게 돈 이야기를 하려고 했었다. 그러니까 새벽 첫차를 타고 친정에 온 것이 엄마가 가여워서이기도 했지만 사실은 그보다 돈 얘기를 해볼까, 하는 마음이 아주 없지는 않았었다. 나는 큰오빠와 작은오빠가 아버지가 남긴 논을 가져간 것을 알고 있었다. 큰언니, 작은언니가 결혼할 때 밭을 가져갔다는 것도. 동식은 제 몫이 논도 밭도 아닌 집인 것에 불만을 품고 쓰러져가는 슬레이트집에 불을 질렀다. 그 일로 동식의 첫번째 아내인 현주 엄마가 집에 불 지르는 남자와는 더 살 수 없다고 했다. 동식은 이혼을 거부하며 현주 엄마를 거의 날마다 두들겨 팼다고 했다. 결국 현주 엄마네 친정 쪽 사람들이 이혼소송을 제기하려 하자 '폭력 남편' 오동식이 위자료를 요구하지 않으면 이혼해줄 수 있다 하여 겨우 이혼에 합의를 보았다. 동식의 이혼에 책임이 없다고 할 수는 없는 형제들이 돈을 모아 동식에게 새집을 지어줬는데, 집만 새것이면 뭐 하냐고 동식이 폭력을 휘두를 조짐을 보이자 그런 종류의 폭력을 아버지에게 당해본 엄마는 지레 겁을 먹고 소를 팔아 동식에게 새장가 갈 자금을 쥐여줄 수밖에 없었다.

"내가 소는 기어코 너한테 줄라고 했단 말이다. 소 팔아 쓸데없는 짓을 해서 새 일을 만들었다, 내가."

그러니까 엄마는 내가 돈 얘기 할 것을 미리 알고서 지금 차단막을 치는 것이리라. 그럴 수밖에 없는 처지에 놓인 엄마가 나는 다시 한번 가여워졌다. 내 눈에서 눈물이 피잉 도는 것을 눈치챈 엄마가 얼른 돌아서 얼굴을 감추는 것은 당신 눈에도 눈물이 괴는 것을 내게 들키지 않으려는 몸짓임을 나는 안다. 엄마는 울음 섞인 목소리조차 들키지 않으려고 일부러 뭔가를 찾는 척하며,

"아이, 뒷밭에 가서 남새나 좀 뜯어갖고 가라."

엄마가 나에게 줄 것은 뒷밭의 채소들밖에 없는 모양이다. 나는

바구니를 끼고 뒷밭으로 가는 엄마를 따라갔다. 하고 싶은 말은 입 안에 그대로 담은 채.

뒷밭으로 가는 길 중간에 소나무 숲이 있다. 소나무 숲 아래로는 저수지가 있다. 저수지가 생기기 전부터 그곳에 정자가 세워졌는지는 알 수 없으나, 소나무 숲속에 서 있는 정자에서 저수지를 바라보고 있으면 잔잔한 물결이 금방이라도 가슴까지 차오를 것 같다. 산이 깊어서 저수지 물은 사시사철 더 불거나 더 줄어드는 기색 없이 언제나 적당한 양으로 출렁거렸다.

소나무 숲 정자에 낯선 사람들이 앉아 있다. 남자 둘과 여자 한 사람인데, 그중 여자가 인사를 해온다.

"안녕하세요?"

"예에, 안녕하시요오."

엄마가 아는 사람들이나 되는 것처럼 심상한 듯 각별하게 대꾸한다. 한참 뒷밭으로 가는 길을 오르다가 문득 걸음을 멈추고,

"저 사람들도 그 사람들인가?"

자신이 맞인사한 사람들에 대한 궁금증을 한참 뒤에야 토로한다. 어이가 없어 나는 좀 웃는다.

"아는 사람들이면 어쩌고 모르는 사람들이면 또 어쩐다냐잉."

알든 모르든 사람이 사람한테 인사하는 게 나쁠 일은 없을 것이다.

"며칠 전에 앞집 승택이가 왔다 갔다."

승택이는 내 동창이다.

"승택이가 델꼬 온 사람들이 소나무 숲에서 바라보는 저수지가 기가 막히다고 험서…… 저수지가에 땅 내놀 것 없냐고 묻고 다니드라."

나는 고개를 들어 소나무 숲과 저수지와 저수지 너머 들과 산과 마을과 골짜기를 둘러본다. 아름답다. 이곳의 아름다움이 승택에게는 돈이 될 수도 있을 것이다.

"요새는 여가 이뿌다고 외지 사람들이 공일날이면 아조 떼로 들이닥친다. 차를 동네 앞에다 대놓고 동네 고샅을 걸어서 산길을 걷고 이 근방 사방을 걸어댕기다가 간단다. 요새는 그렇게 걷기여행이 유행이람서야?"

아이한테서 문자가 왔다.

'엄마, 변호사 아줌마한테 전화해봐.'

혼자 일어나서 밥 먹고 학교 갔는지는 알려주지 않고 제 요구사항만 적은 문자가 나는 야속하다. 학교를 갔는지 안 갔는지는 모르지만, 어쨌든 아이가 오늘도 소송 문제를 생각하고 있는 것만은 분명하다. 빨리 또 재판이 열려야 아빠한테서 돈을 받아낼 수 있는 날도 가까워질 터인데, 재판은 한번 열리고 나서는 감감무소식이다. 아닌 게 아니라 변호사에게서 아무 연락이 없으니, 다음 재판은 언제 열리는지, 열리기나 하는 건지가 궁금했다. 사무장을 통해 전화를 받은 변호사는 그새 나를 잊기라도 했던 것일까.

"오명희 씨? 아아 양육비 소송하신 부운. 그러잖아도 내가 전화를 하려고 했어요. 뭐냐면 애기 아빠가 사무실로 카드를 보내왔더라구요. 일정한 한도 내에서 지불 용도로만 쓰는 카든데, 아이한테 이 카드를 주면 아이가 한도 내에서 쓸 수 있어요. 아이 아빠는 아이 생활을 잘 모르니, 아이가 어디다 돈을 쓰는지라도 알고 싶어서 그런다네요."

"……"

"오명희 씨, 영호 어머니, 왜 아무 말씀이 없으세요? 제 생각에는 이것도 나쁘진 않다고 생각되는데. 왜냐면, 돈으로 지급되는 방식은 아이 아빠가 맘이 달라져서 안 줘버리면 못 받을 수도 있지만 카드는 그렇지 않잖아요. 어때요, 받아들이시겠어요?"

아이 아빠가 카드를 해지해버리면 그만이라는 걸 변호사도 모르지 않을 것이다. 나는 뭐라고 답변을 해야 했으나 어떤 느낌, 말하자면 민망하고 무안한 느낌 때문에 달아오른 뒷덜미만 만지작거렸을 따름이다.

"대답 안 하시는 걸 보니, 싫으신가보네요? 알겠어요. 다음에 또 상의하십시다. 내가 좀 바빠서 일단 전화는 끊고 담에 또 연락드릴게요."

내가 변호사와 통화를 하는 동안 엄마는 상추, 열무, 오이, 호박, 호박잎, 가지 등속을 바구니 가득 채웠다.

"요 상추는 깨깟이 시쳐서 물기 탈탈 털어불고 보리밥에 된장 놓고 싸 묵으면 겁나게 꼬시다이. 열무는 꼬치허고 다마네기허고 항꾸네 갈아서 물 자박자박 잡고 담가노면 입맛 없을 때 션허니, 영판 개미지고 외는 그냥 묵어도 되고 너물 해묵어도 맛나다이. 호박도 살캉 익혀서 양념장으로 설설 비벼 묵어봐라. 호박잎은 어찌고 찌는지 알지야? 요러고 손바닥으로 비벼서 쪄야 보들보들 연해진다이. 까지는 살큼 익혀서 찬지름 치고 조선간장으로 조물조물 무쳐노면 고기반찬보다 낫드라. 테레비서 봉게 어떤 박사님이 나와갖고 말씀허시기를, 요 까지 한나만 잘 묵어도 여름나기는 문제가 없다고 허시드라."

엄마가 설명하지 않아도 나는 바구니 속 채소들의 요리법과 맛을 익히 알고 있다. 엄마도 내가 모른다고 생각해서 설명을 한 것은 아닐 것이다. 나는 엄마의 설명과 당부를 들으며 아이를 생각했다. 아이는 상추쌈보리밥을 먹으며 고소해하기보다는 고기쌈 못 먹어서 짜증을 낼 것이며 열무물김치에서 시원함을 느끼기보다 얼음빙수를 더 찾을 것이며 이 세상 반찬 중에는 오이나물, 호박나물도 있다는 것은 상상하지 못할 것이며 호박잎쌈의 보드라운 느낌이 어떤 것인지 알려고 하지 않을 것이고 가지나물은 간장보다 기름에 볶아주기를 더 원할 것이며…… 그러나 나는 채소의 요리법과 맛을 설명하며 아연 생기가 도는 엄마한테 차마 아이의 식성을 말할 수는 없었다.

"동식이가 전화를 안 받는다이. 너는 영호한테 전화했냐?"

영호도 전화 안 받는다는 소리를 할 수가 없어 나는 얼른 화장실로 들어가버렸다. 화장실인지 창고인지 알 수 없이 화장실 안 가득

잡동사니들이 쌓여 있는 것이 답답하여 대충 치우는 시늉이라도 하려는 참인데,

"계세요? 저기요오, 저 화장실 좀 쓸 수 있을까요?"

정자에서 엄마와 내게 인사했던 외지 여자 목소리다.

"그러씨요. 인자 촌도 측간이 안에 있응게 안으로 들어와서 일 보씨요."

"제가 막걸리를 좀 마셔가지고요. 남자들처럼 아무 데서나 일을 볼 수가 없어서……"

"막걸리 묵으면 소변이 자주 매렵제, 암만. 그리 들어가씨요. 아이, 사람 들어강게 일 다 봤으면 얼릉 나오니라."

내가 나옴과 동시에 여자가 화장실로 달려 들어가다가 그만 와그장창, 스테인리스 세숫대야 위로 엎어지고 말았다. 화장실 안에서 여자가 아파서 어쩔 줄 몰라 하는 소리가 들려온다.

"어디 안 다쳤소?"

"괜찮아요. 그래도 쫌 아파요."

"술을 묵으면 기운이 세져. 그렁게 더욱더 조심해야제 안 그러면 큰일 나."

"맞아요. 근데 할머니 저 이제 눌 거거든요. 그러니까 다른 쪽으로 좀 비켜주실래요? 할머니가 문 앞에서 제가 누는 소리 들으면 제가 잘 안 눠질 것 같아서요."

"크크크, 순수허네, 순수혀."

엄마 입에서 '순수'란 말이 나오는 것에 나는 조금 놀랐다. 내가

모르는 사이에 엄마도 변한 것일까. 엄마는 여자가 화장실에서 나오면 줄 요량인지 엄마도 아껴서 먹는 커피를 탄다. 엄마는 봄 내내 산을 헤매며 꺾은 고사리, 취나물을 팔아 번 돈으로 저 인스턴트 커피를 샀을 것이다. 커피가 몸에 좋지 않다고 조금만 마시라고 했더니,

"인이 백여서 인자 커피를 끊을 수가 없단 말이다."

하면서 엄마는 커피를 보약 마시듯이 마셨다.

"션허요? 자 요리 와서 커피 한잔 마시씨요."

귀한 손님 올 때 쓴다고 사놓고 한번도 쓰지 않던 꽃무늬 커피잔을 화장실에서 나온 여자에게 내민다.

"다방커피네요? 저 이 커피 두잔만 더 타주시면 안 돼요? 정자에 있는 사람들한테도 갖다주게요. 아, 이 김치 진짜 맛있겠네요. 한번 먹어봐도 돼요?"

점심 먹고 안 치운 밥상 위에 놓인 열무김치를 냉큼 집어먹는다.

"사실은요, 막걸리 먹는데 안주가 없어가지고요. 이 김치 조금만 얻어 가면 안 돼요? 아, 김치 먹으니깐 라면이 생각나네. 할머니, 혹시 집에 라면 남은 거 없어요? 라면 값은 제가 드릴 테니까요, 라면 있으면 좀 주세요. 이 근방에는 가게도 없죠?"

"가게가 없어. 그런디 어디서 오신 분들이요?"

"저희요? 바람도 쐴 겸 사진 찍으러 왔는데, 경치가 너무 좋아서 오늘 퍼질러버렸네요. 오랜만에 고향같이 아름답고 푸근한 곳에 오니까는 아무것도 안 하고 그냥 놀고 싶은 거 있죠. 할머니 같은

분들이 이렇게 커피도 주시고 김치도 주시고, 라면도 주실 거죠? 근데, 며느님이신가봐요?"

"우리 딸."

"아하, 따님이세요? 근데 따님이 통 말씀이 없으시네요? 저희 같은 도시 사람들이 싫으신가봐요. 그럼, 전 이만 실례했습니다."

여자가 가고 나자 엄마가 내 옆구리를 쿡 찌르며,

"나는 심심해서 그런가 누가 말 붙이면 반갑고 좋더라마는 너는 싫은갑다이."

엄마는 김치와 라면을 주섬주섬 챙겨들고 소나무 숲으로 올라갔다. 커피와 함께 들고 나간 라면을 사기 위해 엄마는 또 무엇을 팔아야 했던 것일까. 소나무 숲에서 노랫소리가 들려왔다. 한참 만에 엄마가 불콰해진 얼굴에 천진한 웃음을 띠고 집으로 왔다.

"아이, 짐치보시기 다 내놔라. 사람들이 그렇게 인심도 좋고 배울 만치 배운 사람들이라 그런가 경우도 바르고 조타! 내가 새끼들 때문에 속 끼리고 살다가 어디서 왔는지는 몰라도 먼 데서 온 사람들이 준 막걸리 묵고 기분이 조타, 오늘! 아이, 너는 인자 갈래? 가거라, 싹 다 가부러라, 가서는 이 악물고들 살어라, 못난 느그 엄씨는 느그들헌테 암것도 줄 것이 없다. 느그 어매 젖은 진작에 보타져불고 수중에 일전 한닢이 없다, 시방. 그렇게 느그들은 맘 모질게 묵고들 살어라잉."

엄마는 김치보시기를 안고 소나무 숲으로 올라갔다. 소나무 숲에서 승택이 엄마가 노래하듯이 엄마를 불러젖히는 소리가 들려왔다.

"어이, 짐치 한나 가지러 가서는 뭔 맛난 것을 해오니라고 그리 느시렁거린가?"

동네 노인들이 낯선 외지인들이 주는 막걸리 한잔씩 얻어 마시고 노래 부르고 춤춘다. 나는 엄마가 준 채소를 담은 비닐봉지를 챙겨들고 집을 나섰다. 올 때는 읍내에 내려 택시를 타고 들어왔지만 갈 때는 버스 시간에 맞추어 나가니 찻길까지 걸어 나가면 된다. 나는 막차 시간에 대어 친정을 나섰다.

당신과 나 사이에 저 바다가 없었다면 쓰라린 이별만은 없었을 것을……

나는 정자 위에서 목청 돋워 노래 부르는 엄마를 불렀다. 노래 부르느라 미처 내 목소리를 듣지 못한 엄마한테 승택이 엄마가 고함을 쳤다.

"어이, 자네 딸이 자네 불르네. 딸이 간다고 어매를 불러."

엄마가 맨발로 내게 달려왔다.

"아가, 잘 가거라이. 잘 가고, 또 오니라이."

엄마가 울음을 틀어막느라고 일부러 악을 쓰는 것임을 나는 알고 있었다. 내 아이는 내가 눈물을 보이면 저는 화가 난다고 했다. 내 눈물에 화내는 아이 때문에 나는 더 서러웠다. 내가 엄마의 '아이'라서인가. 내 아이가 그러듯이 나도 엄마의 울음에 화가 치받쳤다. 잘 가라고 말하는 엄마 목소리에 울음소리만 섞여 있지 않았어도 나는 아무렇지 않았을지도 모른다. 늘 그렇게 살았듯이, 그러니까, 경우 없는 형태의 해고 통지에도 조금 힘들어하다가 금방 잊고 살았듯이, 변호사, 혹은 아이 아빠로부터 내가 받는 모욕감 같은 것도 다 용서할 수 있었을지도 모른다. 그러나 엄마의 울음이 나를 화나게 했다. 나는 그 화를 어떡하든 가라앉혀야만 변호사도, 아이 아빠도 용서가 될 것 같았다. 변호사와 아이 아빠를 용서해야 아이가 '좋아하는' 돈을 받아낼 수 있을 거였다. 나는 찻길로 걸어가다 말고 돌아서 소나무 숲 정자로 다가갔다.

……그리움에 지쳐서 울다가 지쳐서 꽃잎은 빨갛게 멍이 들었소오……

노래 부르면서 승택이 엄마가 정자 마룻바닥에 널브러진 엄마 옆구리를 툭툭 건드렸다. 엄마는 숫제 인사불성이 되었다. 나는 조용히 정자로 다가갔다. 외지인 남녀가 나를 빤히 바라보았다. 나는 여자를 향해 되도록 또박또박 말했다.

"있잖아요. 아까 저희 집에서 라면 달라고 하면서 돈 주신댔잖아요."

"내가, 내가 그, 그랬던가요?"

"네."

"어, 얼마예요?"

"이만원요."

나는 달리 계산을 한 것은 아니었다. 그래도 커피와 라면을 사기 위한 엄마의 수고를 생각하면 그 정도는 받아야 할 것 같았을 뿐이다. 여자는 황당해했다.

"뭐, 뭐라구요? 아니 어떻게 라면이…… 김현태 씨, 우리 라면 몇

봉지 삶았어?"

당혹스럽고 황당해서였을 것이다. 여자 눈에 핑글, 눈물이 고였다.

"아, 그냥 드려, 뭘 라면 값 가지고, 옜수, 이만원 여깄습다."

김현태라는 남자가 내미는 돈을 나는 냉큼 받아들었다. 여자가 인상을 잔뜩 찌푸리고 혼잣말처럼,

"순수한 사람 같았는데…… 되게 재밌다아."

순수한 사람 같았는데 불순해서 재미있다는 것인가. 재미있기로 치자면 누가 들으면 오줌도 못 눌 정도로 순수한 사람이 라면 값 이만원에 벌벌 떠는 모습도 재미있다는 말을 하려다가 나는 그냥 꿀꺽 삼켜버렸다. 눈물로 빨개진 여자의 눈이 정말, 순수해 보였기 때문이다.

"우리 딸이 뭣이 어쩐다고 그런다요?"

엄마가 뭔 사태가 났나 하고서 몸을 일으키려 하다가 다시 누워버렸다. 나는 누워 있는 엄마 호주머니에 돈 이만원을 넣어주고서 차 시간에 대기 위해 뛰기 시작했다. 화는 어느덧 사라졌지만 새롭게 눈물이 샘솟았다. 눈물이 나는 건, 감추려고 해도 어쩔 수 없이 들리는 엄마의 울음 섞인 목소리 때문일 거라고 생각했다. 그러나, 나는 알았다. 내 새로운 눈물 속에는 또한 느닷없는 라면 값 청구에 눈이 빨개진 한 여자의 울음도 섞여 있다는 것을. 멀리서 막차가 이마에 하얀 저녁달을 달고서 길모퉁이를 돌아 달려오고 있었다.

오후 다섯시의

흰 달

대학에서 건축을 가르치다 정년퇴임하고 연금으로 생활하는 윤은 딸이 독립한 그날부터 혼잣말하는 버릇이 생겼다. 마치 들어주는 사람이 있는 것처럼 혼잣말은 제법 완전한 형식을 갖추고 발화되었다.

이제 앞으로 혼자 살게 되겠구나.

어떤 이변이 없는 한 혼자.

내가 언제까지 살까.

하여간 죽는 그 순간까지 혼자 살게 될 거야.

혼잣말이 공명이 되어 빈방에 울렸다. 딸이 제 직장이 있는 남쪽의 도시로 이사를 하고 난 첫날, 혼잣말을 하며 혹시나 애가 두고 간 뭐라도 남아 있을까 싶어 괜히 이쪽저쪽 방을 살피고, 딸이 남기고 간, 그러나 왠지 버리고 간 것 같은 느낌이 드는 책상 서랍을 열어보고 그러다가 아내와 아들의 사진을 발견했다. 컬러 사진이지만 색이 많이 바래서 아내와 아들이 입은 옷 색깔이 영 뚜렷치 않았다. 분홍인 듯해서 다시 보면 회색인 듯도 했다. 그 사진을 자신이 찍었다는 것이 윤은 영 믿기지 않았다. 평생 아파트에 살 거라는 걸 알지 못한 채로 아파트로 이사를 앞두고 있었을 무렵일 게다. 그때 이사 와 지금도 살고 있는 이 아파트는 윤이 가족을 이루고 나서 처음 가져보는 자신의 집이었다. 셋집에서의 마지막 주말, 새 아파트로 이사를 앞두고 있고 3월이면 시간강사로 전전하던 생활도 끝나고 전임교수로 새로운 생활이 시작될 것이기에 그날, 봄기운이 물씬 묻어나는 2월 하순의 저녁 산책길은 당연히 행복했을 것이다. 다섯살배기 아들의 볼따구니가 발갰다. 아들의 발간 볼에 아내가 입을 맞추는 순간을 그가 찍었을 텐데도 이상하게 실감이 안 난다. 벌써 이십오년 전이다. 아들의 어린이집 차가 타이어 펑크로 커브길에서 절벽 아래로 굴러떨어졌다. 차 안에는 소풍 가는 아이들과 엄마들이 타고 있었다. 탑승자 스무명 중에 일곱명이 사망했고 그중에 아내와 아들이 있었다. 아내와 아들을 떠나보내고 딸과 둘이 맞은 그해 봄날의 벚꽃은 여전히 아름다웠고 그해 5월의 신록 또한 여전히 눈부셨다. 아내와 아들을 잃고도 자신이 꽃을 보고 탄성을 지르고 신록에 눈부셔 한다는 사실이 죄를 짓는 것 같으면서도 안심이 되던 것을 윤은 기억한다. 그해 봄, 이사 왔을 때 창문 너머로 보일락 말락 하던 벚나무가 이제 창을 온통 가리는 울창한 수목이 되었다. 벚나무가 창을 가리고 울창한 수목이 되어가는 동안 딸도 자라고 자신은 늙었다. 하루하루 아무 일도 없이 그렇게 이십오년이 지나갔다. 일은 있었다. 아들을 새장가 못 들여 안달하시던 어머니도 이제 저세상 사람이 되었다. 팔십 넘어서부터 급격히 몸이 굽더니 그길로 자리보전하다가 아버지와 함께 들어간 요양원에서 세상을 떠났다.

니네 엄마가 어디 가서 안 온대냐?

엄마는 돌아가셨어요, 아버지.

아냐아, 금방 온다고 했다고.

아, 맞아요. 조금만 더 기다려보고 엄마 안 오면 집에 가시게요.

그쯤으로 마무리를 지어야지 안 그러면 아버지와의 의미없는 대화는 무한정 이어질 것이다. 그나마 젊었을 때처럼 아버지가 불같이 화를 내지 않는 것이 얼마나 감사할 일인가.

아버지의 치매기는 중증은 아니었다. 윤이 집으로 모실 만은 했다. 딸이 독립해 나가고 나서 아버지와 함께 살겠다는 계획이 없었던 것은 아니나 아버지는 어머니가 곧 돌아올 거라는 믿음을 버리지 못하고 굳이 요양원을 떠나려 하지 않았다.

처음 몇달은 매일 요양원을 방문했다. 그러다가 일주일에 한번, 지금은 한달에 한번 정도 간다. 아버지가 아들과 함께 살기를 결심하지 않는 한, 자신은 이렇게 한달에 한번 아버지를 보러 버스를 타고 요양원에 갔다가 집으로 오는 생활을 반복하다 어느날 딸이,

아버지 혼자 사시는 것이 더이상은 불안해서 안 되겠어요, 하고

서 자신을 요양원에 데려갈 날이 올 것이다, 오고야 말 것이다. 무슨 꿈을 꾸었는지 알 수 없지만, 꿈 탓인 듯도 했다. 그날 아침 잠에서 깨자마자, 그런 날을 그저 가만히 앉아서 맞이해야 할 것인가, 그러기 전에 무슨 수를 쓰긴 써야겠다,는 생각이 들었다. 그런 생각이 들자 뭔가 결연한 느낌이 들었고 뒤이어 그 아이가 생각났다.

가만히 있어도 땀이 줄줄 흐르는 8월 중순, 사촌누이 경자에게서 전화가 왔다. 경자는 고향 소식을 알리는 메신저다. 사고가 난 이후 윤은 고향 걸음도 뚝 끊고 살아왔지만 경자 덕분에 고향 소식은 대충 알고 있다. 철물점집 둘째 아들이 부도를 내고 외국으로 야반도주를 했다, 양조장집 딸이 이혼하고 제주도에 가서 유명한 연예인과 결혼을 했는데 얼마 전 텔레비전에 나왔다, 누구네가 돈을 많이 벌어 어디다 산 땅에 건물을 올리다가 부도가 나서 돈 없는 생활로 다시 돌아갔다, 누가 누구하고 바람이 났다, 누가 결혼했다, 누가 죽었다, 누가 애를 낳았다…… 그런 소식들을 경자는 잊어버릴 만하면 전화로 알려주곤 했다.

오빠, 밤투리가 이달 넘어 결혼한다는데, 알고 있었어요?

늘상 알려오는 그런 소식들 중의 하나겠거니 해서 모른다고 했더니,

성섭이도 참 무정하다. 아무리 고향 걸음 안 한다고 청첩장도 안 보내냐.

그제야 육촌 성섭이와 그의 아들 밤투리가 기억났다. 깎은 밤같

이 이쁘게 생겼다고 밤투리라 불리던 성섭의 아들은 윤의 아들과 같은 해에 태어났다. 윤이 먼 조상의 시제(時祭)에 참석하러 고향에 갔을 때 성섭의 아들이 묘지를 기어다니던 모습이 생각난다. 친형제들은 외국으로 이민을 가서 그렇다 쳐도 고향에 그대로 살고 있는 일가친척들과도 내왕하지 않는 이유를 경자도 알고 있을 테지만, 특유의 스스럼없음으로 꾸준히 연락해온 사람이라 웬만큼 민감한 말을 해도 그다지 신경이 쓰이지는 않는다.

오빠가 밤투리 보면 또 준이 생각할까봐 그런 것은 알고는 있지만, 그래도 세월이 얼마야. 하여간, 오빠도 이젠 고향에도 오고가고 살아요, 응?

언제나 그렇듯 윤은 듣고만 있었다. 그래도 그날따라 경자 특유의 수다스러운 말투가 정스러웠다. 그래서였을 것이다. 선선히 그러겠다고 한 것은. 경자는 결혼식 날짜와 장소를 알려주고 들어가라고 먼저 인사한 뒤에도,

오빠 어저께 내가 김치 보냈으니 오면 받아서 잡숴요이.

한마디를 더 한 뒤 전화를 끊었다. 얼굴은 거의 못 보고 살면서도 경자는 문득 생각났다는 듯이 농사 지은 푸성귀나 김치를 보내주곤 했다. 그랬던 사촌누이 경자가, 오빠도 이젠 고향에도 오고가고 살아요, 응?이라고 했을 때 뭔가가 스르르 무너지는 것 같았다. 켜켜이 내린 눈 위에 또 눈이 내리고 온기 없는 햇볕 아래 눈은 날카롭게 굳기만 할 뿐 녹지는 못한 채로 먼지가 덮이고…… 그런 채로 세월은 흐르고…… 그랬는데, 절대로 녹을 일이 없을 것 같던

눈이, 옴짝달싹할 수 없게 천지사방을 에워쌌던 그 딱딱하고 날카로운 눈이 스르르 무너지고 무너진 그 자리에서 녹아내리는 것 같았다. 경자의 그 아무렇지 않은 말이 왜 그날따라 그렇게 들렸는지 자신도 알 수 없었다. 나이 때문인지도 몰랐다. 하기야 딸이 제 방을 탈탈 털어 짐을 싸고 미리 불러놓은 용달차에 실어 보내고 나서,

아빠, 끼니 잘 챙겨 드시고, 혼자 있다고 너무 외로워도 마시고 하여간 씩씩하게, 응?

약간은 과장된 제스처로 작별 인사를 했을 때도 제 속에서 뭔가가 스르르 무너지는 것을 느꼈다. 나이가 들어서든 뭐든, 하여간 많이 약해진 것이다. 몸도 마음도.

결혼식장에 와보니 결혼식 날짜는 그날이 아니고 그다음 주 토요일이었다. 경자가 말한 '이달 넘어'를 자의적으로 해석한 것이 잘못이었다. 이달 넘어라 하니 8월 다음에 바로 오는 토요일인 줄만 알았던 것 같았다. 아니면 귀로는 제대로 듣고 달력에 표시하기를 잘못했는지도 모른다. 낭패스러운 기분이 들면 다른 누구에게보다도 자신에게 민망해져서 어린애처럼 행동은 거칠어지고 판단은 급해진다. 윤이 바로 택시를 타고 역으로 가서 돌아가는 차표를 사고 있는데, 누군가 등을 탁 쳤다. 경자가 낯이 선 아이와 함께 서서 윤을 보고 생글거린다. 손님을 배웅하러 나온 길이라고, 배웅할 만한 사람도 아닌데 배웅을 나온 것이 아마도 오빠를 만나기 위해서였던가보다고, 좋아라 한다. 이왕 이렇게 된 것 우리 집에 가서

밥이나 먹고 가라는 청을 뿌리치지 못한 것은 그렇게 하는 것이 오랜 세월 경자가 보내준 호의에 대한 최소한의 예의라는 생각 때문이었을 것이다. 경자 집은 역에서 걸어가기에는 조금 멀고 택시를 타기에는 가까운 읍내 외곽에 있다.

경자의 손주인가 싶어서 윤이 아이 얼굴을 살피는 기색을 보고 경자가,

야 할머니가 우리 옆집에 살았거든. 야 아빠가 여자하고 헤어지고는 할머니한테 야를 맡긴 사이에 야 할머니가 돌아가셨잖아. 초상 칠 때 와서는 한달만 맡아달라고 하더니 일년이 지나도 데려가지를 않네.

'야'가 아이 이름인지, '애'를 자기 식으로 발음하는지는 알 수 없지만 뭔가 반복되는 느낌의 야, 야 아빠, 야 할머니라는 단어에 숨이 좀 가빠진다. 경자 집에 들어서자마자 마당에서 한가롭게 노닐던 닭들이 천지사방으로 튀어 달아난다. 닭들이 온 마당을 돌아다니다가 아무 데나 똥을 싼다고 경자가 아무렇지도 않게 마루 위의 닭똥을 수건으로 훽 닦아냈다. 경자가 닭똥을 닦아내자 아이가 히이이 웃었다.

야는 내가 닭똥 치는 것이 재밌나봐. 야가 웃으니까 닭이 똥 싸는 게 싫지가 않네.

마루 한편에 우뚝 서 있는 구식 냉장고가 윙 하고 울었다. 아이가 냉장고 문짝을 손바닥으로 때리니 냉장고 소리가 멈춘다. 냉장고 소리를 잠재운 아이가 득의의 미소를 머금는다.

냉장고가 야 말을 제법 잘 듣는다니까, 흐흐흐.

얼핏 봐도 뒤죽박죽인 냉장고 안에서 경자가 비닐팩에 든 음료를 꺼내와 아이와 윤에게 준다. 아이가 칫즈,라고 한 것 같았다. 아이가 윤의 무릎에 발딱 올라앉아 칫즈, 칫즈, 칡즙을 빨아 먹는다. 밥상을 차려 내오다가 경자가 자지러지게 웃는다.

아이고 징그러워라.

아이가 윤의 무릎에 앉아 있는 것이 징그럽다는 뜻일 테지만, 경자 저야말로 징그럽게 윤에게 다가들며, 아이를 10월 한달만 좀 맡아주면 안 되겠느냐고, 아이가 옆에서 듣고 있는 줄 알면서도 목소리를 낮춰, 물었다. 얼추 십년도 더 넘었을 것 같다. 백부의 딸인 경자를 십년 전 백부 장례식에서 보고 처음이니까. 십년 만에 보면서도 그제도 만나고 어제도 만나며 사는 사람한테 하듯이,

옵빠아, 10월 한달만 야 좀 맡아주소, 한다.

둘째가 애를 난다네. 산바라지하러 가야 하는데 야를 데리고 가기가 좀 뭐해서 말야.

아이가 눈을 내리깔고 있다. 왠지 할머니보다 이 할아버지가 나는 좋아, 하는 표정을 숨기는 것도 같다. 몇살이냐고 물으면서 손가락을 펴 보였더니 아이가 대답하기 전에 경자가 먼저,

애가 다섯살인데 아직 말을 안 하네, 말을 안 해. 아이, 말 좀 해봐라, 말 좀 해봐, 칫즈 말고 다른 말도 좀 해봐아. 할머니이, 한번 불러보라니까안.

아이한테 애교를 떤다.

저것은 과연 무엇일까. 경자가 아이를 대하는 태도는 사랑인가? 사랑이 아닌가? 어쩌다 떠맡게 된 다섯살 아이가 말을 제대로 하지 않는데도 경자는 전혀 걱정하지 않는 태도다. 아무리 남의 아이라도 경자의 무심한 태도야말로 윤은 좀 징그럽다. 옮긴 하지만 분노 같은 감정도 일어나는 듯하다. 그러나 제 속을 드러내 보이길 자제하며 아이에게 눈을 맞춘다. 아이 눈 속에 윤이 있다. 흰머리, 숨길 수 없이 자글자글한 주름살의 노인이 있다.

아이 눈 속의 제 모습을 보며,

내가 니 눈 속에 있구나.

아이가 몽글몽글한 젖니를 드러내며 시그르르 웃는다.

……애기도 애기지만 내가 그렇게라도 해야 잘사는 둘째한테서 얻어다가 못사는 첫째한테 다믄 얼마라도 보태줄 수가 있어서이……

경자의 두서없는 말이 이어지는 동안 아이와 윤은 눈장난을 했다.

둘이 뭐 해? 하면서 경자가 윤을 향해 눈을 찡긋했다. 윤은 그때 그 순간엔 잘 몰랐다. 경자가 눈을 찡긋하는 것이 무엇을 의미하는지를. 집에 와 곰곰 생각해보니 경자가 눈을 찡긋한 것은 혹시 10월 한달 키워보다가 좋으면 그대로 쭉 애를 맡아서 키워보라는 뜻이 아니었을까, 싶어지던 것이었다. 장차 저와 함께 살아가게 될지도 모른다고 아이도 느꼈던 것일까. 그래서 아이는 처음 보는 윤의 무릎에 찰싹 올라앉기까지 했던 것이 아닐까. 그리고 그런 자의

적인 생각들이 달콤하기까지 한 이유는 무어란 말인가. 물론 윤은 그것이 무엇인지를 알고 있다. 다만 모른 체하고 싶을 뿐.

딸이 두고 간 책상 서랍 속에서 나온 아내와 아들 사진을 들여다보는데 뭔가가 명치에 걸리는 듯하더니 딸꾹질이 나오기 시작했다. 니가 멈추지 않으면 나는 잠을 자리라, 하고서 눈을 꾹 감았지만 딸꾹질은 잠 속까지 따라 들어왔다. 잠이 들 만하면 딸꾹, 나오는 통에 발딱 일어나서 네끼, 악을 써보고 조용히 자리에 누웠는데 그 순간 저도 놀랐는지 딸꾹질이 딱 멈추었다. 멈춘 줄 알았던 그것이 살포시 잠들려는 순간, 호드득 튀어나온 통에 아이코야, 깜짝 놀라는 시늉을 하며 침대에서 방바닥으로 발딱 뛰어내렸다. 온 집 안의 불을 다 켜놓고 혼자서 어슬렁거리고 있자니, 이제 더이상 나오지 않는 딸꾹질이 또 은근히 기다려지는 것이었다. 그래서 또 혼자, 왜 안 나와, 어여 안 나올래? 실없이 지껄이다가 무르춤해져서 불을 다 끄고 어둠 속에서 꼼짝 않고 앉았다가 앉은 그대로 잠이 들었다. 그렇게 잠이 들면 늘 모로 쓰러지게 되고 어느 순간 몰려오는 한기와 허기 때문에 눈을 뜨게 된다. 아파트 맞은편 상가의 치킨집 간판 불이 베란다에 번져 들어오고 있었다. 잠에서 깬 오밤중에 베란다에 번져 들어오는 빛을 물끄러미 바라보고 앉았자면 또 아직 어렸던 때의 딸이 생각난다. 딸이 어렸을 때는 튀긴 닭에 붉은 양념을 끼얹은 양념치킨을 좋아했다. 아직 젊었던 윤은 딸을 어떻게 돌봐야 할지 알지 못했다. 알지 못한 채로 양념치킨도 사다 먹이고 라면도 끓여 먹이고 달걀프라이도 해 먹이고 김치 사다 김치찌개도 해 먹이면서 키웠다. 하여간 뭔가를, 머릿속에 떠오르는 대로 허둥지둥 만들어서 먹이고 옷도 이것저것 사다 입히고 운동화도 사다 신기고 머리핀도 사다 주고 어린이날에는 놀이공원에 가서 놀이기구도 태워주고 유치원에서 오라면 어떡하든지 가서 사진도 찍어주고 학교에 들어가서는 운동회 때 빠지지 않으려고 무진 애쓰며 가게에서 사온 김밥이나마 먹이고…… 그래서 아이가 잘 크고 있는 줄 알았다. 이제 막 사춘기에 들어선 딸이 동료들과의 회식으로 늦게 귀가한 윤에게, 이 세상에 있는 욕이란 욕은 다 하고 싶은데 제가 아는 욕의 총량이 적어서 화가 나 미칠 것 같다, 라는 말을 하기 전까지는. 윤의 등 너머에서 화가 나서 차라리 울고 말겠다는 기세로 꺽꺽 울음을 토해내는 딸을 위해, 오밤중에 달걀프라이를 하고 라면을 끓였다. 뭐라도 해서 먹여야 될 것 같았다. 아이가 원하는 게 먹는 것이 아니라 해도 그때는 취기 속에서도 아이가 무서웠다기보다, 겁이 났다. 맥락이 분명치 않은 어떤 두려움 때문에 프라이든, 스팸이든, 치킨이든, 라면이든, 가게 김밥이든 뭐라도 먹이지 않고서는 견디기 어려울 것 같았다.

어제는 딸 생각이 나서 치킨을 시켜 먹어봤다. 후라이드요, 양념요? 주인이 바뀌었는지 치킨집 사장이 되바라지게 물었다. 양념요, 양념. 반반도 있는데요? 양념이라니까. 양념은 별스레 벌겠고 별스레 윤이 났다. 그것을 하나 붙들고 텔레비전 앞에 앉아 입에 넣는 순간, 양념이 바닥에 떨어졌다. 걸레질을 하네 마네 하다가 신경질이 나서 양념치킨을 치우는 중에 그 아이가 생각났다. 치킨을 시킨 것도 실은 딸 생각이 나서라기보다 그 애 생각 때문이었는지도 모른다. 경자 애, 아니 경자한테 맡겨진 그 아이가 오면 딸이 집을 떠난 이후로 사라진 치킨 냄새가 되살아날지 어떨지를 잠깐 생각했고 그러다가 발작적으로 치킨집에 전화를 했던 것이다. 치킨집 옆 김밥집은 불이 꺼졌다. 딸이 떠난 뒤 며칠은 밥해 먹기가 귀찮아 연일 김밥을 사다 먹었다. 김밥으로 끼니를 때우고 나면 집 안에 단무지 냄새가 밴다. 단무지를 우걱우걱 씹다가 단무지 냄새가 어쩌면 앞으로 자신의 냄새가 될까 살짝 두려움을 느꼈다. 그 아이, 경자가 키우고 있는 그 애가 오면 단무지 냄새는 더이상 나지 않게 될까. 자다가 깨면, 자신이 저녁을 먹고 잤는지 아닌지를 생각하게 된다. 저녁을 먹고 잤다 해도 뭔가를 또 먹어야 할 것 같다. 뭔가를 입속에 넣고 씹지 않으면 그다음은 꼭이 배가 고파서가 아닌 이상한 허기가 몰려올 것이다. 윤은 냉장고 문을 열어 그제 저녁에 먹다 남긴 김치찌개 냄비에서 한그릇 분량만 덜어내 전자레인지에 돌렸다. 찌개를 덥히는 동안, 그저께 김치찌개를 끓이고 있을 때 찾아왔던 제자 한을 생각했다. 건축설계 일을 하는 한은 내내 남의 집만 설계하다가 작년에 경기도 마석에 택지를 분양받아 생애 처음 자기 집을 지었다. 윤이 전임교수가 되어서 가르친 첫 제자들 중 지금도 꾸준히 연락을 해오는 몇 안 되는 제자 중 하나라 이제는 제자 겸 친구같이 되었는데, 윤 자신은 까맣게 잊어버린 것들을 불쑥불쑥 말해놓고 회심의 미소를 짓는, 좀 불편한 데가 있는 친구였다.

첫 수업 때 선생님이 그랬죠. 집과 정원이 있어야 가정(家庭)이 완성된다고 말이죠. 제가 집을 짓는 이유를 아시겠죠? 결혼하고도 가지지 못한 가정을 제가 비로소 가지게 됐단 뜻이죠.

집은 한의 설계에서 한치의 오차도 없이 완벽하게 지어졌다,고 하는데 윤은 설계도는 봤지만 집은 아직 가보지 않아서 정말 그런지 아닌지는 알 수 없었다. 새집에 입주하던 날 한의 아내 미정이, 이 집은 당신의 머릿속에서 나온 당신의 집이지 내 집이 아니라는 말을 남기고 떠났다고 한이 말했다. 한은 집 짓는 과정에서, 혹은 그 이전에 자신이 미정에게 어떤 사람이었는지는 말하지 않았다. 그래서 '집 다 지어놨는데 집을 떠난' 미정의 행동을 어떻게 해석해야 할지 윤은 알 수 없었다. 한이 혹시 미정이 집을 떠난 이유를 알고는 있으나 차마 말하기는 싫어서 대충 둘러대느라고 한 말이, '당신의 집' 운운이었을지도 모른다.

한에게 밥을 권했으나 술만 마셔서 결국 윤도 김치찌개를 안주 삼아 밥 대신 술을 마셨다. 술기운이 오르자 한이 목소리를 키우기 시작했다. 목소리가 올라가면 한은 발음이 부정확해지고 침을 많이 튀겨서 물을 머금고 푸우푸, 입으로 분무질을 하는 것 같았다.

장모님, 아니지 지금은 장모님이 아니지만 하여간 장모님도 모르겠다고 해요, 푸우푸, 한서방이 모르는 걸 내가 어찌 아나, 말하는데, 너무 아무렇지도 않게 말하는 것이 뭔가 의심이 더 간단 말입니다, 푸우푸우푸, 심지어는 자네가 바람을 피웠는가 물어요, 아니라고 했죠, 분명히 아닌데도 아니라고 하니까 저를 더 의심하는 눈초리예요, 푸우푸푸, 미정이가 바람을 피웠을까요? 그것도 아니래요, 푸푸푸, 그럼 뭘까요? 왜 집 다 지어놨는데 집을 나가냔 말예요, 왜! 푸푸푸푸푸.

사방으로 튀기는 침도 침이지만, 미정이가 당신의 조교였으니까 당신도 뭔가 아는 것이 있을 것 아니냐고, 그러니 이젠 당신이 내게 뭔가를 말해줘야 하는 것이 아니냐고 압박하는 것 같아 윤은 좀 불쾌해졌다. 미정이가 왜 떠난 줄 아니? 바로 니가 지금처럼 푸푸거려서 그래 인마, 하고 한을 내쫓았는데 한이 현관 밖에서 내내 푸푸거리는 기척이 들렸다. 나중에 살며시 문을 열어봤을 때 한은 가고 없었다.

전자레인지에서 덥혀 나온 김치찌개는 뜨거운데도 온기가 없는 것처럼 느껴진다. 온기 없는 음식을 먹고 나면 배는 부른데도 허기가 남는다. 허기, 그 정체를 알 수 없는 고약한 친구는 사람으로 하여금 딸꾹질을 시키고 혼잣말을 하게 한다.

애가 아주 예쁘더라고.

지금 무슨 말 하는 거야?

애가 아주 예쁘더라니까.

어어, 또오? 대체 누구 애가?

대체 누구 애가? 할 때는 목소리도 바꾸어보았다.

경자가…… 맡고 있는 애 말야.

난 또, 그래애, 똘똘하게 생겼더라. 경자가 아주 착해. 남의 애도 잘 거두는 거 보면.

뭔가 음험한 목소리인 듯도 했다. 애를 꼬여서 데려와가지고 아무도 모르게 내 자식으로 등록을 하고…… 그다음은 생각이 나지 않았다. 다만, 아이의 머릿내, 보드라운 손아귀, 말그름한 눈초리만이 그득하게, 그득하게, 윤의 어딘가에 차올랐다. 제 괴로움을 감당 못해 찾아온 제자를 내쫓았던 이유가 꼭이 불쾌해서라기보다, 제 속에 차오르는 일말의 희망적인 사태를 오염시키는 느낌 때문이 아니었을까도 싶었다. 희망의 정체는 아이였다. 바로 그 아이. 경자의 그 아이. 그 머릿내가 아련히 풍겨오는 것을 윤은 느꼈다. 그 머릿내가 실은 아들의 머릿내일 수도 있다는 것을 지우기 위해 일부러 혼잣말을 해서라도 아이가 경자 아이, 아니 경자가 키우는 아이임을 상기시켰다.

아이와 만나고 나서 일주일 뒤 결혼식장에 다시 온 것은 친척 대소사에 꼭 참석해야 한다는 의무감 때문이 아니라 다른 이유가 있어서라는 것을 윤은 느꼈다. 그 느낌에 '운명'이라는 말을 붙여도 그다지 과장된 표현은 아닐 것 같았다. 10월까지 기다릴 것도 없이 오늘 아이를 데려갈 수도 있을 것이다. 평소에는 거의 느껴지지 않는 심장의 요동 소리가 미세하게나마 귀에 들려오는 듯도 싶었다. 경자는 10월 한달만 맡아주라고 했지만, 한달이 아니라 앞으로도 쭉 아이와 함께 살게 될 것이다. 아이와 함께 살 준비를 하느라고 지난 일주일은 좀 바빴다. 인터넷으로 아이들이 좋아할 만한 요리 레시피를 찾아보고 동화책, 그림책도 주문하고 옷가게, 신발가게에도 들렀다. 손수건을 꺼내려다보니 어제 신발가게에서 가지고 나온 팸플릿이 따라 나왔다. 방한화를 사면 모자도 함께 준다는 광고지인데, 아이 발 사이즈를 몰라 살 수가 없었다. 가게를 나오는데 뭔가를 두고 나온 듯 허전해서 집 앞 호프집에서 맥주를 몇잔 마셨다. 취기가 조금 올라서인지 현관문을 열고 들어서는 집 안 공기가 다른 날보다 더 정다웠던 것도 같다. 오랜만에 잠을 잘 자서인지 기차를 타고 고향으로 오는 내내 기분도 좋았다.

예식장은 아랍풍의 둥근 지붕 위에 정체 모를 깃발이 나부끼는, 읍내에서 가장 화려한 건물이었다. 육촌동생 성섭은 교류가 없는 관계인데다 그렇게 하는 것이 예의라고 여겼는지 지극히 의례적인 인사만 한다. 사실 일가친척들의 지나친 관심도 번거롭지만 과장된 무관심도 불편해서 내왕하기를 끊었지만, 성섭의 최소한의 인사는 뭔가 의도적인 날카로움을 숨긴 것 같기도 하다. 그런 느낌 때문이었을까. 문득 성섭이 고향에서 경찰로 일하다 정년퇴직했다는 사실이 떠올랐다. 경자가 해결하기 어려운 일이 생기면 일가친척들 중에서 맨 먼저 성섭에게 달려간다는 것을 윤은 알고 있다. 10월 이후에도 아이를 경자에게 데려다주지 않는 일이 생긴다면, 자신이 성섭을 조심해야 할지도 모른다는 예감이 들어서였을 것이다. 오랜만의 만남인데도 윤은 되도록 오래 고향을 떠나 산 사람에게서 풍길 법한 다소 냉정한 태도를 견지하면서 성섭과 악수를 하고 결혼식장 안으로 들어섰다. 금박무늬가 요란해서 파티복처럼

보이는 한복을 입은 경자가 지난주 토요일에 만난 것을 잊어버리기라도 한 것처럼 반기다가 귀엣말로,

애 보고 싶어서 온 거야?

은밀히 속삭인다. 경자가 그래서였을 것이다. 윤이 경자에게도 똑같이 은밀하게 물은 것은.

애가 안 보이는구나?

쪼오기, 쪼오기 있네, 새끼가 이 자리가 뭔 자린 줄도 모르고 막 돌아댕기네에.

그렇게 들으려고 해서 그랬는지, 아니면 자신의 마음이 그랬는지, 경자의 '새끼'란 말이 일견 정다운 것 같으면서도 뭔가 음모적이라는 느낌이 설핏 들었다. 아이를 데려가지 않는 아이 아빠한테 아이를 봐주는 대가를 요구했는데 들어주지 않아서 버리고는 싶고 주변의 눈이 있어서 이러지도 저러지도 못하는 와중에 애를 떼어버릴 구실이 생겼고, 그 참에 애를 맡아줄 사람이 생겨서 좋기는 한데 마냥 좋아라 해서도 안 될 것 같고…… 길어질수록 추리는 미궁에 빠질 듯했다. 윤이 아이한테 다가가자 아이가 아는 사람 만났다는 듯, 특유의 몽글몽글한 젖니웃음을 사그르르, 웃는다.

잘 있었어? 심상한 듯, 실은 애틋하게 아이에게 인사를 건네는데 콧등이 시큰해진다. 이 또한 맹랑한 일이다.

아이는 역시나 대꾸가 없고 윤이 아이 손을 잡는다. 손바닥이 끈적인다.

아이쿠, 이게 뭐냐? 손부터 씻어야겠다.

화장실을 찾아 아이 손을 씻겼다. 한쪽 손을 씻기자 냉큼 다른 손을 내민다. 이왕에 손도 씻긴 김에 얼굴도 씻긴다. 손수건을 꺼내 얼굴을 닦아주니, 저도 좋다고 웃는다. 미루나무 이파리가 햇빛에 뒤집어지듯이, 사그르르. 바람 속에서 주로 놀았는지 아이 뺨이 꺼칠하다. 로션이라도 있으면 발라주고 싶다는 생각이 든다. 아이를 씻기면서 입속으로는 계속 "아이코야, 이노무 시키" 소리가 맴돈다. 또 한번 코끝이 시큰해진다. 젊었을 때, 아직 아들이 곁에 있었을 때 윤이 아이코야, 이노무 시키 해가면서 아들을 씻긴 적이 있었던가, 없었던가.

결혼식은 이미 진행 중이었다. 빈자리를 찾아 무심한 태도로 아이를 안고 앉았다. 아이 머리에서 달콤한 냄새가 난다. 딸은 땀이 많았다. 머리칼 속을 헤집어보면 진득한 땀이 배어나 있었고 손가락 빗질을 해주고 나면 손가락에 그 냄새가 뱄다. 비릿하고 달콤한 어린 생명의 냄새가. 윤이 아이를 꼬옥 안고 앉아 있는 동안에도 길에서 보면 모르고 지나칠 것 같은 몇몇 사람들이 알은체를 했고 아이 머리를 쓰다듬었다. 결혼식은 웅장하고 지루했다.

나갈까? 귀에 대고 물었더니 아이가 냉큼 고개를 끄덕인다. 어쩌면 아이는 아이들 특유의 본능으로 제가 누구를 따라가야 살 수 있는지를 알아챘는지도 모른다. 그렇다면, 조금 더 민첩하게 움직여야 할 것이다. 아이를 안고 막 일어서려는데, 옵빠아, 경자가 부른다. 혹시 경자도 윤이 그길로 아이를 데려갈 것 같은 느낌이 들었던 것일까. 그래서 그렇게 급하게 그를 불렀던 것일까. 아이를 경자에게 데려다주고 기차를 타고 오는 내내 뭔가를 잃어버린 듯한 기분이 드는 이유가 무엇이었을까. 당일치기 고향 걸음으로 피곤한 탓도 있었을 것이다. 여느 날보다 꿈이 많은 잠을 잤고 꿈속에서 얼핏 아이를 보았다. 아들인 것 같기도, 아닌 것 같기도 했다. 잠에서 깼을 때 다른 날보다 더한 한기와, 뒤이어 다른 날하고는 비교가 안 될 거대한 허기가 몰려왔다.

아버지가 정색을 하고 물었다.

야, 사람들이 나를 보고 자꾸 치매라고 하는데, 네 생각은 어떠냐?

아버지 생각은 어떠세요?

에라이 나쁜 놈아, 사람이 물으면 대답을 해야지.

그럴 때의 아버지는 낯익은 아버지였다.

침묵 끝에,

10월에는 애하고 함께 아버지 뵈러 올게요.

준이가 온다고?

준이는 오지 못하잖아요.

준이가 어디 갔는데?

………

야아, 준이가 왔구나, 죽은 줄 알았던 우리 준이가 왔어.

낯선 아버지가 그곳이 어디인지 가늠할 수도 없는 곳을 바라보며 해사하게 웃었다.

아버지도 좋으세요?

그러엄, 좋다마다.

낯익은 아버지가 낯설어서,

애가 오는 게 좋으시냐구요.

좋다니까!

애가 오면 아버지도 집으로 가시겠어요?

네 엄마 오면 함께 가지.

입을 다물고 말았다. 그러나 그 순간, 어떤 희망이, 언뜻 봐서는 보이지 않지만 자세히 보면 분명히 움튼 겨울 속 버들개지 순 같은 어떤 확신이 생겼다. 아이가 오면 아버지를 집으로 모시고 올 수 있을지도 모른다, 아이를 임시로 봐주는 것으로 끝낼 일이 아니라 입양을 할 수도 있을 것이다, 아이 아버지가 일년이나 아이를 찾아가지 않는다는 것은 아이를 키울 형편이 안된다는 뜻일 것이다, 이미 아이를 포기했는지도 모른다, 경자도 겉으로 말을 안 했지만 속으로는 키워보다가 좋다 싶으면 아예 입양을 하라는 뜻이었을지도 모른다…… 희망은 우후죽순처럼 뾰족뾰족, 쑥쑥 피어났다. 입양에 대해서 알아볼 필요가 있었다. 우선 컴퓨터를 켰다.

양자를 부양하기에 충분한 재산이 있을 것.

충분한지 아닌지는 모르겠지만, 윤에게는 좀 낡긴 했어도 지금 살고 있는 아파트가 있고 생활비로 쓰기에는 충분한 연금이 있다.

양자에 대하여 종교의 자유를 인정하고 사회의 구성원으로서 그에 상응하는 양육과 교육을 할 수 있을 것.

딸이 가톨릭 신자가 되었을 때, 윤은 딸의 '종교의 자유'를 인정했다.

양친이 될 사람이 아동학대 가정폭력 성폭력 마약 등의 범죄나 알코올 등 약물중독의 경력이 없을 것.

딸이 초등학교 다닐 때 두어번 매를 때린 적은 있다. 술은 먹지만 그래서 가끔 억병으로 취하기도 하지만 아이가 오면 달라질 것이다.

양친이 될 사람이 대한민국 국민이 아닌 경우 해당 국가의 법에 따라 양친이 될 수 있는 자격이 있을 것.

윤은 대한민국 국민이니, 이 부분은 무사통과.

그밖에 양자가 될 사람의 복지를 위하여 보건복지부령으로 정하는 필요요건을 갖출 것.

복지라 함은 먹이고 입히고 교육시키는 것을 의미할까. 삼시세끼 잘 먹이려면 장도 보고 옷도 사고 운동화도 사고 공책도 연필도 연필깎이도 사야 할 것이다. 그런데 '양친'이라는 말이 자꾸 걸린다. 양친이라는 말이 마음에 걸리는 사람을 위하여 인터넷은 '독신자의 경우'도 바로 준비해뒀다.

독신자의 경우.

35세 이상.

윤은 66세이므로 결격사유 없음.

아동과의 연령 차가 50세 이하인 자.

아이는 다섯살이라고 했다. 예순여섯에서 다섯살을 빼면 61세.

처음에는 설마, 했다. 아니 어떻게 다섯살 아이와 61년의 나이차가 있을 수 있단 말인가. 51년도 아니고 61년이라니. 그러나 다시 계산해봐도, 다시 계산해보고 말 것도 없이, 아이하고 60년 넘는 차이가 있다는 사실 앞에서 윤은 당혹스럽다. 뼈가 아픈 것도 같다. 눈도 씀벅씀벅, 쓰라려오는 것 같다. 인터넷 정보라는 것을 백 프로 믿을 것은 아니라고 잠깐 여유도 부려본다. 윤은 컴퓨터를 발작적으로 꺼버렸다. 컴퓨터를 끄는 동시에 '입양이 안 되면 납치라도'가 머릿속에서 깜빡거린다. 잘못 알고 간 결혼식 날, 그리고 경자가 10월 한달만 아이를 봐줄 수 있겠느냐고 물었을 때부터 실은 '입양' 혹은 '납치'를 떠올렸을지도 몰랐다. 그래서 그날 아이와 함께 곧바로 기차를 탔어야 했는데, 기회를 놓친 것만 같아 내내 입안이 텁텁했던 건지도.

아이를 데려오는 일과 아버지를 모시는 계획을 궁리하느라 오전나절을 다 보내고 나서야 윤은 발작적으로 집을 나섰다. 주말이라 그런지 기차는 표가 없었다. 윤은 고속버스를 탔다. 오히려 그것이 나을지도 모른다. 경자 집은 기차역보다 터미널에서 더 가깝다. 경자에게는 10월까지 갈 것도 없이 아이를 지금 데려가겠다고 차분하게 말할 것이다. 경자가 그러라고 할지, 말한 대로 10월에 데려가라고 할지는 알 수 없지만, 하여간, 자신은 아이를 데려올 것이다. 그러기 위해서 미리 샀던 아이 옷과 신발도 가방에 챙겼다. 아이가 입고 있던 옷은 경자가 산 것일까. 땀을 흡수하지 못하는 합성섬유

계통의 옷 때문인지 아이가 땀에 흥건히 젖어 있지 않았던가. 봐라, 내가 사온 옷이 애한테 얼마나 좋은지, 너도 눈이 있으면 보란 말이다,라고 말하지는 않겠지만, 경자도 보면 알 것이 아닌가. 무엇보다 아이 먹일 간식이라곤 언제적에 넣어둔 건지도 알 수 없는 칡즙뿐이라니. 윤은 며칠 전 '아이가 좋아하는 레시피'를 보고 몇가지 어린이용 요리도 연습해뒀다. 가령 '이불 덮은 곰돌이 오므라이스'라든가, '칙칙폭폭 김 소시지말이' 같은 것, 그리고 또…… 분명히 연습은 했는데 얼른 이름이 떠오르지는 않는 몇가지 어린이 간식을 만들기 위해 칼질을 하고 볶고 부치고 튀겼다. 아이가 오면 아버지가 올 것이다. 아직 연습은 못 했지만 '노인을 위한 레시피'도 몇가지 찾아봤다. 아이와 아버지는 잘 지낼 것이다. 자신이 잘만 한다면. 다섯살인데도 아직 말을 안 하는 것이 설사 자폐의 일종이라 하더라도 아이는 윤을 잘 따르지 않았나. 아버지가 설사 치매라 하더라도 감당하지 못할 정도는 아니지 않은가. 아무 문제 없을 것이다. 버스에 오르기 직전에 경자에게 전화를 했다.

오빠가 먼저 전화를 하고, 웬일이래? 아하, 야 때문이구나, 바꿔 주까? 아이, 아이, 네가 좋아하는 할아버지다, 말 좀 해봐. 야가 웃기만 하고 말을 안 하네. 근데 오빠 뭔 일이야?

일단은 최대한 심상한 어조로, 오늘 그쪽에 볼일이 있어서 내려가는 길이라고 말했다. 가는 김에 아이도 볼 겸 들르겠다고 할 참인데, 경자가 특유의 선선함으로 그러냐고, 오는 김에 오라고, 한다. 파김치가 맛있게 익었다고, 온 김에 파김치도 가져가고 사과가 그렇게 맛있다고, 올해 첫물 사과도 가져가고 깨농사가 잘되었다고 깨도 가져가라고 한다. 윤은 그러겠다고 했다.

자리가 맨 앞인 탓에 자꾸 텔레비전으로 눈길이 간다. 마침 요리 프로가 나온다.

자아, 오늘은 어린이들도 좋아하는 대만식 덮밥 루러우판을 만들어봅시다아.

어린이들도 좋아한다는 말에 얼른 펜과 수첩을 꺼내 요리 과정을 급히 요약해서 적는다.

1. 돼지 앞다리살을 볶다가 양파, 마늘, 소주 넣고 볶음.

2. 간장, 설탕, 건양파, 물 넣고 끓임.

1을 2에 넣고 끓임. 이때 건팔각을 넣는다.

3. 데친 숙주, 청경채, 조린 달걀을 밥에 얹고 2를 붓는다.

건양파와 건팔각에는 나중에 그것들이 무엇인지 확인해보기 위해 동그라미를 쳐놨다.

요리에 관심이 많으신가보다고 건너편 자리에 앉은 초로의 남자가 묻는다.

아이를 키우려면 그래야 할 것 같아서요.

손주를 키우시나봐요?

대답하기 애매할 때는 그저 웃는다. 그런 다음 눈을 감고 잠을 청하는 것이 상책이다. 좌석을 약간 뒤로 젖히고 눈을 감은 사이 깜박 잠이 들었다. 눈을 떴을 때는 텔레비전 화면이 바뀌어 있었다.

……경기도 남양주에 사는 한모씨가 처가에 찾아가 처제를 인질로 잡고 인질극을 벌이고 있습니다. 지금 현장에 나가 있는 취재기자 연결합니다……

오늘 오전 일곱시 반경 남양주의 한 다세대주택에서 마흔다섯살 한모씨가 별거 중인 부인 A씨가 자신을 만나주지 않는다며 인질극을 벌이고 있습니다. 경찰특공대가 오후 두시 반에 옥상을 통해 창문으로 진입을 시도했으나 한씨의 격렬한 저항으로 인질로 잡힌 처제 B씨의 안전을 고려해 현재 대치 중에 있습니다. 그런데 처제 B씨뿐 아니라 장모 C씨도 인질로 붙잡혀 있는 것으로 경찰은 뒤늦게 파악하고 경찰대 위기협상연구센터 교수를 현장에 투입, 인질범의 가족과 지인을 동원해 협상에 나서기로 했습니다……

남양주에 사는 한모씨는 제자 한이 분명했다. 한이 결국 사고를 친 것이다.

저런 놈이니까 마누라가 집을 나가지, 에라이 못난 놈, 저런 놈들이 남자 망신 다 시키는 못난 놈들이지 않습니까?

………

그렇지 않습니까?

남자가 재차 물었으나 윤은 대답하지 않았다. 버스가 고속도로 휴게소로 들어갔다. 기사가 십오분 휴식 뒤에 출발한다고 말했다. 시계를 봤다. 9월 15일 오후 4시 50분이다. 한에게 전화를 했으나, 당연히 받지 않는다. 요의가 없는데도 화장실을 들렀다가, 꼭 갈증이 있어서라기보다 생각의 갈피를 정리하기 위해 물을 사서 나오면서 경자에게 전화를 걸었다. '지금 납득할 수 없는 이유로 집을 나간 제 아내의 동생과 어머니를 잡고 인질극을 벌이고 있는 제자 일'로 너희 집에 들르지 못할 것 같다고 할 수는 없어서, 사정이 생겨 나중에 가겠다 간단하게 말하고 서둘러 전화를 끊으려는데 경자가 급하게 막아서듯,

오빠, 좀 전에 야 아빠가 야를 일주일 안에 데려간다는 연락이 왔어. 내가 10월에 사정이 생겨 야를 다른 사람한테 맡긴다고 하니까 그러면 자기가 데려간다고 하네. 그래서 10월에 오빠가 야 데려갈 필요는 없을 것 같아. 오빠 오기 전에 미리 말해주려고 전화해도 오빠가 안 받더라구.

그러냐고, 잘 알았다는 짧은 답을 했다. 결정은 버스가 떠나기 전에 하는 것이 좋을 것이다. 먼저 제자 한에 대해 생각했다. 집 다 지어놨는데, 제 선생의 시답잖은 한마디를 금과옥조로 여겨 '가정'을 천신만고의 노력 끝에 일구었는데 아내의 가출이 그 결과일 줄은 예상 못했던 멍청한 한을 도울 수 있는 방법을 강구하기에는 너무 시간이 촉박하다. 윤은 물을 한모금 마셨다. 시간이 촉박하므로 인질범 한에 대한 생각은 일단 제쳐두기로 했다. 그러면 이제 아이를 생각할 차례다. 일주일 안에 제 아비가 데려갈 아이, 지금 데려오지 않으면 영영 볼 수 없게 될지도 모를 아이. 급한 상황이 닥친 것은 분명했다. 만약 아이를 데려간다고 하면 경자가 자신을 미친 사람 취급할 수도 있다. 그럴 것이 분명하므로 경자의 눈을 피해 아이를 데리고 나와 기차나 버스를 타게 될 것이다. 아이가 없어진 것

을 확인한 경자는 무슨 일이 생기면 늘 그랬듯이 맨 먼저 성섭에게 알릴 것이다. 윤과 연락이 안 되면 성섭이 후배 형사들을 시켜 윤의 뒤를 쫓을 것이다. 그러면 윤은 인질범 제자를 둔 납치범이 될 것이다. 시계를 봤다. 오후 다섯시 정각이다. 차가 출발하려면 아직 오분이 남았다. 불현듯 십년 전에 끊은 담배 생각이 났다. 오분이면 담배를 살 시간으로는 충분하다. 또한 담배를 사서 불을 붙이고 몇 모금 정도는 피울 수 있는 시간으로도 충분하다. 담배를 몇모금이라도 피우고 나서 출발하기 직전의 차에 잽싸게 올라타면 될 것이다. 윤은 담배가 있는지는 모르지만 담배를 살 요량으로 휴게소 안 편의점을 향해 걸어갔다. 사양(斜陽)이 비끼는 휴게소 유리문에 오후 다섯시의 흰 달이 언뜻 비쳤다가 윤이 문을 열자 사라졌다. 곧 해가 질 것이다.

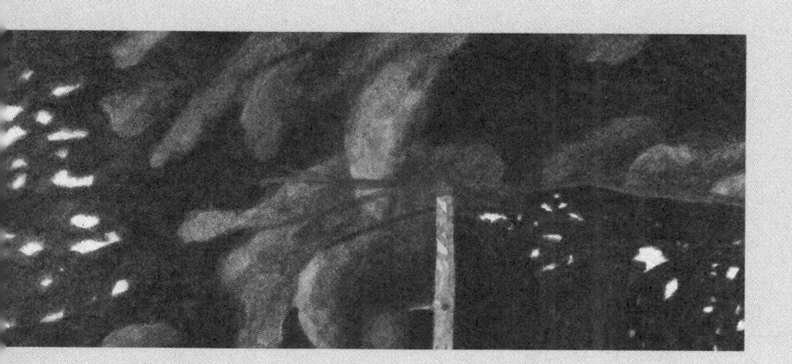

은주의 영화

1. 상희

내가 아버지와 함께 처음으로 영화관에 간 것은 초등학교 3학년 때였다. 지금 그 영화 내용은 기억나지 않지만, 영화를 보고 나와 길모퉁이 찻집에서 아버지는 커피를 마시고 나는 아이스크림을 먹었을 때가 떠오른다. 창밖을 한참 동안 바라보던 아버지가 문득, 딱 저런 길모퉁이였다, 내가 너희 엄마를 처음 본 게,라고 말했다.

나는 저런 길모퉁이에서 파란 제복을 입고 호각을 불고 있었는데, 단발머리 나풀거리며 길을 건너오던 너희 엄마가 내 옆을 지나가더라. 예뻐서 호각 소리를 더 크게 냈다. 너희 엄마가 한번 더 돌아볼까봐, 가슴을 졸였지. 정말로 돌아보더라. 숨이 멎을 뻔했지.

거의 영화였다, 영화였어.

아버지가 눈을 가늘게 뜨고서 거의 영화였다, 영화였어, 했던 순간이 내 영화의 시작이었다.

내가 두번째로 아버지와 영화관에 간 것은 고등학교 졸업식 날이었다. 졸업식인데 나에게 특별히 해줄 것이 없어서였을 것이다. 그날 우리는 중국 지아 장커 감독의 「스틸 라이프」를 봤다. 원래 제목은 '삼협호인'이라고 했다. 영화를 보고 나와 아버지와 짜장면집에 갔다. 중국영화를 봤으니 자연스럽게 중국음식을 먹으러 가게 된 것이다. 짜장면을 비비며 아버지가, 야, 좋다 좋아, 감탄사를 연발했다.

은주야, 너도 저런 영화 하나 만들어볼래?

아버지의 그 말이 또 내 영화의 시작이다. 나는 대학 입시에 떨어진 상태였다. 영화는 대학에 가서 배워야 하지 않느냐고 물었다.

카메라 한대만 있으면 되겠지.

카메라가 없는데?라고 했더니,

까짓것 한대 사지 뭐, 하고서 아버지는 내 손을 잡고 카메라 가게로 갔다. 옜다, 우리 딸 대학 떨어진 선물이다!

아버지가 내게 캠코더를 선물한 것이 또 내 영화의 시작이다. 그 캠코더 값을 갚는 데 꼬박 열달이 걸렸다는 것을 나는 나중에 엄마가 말해줘서 알았다. 아버지도 나도 영화라는 게 돈이 드는 일이라는 것을 몰랐다. 그러나 나는 이미 영화 말고는 다른 것을 생각하고 싶지 않은 사람이 되어버렸다. 나중에 대학 영화과를 다 떨어지고 영화와는 아무 상관 없는 도서관학과로 점수 맞춰 들어갔지만, 영화가 내 천직이어야 한다는 생각을 한번도 버린 적이 없었다. 그러나 나에게 영화의 길은 요원했다. 내가 만들고 싶은 영화는 적어도, 엄마의 언니, 그러니까 나의 이모가 다리를 절게 된 사연이라든가, 이모가 세 들어 사는 집 옆방 아이가 불의의 사고를 당해 죽었다든가, 엄마가 아버지한테 두들겨 맞고 집을 나갔는데 우리 아버지 오중철 씨가 집 나간 우리 엄마 이상순 씨를 찾으러 갔다가 근무지 무단이탈로 직장에서 잘린 이야기 같은 것은 아니라는 말이다. 내가 이 영화도 아닌 영상물을 보며 골방에서 거의 혈거를 방불케 하는 생활로 시간을 죽였던 것은 물론 내가 백수여서였다. 그런데 내가 매번 이 영상물을 보면서 경험한 이상한 현상들은 다 무엇이었을까. 내가 이상한 현상들을 겪으며 이 영상물로 시간을 죽이는 동안 엄마의 돈 없는 생활의 공포에서 오는 나를 향한 공격과 습격은 간단없이 이어졌고 아버지의 병세는 나아지지 않았고 동생은 나보다 더 늙어갔고 나의 미래에 대한 불안은 극에 달했다. 이상한 현상을 경험하게 한 그 영상물의 첫 장면은 이모의, 세상 모든 것이 다 뜨거웠다는 말로 시작되었다.

세상 모든 것이 다 뜨거웠어. 하늘의 해, 닭백숙이 끓는 솥, 아궁이 앞에 앉아 불을 때는 나, 양손으로 닭날개를 잡고 햇빛 속을 뚫고 걸어오는 아버지, 장독, 나뭇잎, 흙도 뜨거워서 나는 숨을 못 쉴 지경이 되어부렀단다.

이모의 억양은 엄마처럼 세지 않고 부드러웠다. 나는 숨을 못 쉴 지경이 되어부렀단다, 하고서 이모는 정말로 숨이 가쁜지 깊은 한숨을 내쉬었다. 이모가 그렇게 말할 때까지만 해도 내 카메라는 무심했다. 나도 무심했다. 나는 아직 카메라 바깥에 있었다.

손님은 아예 없는 날도 있고, 그날같이 산 쪽의 참나무 두그루, 벚나무 한그루, 마당의 감나무 한그루 밑에 아버지가 만들어놓아둔 평상이 다 찰 때도 있어. 마당 감나무 밑 손님들이 닭날개를 잡고 마당을 가로질러 오는 아버지를 부르더라.

아저씨, 여기 얼마요?

저어기 우리 가시내한테 계산하십쇼이. 내가 지금 보시다시피 닭 잡느라고 정신이 없어서.

나는 아궁이에 불을 밀어넣고 손님에게로 종종거리며 가서 돈을 받지. 얼마요? 삼만원이요. 삼만원? 머시 그렇게 비싸?

돈을 치른 남자가 나를 위아래로 훑어봐. 그러고는 침을 뱉듯이 물어. 아가씨 몇살이야?

나는 대답하지 않지. 그러면 얼라, 예쁜 아가씨가 장애가 있네이, 장애가 있어. 아이고, 아까워라 아까워. 그러면서 가. 니가 잡아먹을 것도 아니면서 머시 아깝냐 새꺄, 이빨을 쑤시면서들 간다고. 그다음엔 또 참나무 아래서 보양탕을 먹던 사람들이 급하게 아버지를 부르더라고.

선천성이요, 다쳤소?

아버지가 나를 돌아보고는,

선천성은 아닌게 다쳤다고 봐야제. 안 그러냐이?

다쳤다고 본다면 그 시점이 언젭니까? 내가 왜 시점을 묻냐면 요새는 의술이 좋아져서 저 정도 장애는 얼마든지 고칠 수도 있을 거란 말입니다. 오늘 이 집 음식도 잘 먹고 내가 한번 좋은 일을 해보고 싶어서 그래요. 다친 시점이……

오일팔 때 그랬습니다, 오일팔 때.

아, 그럼, 총 맞았어요?

어어어, 그것이 아니고오, 맥없이 맥없이 그랬단게애. 그냥 군인들이 퇴각험시로 뿔따구가 좀 났던개비여어. 왜 안 글겄소. 군인은 어떠한 일이 있어도 전진을 목표로 삼아야 하는데 퇴각을 하니까 군인들 심정이 좀 안 좋았던갑서. 그래서 화풀이를 한다고 한 것이 지나는 길에 장독아지도 좀 깨고 총질도 좀 하기는 했제이. 시내서는 뭐 많이 죽기도 죽었지마는 우리 동네서는 그저 닭 몇마리, 개새끼 몇마리 죽고 거 머시냐, 하여간 그뿐이여. 소소허다면 소소허제. 아, 근디 저것이 방에서 나오다가 달구새끼 죽는 것을 좀 봤던 모양이여. 그것이 뭣이 어쩐다고 심적 타격을 좀 얻었던 모양이라. 한창 예민한 사춘기 때라이, 그럴 수도 있어. 충격을 먹었는가, 그 뒤로 저러요 안.

아버지가 그날따라 내가 다리 절게 된 사연을 길게 말하더라고. 날은 뜨겁더라. 날이 뜨거워서 내 속도 뜨거웠지. 꼭 아버지 때문은 아니라고.

오일팔 피해자구먼, 피해자여.

아따, 그런 말 하지들 마쑈. 저 아래 누구 집, 누구 집 해서 죽은 사람들이 얼매나 많은디. 우리 집 가시내는 직접적 피해를 입은 것도 없고 단지 달구새끼 때문에 충격을 좀 먹은 것을 가지고 무슨 피해자는 피해자여. 어어어, 당최로다가 그런 말은……

사람들이 갑자기 '오일팔 이야기'에 열을 올리더라. 자기는 그때 어디 있었다, 무엇을 했다, 광주서 뭔 일 난지도 모르고 라면 끓여 먹고 춤췄다, 라면 먹고 왜 춤을 추냐, 나도 모른다, 그냥 그랬다, 와글와글와글, 참나무 아래서 아주 신이 났더라. 신이 나 죽겠다가 또 아버지를 불러.

군인들이 그럴 때 아저씨는 뭐 했어요?

나는 요 아래 주막에서 술 묵고 있었지라.

아따, 딸이 지금 죽게 생겼는디 너무 무심했던 것 아녀어?

참나무 아래 신난 인간들은 어느새 반말이야.

내 잘못이 많지라, 내가 죄가 많어노니.

딸은 이쁘게 생겼그먼.

지 에미 닮아서 이쁘긴 이뻐라.

아줌마는 어딨어요?

진작에 가부렀어라. 쟈들 어려서 가부렀어.

새장가도 안 가고 아저씨 혼자 애들을 키웠어?

누가 이런 데 와서 고생하고 살라고 할랍디여?

아저씨, 여기 얼마야?

삼만 오천원인디, 삼만원만 주쇼.

어이, 아가씨 일롸바, 오천원은 아가씨 줄게, 이뻐서 주는 거야이.

당최로다가 그러시면 안 되는디이.

당최로다가 그러면 안 되는디이.

내가 집을 나서자, 아버지가 바쁜데 어디 가냐고 하더라. 그냥 간다고 했지. 아버지가 빨리 오너라, 하더라고. 그럴게요, 했어. 아버지는 내가 진짜로 집을 나가는 걸 몰라서 그랬겠지. 가겟집 앞에까지 내려왔다가 아무래도 돈을 가지고 나와야 할 것 같아서 산중턱 집으로 다시 올라갔지. 아버지가, 왔냐? 얼른 보양탕 솥에 불 좀 너라. 나는 다시 아궁이 앞에 쭈그리고 앉아 땀을 흘리며 불을 땠단다, 오살할.

오살할,이라고 이모가 말했을 때인 것 같다. 카메라가 갑자기 입을 크게 벌리는 것 같았다. 아마 술기운 때문이었는지도 모른다. 어느 한순간, 내가 카메라 속으로 쑤욱 빨려들어가는 것을 느꼈다. 나는 카메라 속에서도 이모를 찍겠다고 카메라를 찾고 있었다.

엄마는 잘 기억나지 않아. 내 생각에 엄마도 아마 선한 사람이었을 거야. 사람들이 보통 악하기보다 선하기가 더 쉬운 법이니까. 아닌가? 악하기가 더 쉬운가? 나한테 엄마 사진이 있었어. 우리 버리고 간 나쁜 년 사진 보지 말라고 오빠가 빼앗아가서 갈기갈기 찢어 버렸지만 기억은 해. 사진 속 얼굴이 동글납작한 게 채송화같이 생겼어. 채송화같이 생긴 엄마가 악할 리가 없지. 채송화같이 생긴 엄마를 두들겨 패서 집 나가게 한 아버지도 나쁜 사람은 아니야. 착해. 너희 아버지는 징그럽게 착한 사람이라고 동네 사람들이 다 말했어. 그렇게 착한 아버지를 버린 너희 엄마가 복을 찬 거라고. 아버지는 술에 취해서 말했지.

나의 실수였제. 그렇다고 나가버리냐, 어린 자식들이 울고 기다리는 줄 번연히 알면서이. 오면 좋겠지야만서도 와야 말이지. 인자 올 수도 없어. 니 엄마가 시집을 갔다더라는 말은 내가 했을 것이다이.

우리는 아버지한테 엄마가 시집갔다는 말을 들은 적이 없었어. 그날 처음 들은 거야.

그런디 니 엄마가 시집가서 애기 낳고 잘 살다가 죽었다더라. 누가 가서 본게 느그 엄마 애기들이 아직 어린디, 서럽게 울더란다.

아버지가 그 말을 했을 때 우리는 다 함께 울었단다. 엄마가 죽은 것은 별로 실감이 안 나. 엄마가 그리운지 아닌지도 무감각해. 근데 엄마 아이들이 서럽게 울었다는 대목에서 난데없이 서러워지더라고. 아버지와 나와 상순이가 그렇게 울고 있을 때 중학생인 오빠가 미친년 죽은 것이 뭐가 슬퍼서 우냐,고 바가지를 집어던지더라.

오빠도 겉은 거칠지만 속은 곱지.

춥냐? 뭐가 춥다고 지랄이냐, 어깨 안 펴? 스을, 펴라고 했다이. 안 피네, 일루 와 콱 그냥, 피라면 피란 말이야.

우리 어깨를 잡아당기고는, 어디선가 구해온 빵이나 오징어다리 같은 것을 쓱 건네주곤 했단다. 느이 외삼촌이.

니 엄마 상순이도 착했다이. 남의 것을 잘 훔치긴 했지만 인정은 많았지.

내가 언니 줄라고 먹고 싶은 것을 꾹 참고 갖고 왔으니까 먹어.

가겟집에서 훔친 과자를 나한테 주는 거야, 저는 안 먹고 나한테 줘. 흐흐흐.

이모가 웃었다. 분명히 카메라 속에서 이모가 웃었는데 현실에서의 나도 웃고 있었다.

돈도 못 버는 것이 뭐가 좋다고 처웃냐, 웃기를.

언제 들어왔는지 엄마가 내 등짝을 후려쳤다.

카메라 꺼 이년아. 나가서 돈 벌려면 기어나와서 얼른 밥이나 처먹어.

엄마의 거친 언사는 날이 갈수록 그 도를 넘고 있다.

이력서 넣어놨으니 연락이 올 거라고.

연락 올 때까지 카메라만 들여다보고 있으시겠다?

그럼 어떡해. 딱히 할 일이 없는데. 밥 맛있네, 흐흐흐.

방구석에만 틀어박혀 있더니 슬슬 미쳐가는구나.

내가 정말 미쳤나? 나는 정말 미친 척하면서 밥만 먹고 내 방으로 들어와버렸다.

야이, 미친 가시내야, 니가 먹은 밥그릇 설거지는 해얄 거 아녀어. 저년 수발드느라고 쉬는 날 쉬지도 못해.

내 밥그릇 씻는 설거지 소리가 요란하다. 나는 숨을 곳이 없다. 카메라가 나를 빤히 바라보고 있다. 카메라가 숨을 쉰다. 카메라가 큰 숨으로 나를 빨아들인다. 나는 저항하지 못하고 카메라 속으로 빨려들어간다. 카메라 속에서 카메라를 찾는다. 그리고 나는 알았다. 카메라 속에서는 카메라가 필요 없다는 것을. 카메라 속에서는 내가 카메라이고 카메라가 이모다. 나는 이제 이모가 되었다.

나는 엄마를 집 나가게 한 아버지가 정말 미웠다. 아버지가 미워서 공부를 잘 하지 않았는데 아버지는 내 머리가 원래 공부머리가 아니라고 판단했는지는 몰라도 초등학교 6학년 가을에 학교에서 돌아와 작대기를 가지고 개와 함께 놀고 있는 나를 오라고 손짓해서는 조용히 말했다.

니 오빠 공부시킬라니 할 수가 없구나. 상순이는 아직 어리고 니가 아부지를 도와줘야제.

나는 말 잘 듣는 딸처럼 순순히 그러겠다 했다. 순순히 그러겠다 해놓고 벽장에 올라가 서럽게 울었다. 집 나간 엄마도 밉고 아버지도 밉고 오빠도 미웠다. 밉지만 그 미움을 표현할 길이 없었다. 그래서 나는 자주 산중턱에 있는 우리 집 아래 도시를 내려다보곤 했다. 한낮에도, 저녁에도, 오밤중에도, 새벽에도. 새벽에 변소에 가려고 나온 아버지가 그런 나를 보고, 거기서 뭔 생각을 그리 하냐고 대수롭잖게 물으며 방으로 들어갔다. 아버지가 내 곁에 오지 않고 방으로 그냥 들어가버리는 것이 나는 또 견딜 수 없이 미워져서 방으로 들어갈 수가 없었다. 내가 할 수 있는 일은 그저 산중턱 우리 집에서 내려다보이는 도시를 가만히 노려보고 앉아 있는 수밖에는, 노려보고 앉았다가 가슴 한복판을 꽝꽝 치거나 득득 긁는 수밖에는. 아무리 꽝꽝 치고 득득 긁어봐도 뭔가 스멀거리거나, 뭔가 따끔거리는 증세는 쉽게 가라앉지 않았다.

검정 페인트로 토종닭, 보양탕이라고 써놓은 나무 간판은 진작에 없어져버렸어도 사람들은 우리 집에 토종닭과 보양탕을 먹으러 왔다. 나는 아버지를 도와 토종닭, 보양탕 솥에 불을 때고 손님들이 먹고 나간 그릇을 씻었다. 일을 다 끝내고 나면 돌아서서 개처럼, 아무 곳에나 대고 컹컹 짖었다. 으르릉, 혹은 가르릉도 해보다가 아무 데나 확, 침을 뱉었다. 그러면 가슴 한복판의 스멀거림이라든가 따끔거림이 조금은 줄어드는 것 같아서 기분이 좋아졌다.

골방에 틀어박혀 있으니 이가 생겼냐? 왜 득득 긁냐, 긁기를. 가슴은 또 왜 쳐, 맨날 처박혀 있어서 소화가 안 되는 거여? 나는 그때까지 내가 내 가슴을, 득득 긁다가 꽝꽝 치고 있었다는 것을 의식하지 못했다. 엄마의 비명소리를 듣고서야 내가 이상한 행동을 했다는 것을 알았다. 절대로 그러려고 그랬던 것은 아니었다. 나는 다만 이빨을 쑤시면서 나를 위아래로 훑어보고 나가다가 아깝다고 흰소리하는 인간들을 향해 침을 뱉었다고 말하는 이모를 보면서 나도 모르게 침이 고였고 이모처럼 나도 저절로 그런 행동이 나왔던 것이다. 엄마는 절규했다. 아이고오, 아이고오, 딸년이 엄마한테 침을 뱉네애, 침을 뱉아아. 나도 내가 당황스러워 이번에는 아예 문을 잠그고 말았다. 언제 온지도 모르게 갑자기 내 등 뒤에서 나를 공격해오는 엄마한테 내가 무슨 짓을 할지 몰라 겁이 났다. 엄마 말대로 카메라만 들여다보고 살아서 내 정신이 좀 이상해진 것인가. 취직을 하자, 취직을 해. 그렇지만 어디서 연락이 와야 취직을 하든지 말든지 하지. 그러고 보니 내가 이 골방에서 목적도 없이 찍어온 이모의 이야기를 들여다보며 틀어박힌 지도 한달이 다 되어간다. 그 한달 동안 어디서도 연락이 없었다. 한달 전 아버지는 아침부터 술에 취해서 말했다. 고향이란 것은 돌아갈 곳이 못 돼. 노래도 안 있냐, 돌아갈 곳은 못 돼드라 내 고향이라고. 사는 게 지랄 맞아 부모 제사에 고향 한번 못 간다고 식전 댓바람부터 퍼붓는 엄마의 잔소리가 아버지를 아침부터 취하게 한 이유가 되었다. 묵묵부답으로 술만 마시는 아버지와 말이 통하지 않자 엄마의 잔소리는 결국 내게로 튀었다. 돈 벌기가 어디 쉽냐이, 니 나이 이제 서른이다, 나는 너를 열아홉에 낳았다, 남들 다 있는 애인이 너는 왜 없냐, 니가 무슨 돈으로 영화를 하냐, 회사에 취직을 해라, 고등도 안 나온 나도 살았다, 대학 나온 니가 뭣이 무섭냐…… 거의 융단폭격이었다. 내가 반응이 없자,

그놈의 카메라만 딜다보고 있는 것이 숫제 누 집 개가 짖냐 식이

제이? 뭣이 이쁘다고 카메라를 사줘, 사주길. 저놈의 카메라 때문에 헛바람이 들었어, 오중철이가 딸년을 베래놨어어, 베래놔아. 내가 저 웬수놈의 카메라를 그냥 콱아악.

엄마가 카메라를 부술 기세로 돌진해왔고 나는 내 유일한 재산인 카메라 한대만 챙겨들고 집을 나와 고속버스터미널로 갔던 것이다. 내가 광주 가는 버스에 막 몸을 실었을 때, 대학 동기 경화한테서 전화가 왔다.

경화는 해외 다큐멘터리영화제에 출품할 작품을 구상 중이라고 했다. 자본 위주의 도시에서 농업이 가지는 가치와 의의를 찾아서 도시농업을 하는 사람들을 취재하다가, 그들 중 게릴라들을 만났다는 것이다.

그들이야말로 평화적 혁명가들이야. 상상해봐. 광화문 네거리가 밤새 꽃밭으로 변해 있는 모습을. 실제로 뉴욕이나 베를린에서 그런 일이 일어났어. 그 사람들을 게릴라가드너라고 하지. 게릴라니까 이름도 전부 가명을 써. 정체를 숨기고 길 가다가 꽃씨폭탄을 아무 데나 투척하지. 그러면 빈 땅에 꽃이 피고…… 이 가공할 자본주의 사회에서 그들은 그렇게 무기가 아닌 식물로 대항하는 거야. 어때, 흥미롭지 않니?

나는 작업을 할 수 있는 돈이 없다. 당장 움직일 수 있는 교통비도 없다. 트럭 한대 가지고 우리를 먹여살린 아버지는 지난겨울, 가구를 배달하다가 빙판길에 사고가 나서 차는 물론이고 배달하던 가구들이 망가져 가구회사에 돈을 물어줘야 할 형편이 되었다. 그나마 크게 안 다친 것만도 다행이라고 했지만 아버지는 허리를 다쳐 봄이 된 지금까지 일을 못하고 있다. 엄마 말에 의하면 엄마는 아버지 만나 하루도 쉰 적이 없는 세월을 살았다고 한다.

솔직히 책 한권을 읽고 싶어도 한권 읽는 데 일년이 걸릴지 이년이 걸릴지 모를 세월을 살고 있다, 나 이상순이가.

쉬는 날, 독서 좀 해보겠다고 하다가 책을 얼굴에 덮고 자고 일어나서 엄마가 한 말이다.

나와 다섯살 터울인 은영이는 휴학을 몇번이나 했는지 모른다. 지금도 휴학 중인지 아닌지 헷갈린다. 공부보다 아르바이트하는 시간이 더 많아서다. 나도 당장 편의점 아르바이트라도 해야 하나. 그런 우리 집 사정은 경화한테 굳이 말 안 해도 알 것이다. 경화는 물었다. 광주를 왜 가느냐고. 엄마가 아침에 카메라 부숴버리겠다고 해서 피신하는 거라고 하니까 경화는 웃었다. 내가 나중에 상 받으면 우리 같이 그 돈으로 떡 먹자이. 내가 광주 간다니까 경화가 농담을 광주 억양으로 했다. 기억나는 것이 아무것도 없지만 나는 누가 고향을 물으면 이 도시 이름을 댔다. 광주. 인터넷방송 '현장'에서 일하기 전에 일했던 지역정보지 『도깨비』 사장은 내가 광주라고 말하자, 잘 안 되는 억지 억양으로, 그러니까 오은주 씨는 광주 여자네이, 광주 여자여이, 하면서 정체 모를 미소를 지었다.

내가 아는 광주 여자가 둘이 되었네, 둘이 되었어. 옛날 애인하고, 또……

직원들이 여자라는 말에 생글생글 눈빛을 빛냈다.

거, 광주 여자들은 원래 다 그런가? 광주 여자들 특징이 좀 있어이.

뭔데요, 뭔데요.

하여간 있어. 그게 뭔지는 모르지만.

말해줘요, 말해줘요.

의욕이 좀 많아, 모든 면에서. 매사에 적극적이지.

액면 그대로는 좋은 말 같기도 한데 어쩐지 기분이 나빴다. 사장은 물었다.

광주서 났으면 광주에 대해서도 잘 알겠네?

광주서 세살 때 떠나서 잘은 몰라요.

세살 때 떠났으면 광주 여자도 아니네, 아니여. 좀 아쉽게 되었구먼, 아쉽게 되었어. 우리 회사에 광주 여자 하나 있는 것도 좋을 뻔했는데 말이야이.

초장에 기분 나쁘면 끝까지 기분 나쁜 법. 『도깨비』를 그만둘 때 도깨비굴에서 나온 듯 기분이 아주 개운했다. 기분 좋은 여세를 몰아 '현장'에 왔는데 지금 끝이 안 좋게 되었다. 외할아버지 제사에 엄마 대신 백수가 고향에 왔다가 이모에게 듣는 고향 이야기, 기억할 수도 없는 나와 이모의 동거 시절을 나는 쓸모가 있을지 없을지도 모르면서 카메라에 담았다. 이젠 '현장'에서 쓰지도 않을 '현장이야기'를 습관처럼 담았다. 그렇게 담아온 것을 나는 한달째 내 골방에 처박혀 들여다보고 있다. 이력서를 넣은 어떤 곳에서도 연락이 오지 않아서 내가 할 수 있는 일은 아무것도 없다. 광주 가서 카메라에 담아온 이모의 이야기를 보고 또 보는 것 말고는. 세번쯤 보고 났을 때부터였을 것이다. 내가 카메라 속으로 들어가기 시작한 것은. 다섯번째 보고 났을 때, 이력서를 낸 곳 중 하나인 출판사에서 문자 연락이 왔다.

오은주 씨와는 다음 기회에 좋은 인연으로 만나뵙길 바랍니다. 저희 회사에 지원해주셔서 감사합니다.

나는 하마터면 내 휴대전화에 대고 침을 뱉을 뻔했다. 이모가 그랬던 것처럼, 컹컹, 으르르릉, 가르릉, 콰악.

정말 알 수 없는 일이었다. 나는 이모가 음복을 하며 풀어놓는 이야기를 졸기도 하면서 습관처럼 카메라에 담았을 뿐이다. 외할아버지는 돌아가셨기 때문에 당연히 내 카메라에 담을 수 없었다. 그런데 카메라 속에서 외할아버지가 닭날개를 잡고 뜨거운 마당을 가로질러 오는 것이다. 이모가 모든 것이 다, 뜨거웠어, 닭백숙이 끓는 솥, 아궁이 앞에 앉아 불을 때는 나,라고 했을 때 나는 내가 이모가 말하는 시간과 공간 속에 살고 있는 것 같다는 착각을 하곤 했다. 그리고 그 모든 것은 카메라 안에서 이루어졌다. 카메라 속 세상에서 카메라 밖 세상으로 나오는 순간은 늘 엄마 때문이었다.

엄마가 내 방문을 왈칵 열어젖히며, 카메라 속으로 아예 들어가라 들어가,라고 했을 때 나는 아직 카메라 밖으로 나오기가 힘들어서 몸이 좀 뻣뻣해졌다. 그래서였을 것이다.

상순아, 너 나한테 왜 그러냐? 했던 것은.

옴마옴마, 저년이 광주 갔다 오더니 즈그 이모가 되어부렀네이,

홈빡 뒤집어쓰고 와부렀어어.

나는 그때서야 멋쩍게 웃었다.

저놈의 카메라 땜에 숫제 미쳐부렀네, 미쳐부렀어. 취직해서 빨리 돈 벌어와 이년아, 돈.

그러나 나는 돈을 벌 길이 없었다. 그래서 다시 카메라 속으로 몸을 숨겼다. 카메라 속으로 들어가 살아버렸다. 카메라 속에서 또 다른 카메라를 들고 말하는 사람을 찍다가 어느 결에 내가 그 사람이 되어버렸다. 나는 이제 오은주가 아니라 이상희다.

상순이 열다섯, 내가 열일곱살 때 우리는 똑같이 그 광경을 우리 집 마루에서 보았다. 우리 집이 있는 언덕 아래 가겟집 여자가 내가 번개탄을 사러 갔을 때,

군인들이 다 쏴 주개분단다. 그렁게 절대로 시내 나가면 안 돼야이,라고 말했다.

시내만 안 나가면 된다요?

하면, 나가지 말고 집에 콱 어푸러져 있어라이.

안 어푸러져 있으면요?

어푸러지든 자빠지든 니 맘대로 해라, 니무랄 것. 좌우당간 나가지만 마러라이.

마치 엄마 없는 우리의 엄마처럼 우리를 단속했다. 시내에만 안 나가면 아무 문제 없을 것이라고 우리 식구들은 생각했다. 아버지, 오빠, 나, 상순이는 그날 저녁밥을 일찌거니 해 먹고 아버지는 가

겟집으로 마실을 가고 오빠는 다락방으로 올라갔다. 가겟집 아줌마가 시내 청년들은 다 숨어버렸단다, 해서 그런 것은 아니고 원래 오빠 방이 다락방이었기 때문이다. 나하고 상순이하고 둘이서 한 이불 속에 발을 넣고 있을 때였다. 어스름 속에서 와장창 장독 깨지는 소리가 났다. 시내에만 안 나가면 군인들이 사람들을 죽인 일은 우리하고는 아무 상관이 없는 줄 알았다. 나는 시내에 안 나가봐서 죽은 사람을 보지도 못했다. 나는 시내에 있던 군인들이 왜 우리 집까지 와서 우리 집 장독을 깼는지 알지 못한다. 군인들이 왜 우리 집 닭과 개한테 총질을 했는지 알지 못한다. 문을 열고 나가다가 우리 집 개가 총을 맞고 피를 뿜으며 죽어가는 것을 나는 보았다. 닭들이 살점이 너덜너덜한 채로 도망치는 것을 보았다. 우리 집 개한테 총을 쏜 군인이 나를 돌아보고 개처럼 혀를 날름거렸다. 그 순간 내 몸이 딱딱하게 굳어버렸다. 손을 뻗을 수도 고개를 젓힐 수도 없었다. 내가 누워 있는데, 오빠가 나를 툭툭 발로 찼다.

우리 닭만 죽은지 아냐, 바보야. 우리 장꽝만 깨진지 아냐, 멍청아.

나중에는 장단을 맞춰 노래를 불렀다.

우리 닭만 죽은지 아냐, 바보야, 우리 장꽝만 깨진지 아냐, 멍청아.

나는 오빠 노래에 웃었다. 누운 채로 나도 그 장단에 노래를 불렀다.

우리 닭만 죽은지 아냐 바보야, 우리 장꽝만 깨진지 아냐 멍청아.

상순이는 내가 오빠하고 신이 나면 질투가 나는지 화를 냈다.

일하기 싫으니까 그러지? 꾀병 부리지 마 작것아.

아이, 아이, 뭣 때문에 아부지 속을 상하게 하냐아, 좋은 일 한다고 인나봐라.

아버지는 손까지 싹싹 빌며 사정을 했다.

나는 일어나지 않았다. 일어나고 싶지 않았다. 일어날 수가 없었다. 오빠가 일어나라고 나를 마당으로 끌고 나갔다.

군인들이 너한테 해코지를 한 것도 아니잖아, 근데 왜 등신처럼 구냐고오, 가시내야아.

오빠가 마당에서 나를 질질 끌면서 엉엉 울었다.

아팠다, 등이. 그래서 일어났다. 일어났는데 한쪽 다리에 영 힘이 없었다. 나는 한쪽 다리를 저는 절름발이가 되었다. 열일곱살 여름부터.

아니이, 군인들이 지랄하는 것을 똑같이 봐놓고도 누구는 멀쩡한데 누구는 뭣이 어쨌다고 막 몸이 다 굳어불고 그러냐? 나도 봤어, 나도 봤다고. 근데 왜 나는 암시랑토 안 하냐고. 오빠가 나한테 이럴 줄 알았으면 나는 차라리 그때 군인들 총에 맞아서 죽어부렀으면 싶다니까아.

학교를 안 가고 시내를 싸돌아다니다가 오빠한테 작신 얻어맞은 상순이 발광을 했다.

뭔가, 하여간 뭔가가 항상 불만이던 상순이는 집에서 훔치는 것을 넘어 저랑 똑같은 가시내들하고 작당하고서 가겟집까지 털다가 경찰서까지는 안 갔어도 온 동네 우세를 샀다. 그때 오빠한테 매타작을 당한 뒤 입술이 반나마 터져서 절규하며 집을 나갔다. 가출청소년 이상순을 교통경찰 오중철이 계도하다가 연애를 하고 그러다가 애를 낳았다. 한참을 소식도 없이 살다가 애엄마가 되어 돌아왔다. 애엄마가 되어 돌아온 가시내를 또 아버지가 두들겨 팼다.

아무리, 아무리 내가 못났어도 애비는 애비여. 그런디, 그런디, 자식인 니가 나를 이런 식으로 배신을 혀?

그렇게 두들겨 맞으면서도 상순은 울지 않고 웃었다. 아버지를 비웃었다.

배신 좋아하십니다요이, 배신은 먼 배시인! 아부지가 나한테 뭐를 해준 게 있어야지 배신을 허든지 말든지 허제애. 아하, 그러고 본게 옛날에 엄마도 이렇게 두들겨 팼는갑제애? 그래서 엄마가 집 나갔던 모양이제?

퍼붓고 가서 영 발길을 끊을 줄 알았던 상순이 그해 봄 애까지 낳고는 살던 집을 나갔다. 집 아래 가겟집에서 나를 부르는 소리가 나서 내려가보니, 교통경찰 제복을 입은 오중철이 은주를 데리고 가겟집 안에서 쑥 나왔다.

은주 엄마 찾아올 때까지만 좀 맡아주십쇼. 두고 보세요, 꼭 찾고야 말 겁니다.

상순이를 찾으면 찾는 것이지, 꼭 찾고야 말겠다며 입술을 앙다물 건 뭔가.

찾아서, 찾아서 어쩌려구요?

아니나 다를까,

아가리를 돌려버릴 겁니다.

은주가 내게로 온 그 아침이 공교롭게도 산중턱집이 이 세상에서 없어진 날이기도 했다. 아버지가 쓰러진 것이 내가 업고 올라온 은주 때문인 줄 알았는데, 순식간에 밀고 들어온 그놈의 포클레인 때문이었다. 아버지는 어어어어, 하다 쓰러졌다. 우리 집을 부수던 포클레인이 잠시 멈칫하다가 맹렬한 기세로 다시 일을 시작하자 아버지는 정신을 잃었다. 진작에 철거 고지가 났고 이사비용도 받았지만 우리가 미처 아침밥도 먹기 전에 와서 쓸어버릴 줄은 나도 몰랐다. 은주를 업은 채로 쓰러진 아버지를 병원에 입원시키고 새 거처를 얻는 데 하루가 갔다. 이상하게 나는 그날 신이 좀 났던 것 같다. 어떤 이유 때문인지 몰라도 그랬다. 집이 우지끈 무너질 때 아버지는 쓰러졌지만 나는 솔직히 후련하기 그지없었다.

후련하기 그지없었다고 말할 때 이모의 어깨가 크게 흔들렸다. 나도 흔들렸다. 내 카메라도 흔들렸다. 술기운인지 잠기운인지는 알 수 없었다. 엄마는 집을 나가고 아버지는 집 나간 엄마를 찾으러 가고 이모는 외할아버지를 병원에 입원시키고 집이 순식간에 철거되어 새 거처로 이사를 하는 이모 등 뒤에 매달린 세살의 나를 나는 가만히 들여다본다. 내가 들여다보자 세살인 내가, 먼저 이마를 찡그리고 그다음에 눈썹을, 급기야 입술을 씰룩이며 울기 시작한다. 이모가 등 뒤에서 우는 나를 크게 한번 추스른다. 이모 엉덩이 밑으로 내려왔던 내가 이모 허리 위로 쑥 올라간다. 오오이, 울지 마라, 울지 마, 착하다, 우리 은주. 이모가 떼끼 해주마, 떼끼. 상희는 세살 은주한테서 나를 쫓아버렸다. 은주한테서 은주를 쫓아내다니!

언니, 나야, 나. 왜 나한테 떼끼 하는데애.

피곤에 절어서 눈 밑이 시커먼 은영이 골방문을 빠끔히 열고 이모한테서 쫓겨난 나를 새초롬히 들여다보고 있다. 언니, 자, 이제 그만 자라고. 잠은 안 자고 카메라만 들여다보니까 언니가 자꾸 이상한 거잖아아.

집주인네 뒷방, 그 집에서는 동쪽방이라 부르는 방에 세 들어 사는 땜장이 김씨가 마당에서 땜질하는 연장을 손질하며 누구에게랄 것도 없이 욕을 했다.

순전히 도둑놈들인 거라.

나는 병원에 가져갈 죽을 끓이고 있었다. 아버지가 병원 밥이 맛이 없다고 닭백숙을 먹고 싶다고 했다. 닭백숙 끓이는 연탄불에서 올라오는 가스가 매웠다. 그래서 부엌문을 열어놓고 죽을 쑤고 있는데 김씨가 자꾸 내 쪽을 훔쳐보는 것이 역력하게, 뭉그적거리며 하는 소리였다.

그것이 칼 안 든 강도들이여.

집주인 할머니가 담배를 피우며, 뭣이 어쨌다고 씨부렁거리느냐 하자,

뭐긴 뭣 땜에 그래요. 테레비서 하는 오공청문회 때문이지. 총 있으면 쏴 죽여버려도 시원찮을 쌍놈의 새끼들. 국가를 좀먹는 놈들이 힘 좀 있다고 염병을 하는 꼬락서니 쳐다보고 있을라니, 울화통이 치밀어 더는 못 보겠소, 장사나 나가야지.

텔레비전이 없는 나는 세상일을 알 수 없었다. 은주를 업고 죽 냄비를 챙겨 나가려는데, 저희 방 앞 툇마루에 오도카니 앉아 있던 북쪽방 아이가, 마당 수돗가에 걸린 쪽거울을 보며 후이후이, 한숨을 쉰다.

한숨 쉬는 거냐고 물었더니 얼굴을 붉힌다.

아줌마 애기는 내가 쳐다만 봐도 울어요.

높낮이도 없고 어떤 감정도 섞이지 않은 말간 목소리였다.

아이는 엄마하고 둘이 사는데 어젯밤, 애엄마가 안 들어온 모양이었다. 나는 보자기를 풀어 닭백숙을 아이한테 덜어주었다.

아줌마, 닭백숙 냄비를 들고 다리를 절룩이면서 애기를 업고 가다가 넘어지면 어떡할 거예요?

내가 이 집으로 이사 들어오던 날도 아이는,

아줌마는 왜 절름발이가 됐어요?

아줌마도 우리 엄마처럼 남편이 없어요? 아줌마는 절름발이고 아줌마 애기는 못생겨서 아줌마 남편이 아줌마 버린 거 맞죠?

아이는 되바라진 질문을 너무도 정직하게 너무도 조용히 했다.

아이가 제가 먹는 죽을 은주한테도 먹이는 시늉을 하는 것이 어쩐지 안심이 돼 은주를 아이한테 맡기고 병원으로 갔다.

아이는 은주를 정말 봐주고 싶은 것이 아니었다. 아이는 너무 고적했던 것이다. 그러니까 외로워서 그런다는 것을 나는 단박에 알았다. 근지럽다는 것이 실은 외롭다는 말이라는 것을 나는 알고 있었다. 나도 예전에 산중턱집에서 산 아래 도시를 바라보고 있으면 마음이 근지러웠다. 근지러워서 가슴 한복판을 얼마나 꽝꽝 치고 득득 긁었는지 모른다.

아버지는 내가 싸온 죽을 맛나게 다 비우고는,

아이, 요새 텔레비전서 오공인가, 광준가 청문회를 헌단다. 국회의원들이 총출동해서 누가 총질을 했는지 따지고 있단다. 그런디, 아직까지는 장꽝 깨지고 닭 죽고 개 죽은 사연 가지고 따지는 국회의원은 없다냐?

나는 마당에서 땜장이 김씨로부터 오공청문회를 한다는 말을 듣긴 들었어도 그것이 무엇인지는 잘 몰랐다. 잘 몰랐지만 그런 것 같다고 대답했다.

하기사, 그까짓 것이 뭔 큰일이라고이. 큰일도 아닌 것 가지고 보상헐 것이 없을 것이여이.

아버지 옷을 갈아입히면서 나는 아버지 등을 한대 세게 때렸다.

암것도 아니지요, 사람도 죽었는데 닭 몇마리 개 몇마리 죽은 것이 뭐가 대수래요이.

아버지는 시원하다고 한번 더 쳐보라고 한다. 얹힌 것이 쑥 내려가네, 쑥 내려가.

나는 아버지 등을 두대 쳤다.

아이고 션허. 돈은 얼마나 남았냐. 아부지 병원비는 충분허겠냐, 못하겠냐.

또 한대 더 쳐주라고 한다.

아이고 좋다 좋아, 니 오빠는 직장생활을 잘하고 있는가 모르겄다, 나를 너한테 딱 맡겨불고는 소식이 없다이.

더 쳐드릴까요?

고만 됐다…… 아부지가 많이 미웠지야? 인자 나는 잘란다, 그만 들어가거라.

아버지가 미운 것이 아니었다. 그렇지만 또 아버지가 미웠다. 나는 밉지 않은 아버지를 미워하는 것밖에 내 속에 일어나는 이상한 기분을 어떻게 해야 하는지 알지 못했다. 아버지 등을 친 내 손이 미워 나는 나를 쳤다.

이상하게 꼼짝할 수 없어서 일어나지 못했는데, 그런 나를 보고 웃었던 열일곱의 내가 십년이 다 되어가는 시점에서 왜 그렇게 미운지 알 수 없었다. 오빠가 우리 닭만 죽은지 아냐 바보야, 우리 장꽝만 깨진지 아냐 멍청아, 장단을 맞추어 노래하면서 나를 쿡쿡 찌를 때 나는 웃었지, 울면 이상할까봐 바보같이 실룩실룩 처웃었어.

나는 이제 울고 싶었다. 내가 운다고 나를 야단칠 아버지도 없고 운다고 나를 때릴 오빠도 없으니 실컷 울고 싶었다. 나는 그 울음을 집에 돌아와서 울었다. 북쪽방 아이가 은주를 업고 엎드린 채 자다가 내 기척에 깨어나서는,

내가 만화책도 보여주고 노래를 불러줘도 계속계속 울잖아요, 업어주니까 안 우는 거예요. 얘는요. 사람이 꼭 업어줘야만 안 우는 진짜 성질 이상한 애라니깐요, 하는데 왈칵 참았던 울음이 터져나왔던 것이었다.

엄마가 내 등을 쳤다. 아이갸, 우네, 울어? 왜 우냐? 왜 울어? 왜 우냐고오, 엄마 눈에도 눈물이 고인다. 요새 니가 무엇을 딜다보고 있는지 내가 다 안다. 니 이모가 쓰잘데없이 뭐라고 뭐라고 다 지나간 옛날간날 이야기 하는 거 니 등 뒤에서 나도 다 봤다. 나는 지금까지 너희를 하늘에 맹세코 떳떳하게 키울라고 나 딴에는 죽을 둥 살 둥 발버둥을 치며 살아왔다. 그런데 오늘날에 와서 니 이모가 내 자식한테 내가 너를 이모한테 버려두고 집을 나갔니 어쨌니, 돌아보면 본인도 몸서리칠 옛날이야기를 뭣할라고 미주알고주알 해서 떡이 나와 밥이 나와, 누구 좋으라고 그러냐고오.

엄마의 절규는 최고조로 올라갔다가 갑자기 뚝 떨어지듯이 조용해졌다.

아이, 은주야, 나는 죽고 싶다. 자식한테 우세를 당하고 어찌 살아야 하나, 나도 죽고 싶은 심정이라. 그런디이, 죽고 싶어도 먹고 죽을 약 살 돈 하나가 없어 못 죽는다, 시방.

코를 팽 푼다.

엄마가 나 버리고 갔을 때 이모가 할아버지 병원에 죽 갖다주러 가는 동안 얘가 나를 봐줬다네. 봐봐, 저기 애가 나오네, 엄마 나 잠깐 저 속에 들어갔다 올게. 엄마, 울지 말고 잘 있어. 나는 카메라고 카메라는 저기 나오는 저 애야이.

울지 말라고 했건만, 카메라 밖에서 엄마가 울다가 악을 쓴다. 미친 가시내야, 아니 은주야, 내가 미안하다, 내가 잘못했다. 좋은 일 하는 셈치고 카메라 밖으로 나오너라.

카메라 속 아이가 잠이 들고 나서야 나는 카메라 밖으로 나왔다. 나는 다시 은주가 되었다. 그새 시간이 꽤 지난 모양이었다. 거실에서 은영이가 내가 나오기만 기다리고 있었던 것처럼 앉아 있다가 발딱 일어난다.

언니 땜에 엄마가 죽고 싶다고 난리잖아 지그음. 누구는 밤새 알바하고 왔는데 누구는 골방에 처박혀서 사람 미치게 하고 엄마는 죽고 싶다 난리고 아빠는 아픈 몸에 술만 마시고오, 나만, 나만 살아보겠다고 이 고생을 왜 해야 하냐고오.

은영이가 절규했다. 안방에서는 또 엄마가 절규한다.

내가 그때 집 나가고 싶어서 나갔냐고오. 당신이 조선대 학생 이철규 잡으러 간다고 핑계 대고 집에 안 들어왔잖아. 가서 보니 이철균가 머시깽인가 하는 머시매는 안 잡고 술이나 퍼마시고 있었잖아. 아침부터 어떤 미친년하고 노닥거리면서이. 행복한 삶이 우리 앞에 펼쳐져? 거짓말, 그때부터 거짓말을 밥 먹는 듯이 하는 인간이이었잖아아아아, 오중철이 이 나쁜 놈아아아.

어허, 말은 바로 해야지이. 그것은 술이 아니고 커피였잖아아. 그리고 나는 절대로 조선대 학생 이철규를 잡으러 갔던 것이 아녀어.

택시강도 때문에 비상이 걸려 집에 못 들어온 거였지. 하도 피곤해 다방에서 커피 한잔 하고 있을 때 상순이 니가 들이닥친 거여어. 다방 레지한테, 니년은 어떤 년이냐고 애먼 소리를 하는데 내가 뿔따구가 나지 안 나냐. 누구 딸 아니랄까봐 몇대 쳤다고 새끼 놔두고 집을 나가고 말이야이? 처형한테 애를 맡겨놓고 너 찾으러 갔더니 너는 또 여수 쥐치포 공장에서 어떤 놈하고…… 내가 상순이 너땜에 근무지 무단이탈로 순경 모가지가 날아갔잖아아. 길거리 헤매는 가시내 살려줬드만, 그 은공은 모르고이.

니가 나를 살려줘? 뭐? 누구 딸 아니랄까봐? 철모르는 애 데려다 놓고 니가 나를 오늘날까지 부려먹으면서이.

오중철과 이상순은 또 그렇게 싸웠다.

나는 다시 내 골방으로 들어가 카메라만 바라본다. 잠이 들었던 아이가 어느새 깨어나 있었다. 내가 만화책도 보여주고 노래를 불러줘도 계속계속 울잖아요, 업어주니까 안 우는 거예요. 진짜 성질 이상한 애라니깐요. 상희가 운다. 상희 울음 때문인지 카메라가 흔들린다.

울어라, 상희야, 천지가 진동하도록 울어라 상희야, 하늘이 바다가 되고 바다가 하늘이 되도록 울어라 상희야, 그 울음 다 울고 나서 비 갠 꽃밭에서 춤이나 춰보자 상희야……

사위는 조용했다. 늘 시끄럽다가 갑자기 조용한 것에 놀라서 카메라 밖으로 나왔는지는 알 수 없었다. 식구들은 술에 취해서 혹은 울음에 지쳐서 혹은 피로를 이기지 못하고 다들 잠든 모양이었다. 조용한 속에 나오는 소리가 내 입에서 나오는 소리라는 걸 나는 그때야 알았다. 울어라 상희야, 천지가 진동하도록 울어라 상희야, 하늘이 바다가 되고 바다가 하늘이 되도록 울어라 상희야, 그 울음 다 울고 나서 비 갠 꽃밭에서 춤이나 춰보자 상희야, 내 입에서 나오는 소리가 주문인지, 노래인지는 알 수 없었다.

내 입에서 소리가 잦아들고 나서야 나는 카메라의 화면이 정지된 것을 알았다. 화면은 정지됐어도, 내가 만화책도 보여주고 노래를 불러줘도 계속계속 울잖아요, 업어주니까 안 우는 거예요, 얘는, 진짜 성질 이상한 애라니깐요, 하는 소리는 계속 카메라 밖으로 나와 내 골방 안에 흘러다녔다.

이력서를 넣었던 곳 중 지원해줘서 감사하다는 출판사 문자 말고는 아직 어디서도 소식이 없다. 나야말로 집을 떠날 때가 됐다는 것을 나는 알았다. 입은 옷 그대로 카메라만 챙겨들고 집을 나섰다.

또 어디 가냐. 니 동생은 짠지가 되도록 돈을 버는데 너는 돈도 없는 것이 카메라 하나 달랑 들고 어디를 가냐고오. 저 망할 것이 대답도 안 해 대답도.

엄마는 선잠을 자고 있었던 모양이었다.

어이, 가만 놔두어. 저도 다아 생각이 있어서 그러는 것 아니겠어어, 아이고 허리야.

허리 아프담서 술은 뭣할라고 퍼마시냐고오.

나는 조용히 현관을 열었다. 부옇게 동이 터오고 있었다. 붉은 아침노을로 이름만 맨션인 낡은 우리 집, 동산맨션 301호 녹슨 창문이 붉게 빛나고 있었다.

내가 광주에 거의 도착했을 무렵, 경화한테서 전화가 왔다. 근 한 달 만이다.

지난번 게릴라가드너 건은 날아가버렸어. 지원금 좀 타보려고 했는데 떨어져버렸다고. 근데 새로운 아이템이 떠올랐어. 이번엔 가까운 데서 찾았지. 너 아직 취직 안 했지? 못 했다고? 잘됐다, 너나 나나 백수잖아, 그니깐 백수 이야기나 좀 해볼까 해. 학교 때부터 우리도 실은 안 해본 거 없잖아. 커피점 알바에, 영화제 도우미, 베이비시터, 아 참, 제주도에 귤 따러 가기도 했지. 하도 많아 생각도 안 나네, 하여간, 너하고 내 얘기를 하려면 니가 나를 찍고 내가 너를 찍어야 하니까 니 도움이 필요하다고. 지금 어디야? 광주 가고 있다고? 내가 전화할 때마다 광주를 가네. 좀 이상한데. 뭐라고? 애를 만나러 간다고? 너를 업어줬다고? 걔 만나고 오면 꼭 연락해줘어, 꼬옥.

이모는 생업인 식당 일로 바빴다. 한달 전 외할아버지 제삿날 저녁처럼 한가하게 옛날이야기를 할 상황은 아니었다. 자신이 해준 옛날이야기로 동생 집안에 분란이 났다는 것을 안 이모는 다시 또 옛날이야기를 하려 하지 않는다. 외할아버지 돌아가시고 엄마가 돌아옴으로써 이모와 나의 석달간의 동거생활은 끝났다고 했다. 그러고 나서 이모는 이 집으로 왔다. 내가 너를 업고 왔다 갔다

하는 것을 본 이 집 주방장의 꼬드김에 내가 넘어간 거라고 말하는 이모의 입술이 일그러졌다. 이모는 그 주방장과 애도 하나 낳고 살다가 이혼을 했다. 이모부가 손님하고 바람을 피워서 그랬다나 어쨌다나. 내가 그 인간 만나 남은 것은 딱 두가지뿐이야. 이 식당하고 우리 성복이. 이모 아들 성복이는 지금 미국 유학 중이다. 이번에는 옛날이야기 대신 성복이 자랑에 바쁘다. 우리 성복이는 나같이 되지 말라고 나는 이렇게 날마다 열심히 일해서 돈을 번다, 나는 부모복이 없어 못 배웠으니 너라도 미국같이 큰 데 가서 맘껏 배우라고 보내놨는데 돈이 좀 들기는 든다,고 말하면서도 이모는 행복한 미소를 지었다.

근데 은주야, 참 이상한 일이다. 생전에 누구한테 그런 말 안 하다가 니가 와서 처음으로 옛날이야기를 쏟아놓고 났더니 그뒤로 그렇게 잠이 잘 온다. 너 오기 전에 어떤 방송에서 나와서는 내가 요리하는 것을 찍어갔다, 저 벽에 붙어 있는 생방송「생생맛집」저거 말이여. 그때 한번 카메라 앞에 서는 연습이 되어놔서인지, 말이 술술 잘 나오더라. 나는 편하다만 너희 집이 분란이 났다니 미안하네, 미안해, 상순아, 미안하다이.

이모는 꺼진 카메라에 대고 장난스럽게 외쳤다. 나는 내가 광주에 다시 온 이유를 아직 말하지 못하고 있다. 그것을 이모한테 어떻게 설명할 길이 없다. 내가 이모를 찍고 가서 한달을 골방에 박혀서, 찍을 때는 아무 생각 없었던 이모 이야기를 보고 또 봤다, 그러다가 내가 카메라가 되어버렸다, 카메라는 이모가 되었고 이모는 내가 되었다, 그런데 자꾸 아이가, 나를 업어줬다는 아이가 했다는 말이 내 방에 흘러다녔다, 그러니 내가 어떻게 해야 하느냐고 하고 싶었으나, 그러지는 못하고, 우리 집 안부를 묻는 이모의 물음에 엄마, 아버지가 이십년도 훨씬 전 일로 다툰 일을 전했다. 조선대 학생 이철규를 잡으러 간다고 나간 아버지가 집에는 안 들어오고 다방에서 술을 마셨다고 우기는 엄마와, 택시강도 때문에 비상이 걸려 밤샘 근무를 하고 피곤해서 커피를 한잔 마셨다고 주장하는 아버지 말 중 이모는 어떤 게 맞는다고 생각하느냐고 물었다. 이모는, 조선대 학생 이철규가 누구야? 왜 그 애를 잡으러 가, 교통경찰이? 하다가, 그쯤에서 오중철과 이상순의 싸움에는 별 관심을 보이지 않았다. 사실 나도 엄마, 아버지의 근황을 전하고 싶은 마음은 없었다. 내가 조선대 학생 이철규는 몰라도 그때 그 철규는 알아, 개 성이 뭐였드라? 성도 모르겠다. 하도 오래돼서 기억이 하얗게 바래버렸어. 오래된 글자처럼. '오래된 글자처럼' 바래버린 기억 속에 문득 생각났다는 듯이,

지금 박선자가 저기 산다, 멀리도 아니고 바로 저어기. 이모가 가리키는 곳은 이모의 대구탕집 맞은편에 있는 호프집이었다.

인성이 엄마 박선자가 옛날에 철규 엄마다. 철규, 아따 오랜만에 들어보는 이름이다이, 내가 그 집으로 이사 들어갔을 때 처음 보는 나를 보고, 아줌마는 왜 절름발이가 됐어요? 아줌마가 절름발이고 아줌마 애기가 못생겨서 아줌마 남편이 아줌마 버린 거죠? 물었던 것이 어제 일같이 생생해. 눈이 말간 조그만 머시매, 우리 아들, 아

이고오. 보고 잡다야, 우리 철규, 하면서 이모 눈에 못물 같은 눈물이 고요히 고인다.

2. 철규

가게 안은 썰렁했다.

내가 인제 막 나왔거등, 뭐 드실라고?

나는 맥주를 시켰다. 손님이 없어서인지 인성이 엄마, 아니 철규 엄마, 박선자가 내 앞에 앉았다. 미장원에서 파마를 하다 왔는지 머리에 두른 보자기 틈으로 플라스틱 파마롤이 보인다.

어디서 오셨을까? 광주 여자가 아니구먼. 나는 딱 보면 안다고. 서울 여자들은 뭔가 특징이 있어. 하여간 뭔가. 후후후. 영화 찍는 사람이죠이? 카메라 들고 다니는 것 보니까 딱 그쪽 계통 같아. 내 말 맞죠?

영화를 만들고 싶어하는 사람이에요.

멋지네, 꿈이 있는 사람은 멋있는 거여이.

철규 엄마, 박선자는 명랑했다. 초면인데도 스스럼없는 반말 비슷한 말투도 불쾌하다기보다 오히려 경쾌했다. 시키지도 않았는데 오징어 한마리를 알맞게 구워와 내 앞에 앉아 북북 찢었다.

내가 철규 엄마를 만나보고 싶다고, 아니 철규를 만나보고 싶다고 하자 이모는, 철규는 지금 세상에 없다고 말했다.

너를 업어줬던 철규는 시방 여기에 없고 먼 데로 갔단다. 한번 가면 못 돌아오는 세상으로 갔단다. 그 어린것이, 그렇게 빨리 가버렸단다. 그러니, 철규 엄마를 만나더라도 호프집이니까 술이나 한잔 갈아주고 와라. 요새 아주 말썽쟁이 아들 땜에 죽을 맛이란다, 선자가. 새 남자가 생겼는데 인성이 땜에 연애전선에 장애가 많아, 아주. 나이 오십이 넘어도 연애에 골몰하는 것이 박선자는 청춘이다, 청춘이야.

아가씨는 말이 별로 없는 사람인가? 하기사 나 같은 사람보다는 조용한 사람이 더 멋있제애. 나는 시끄럽다고 우리 애가 아주 질색을 하잖아.

'우리 애'는 철규가 아니고 인성이라는 말썽쟁이 아들인가? 내 방에 흘러다니던 소리들은 이제 내 속에서 흘러다니다 못해 뒤엉키고 있었다. 내가 만화책도 보여주고 노래를 불러줘도 계속계속 울잖아요, 업어주니까 안 우는 거예요, 얘는, 진짜 성질 이상한 애라니깐요.

영화를 만들고 싶다고 한다면, 뭔 영화? 드라마 같은 건가? 영화 안 본 지도 진짜 오래됐다. 한병 더 할라고?

취기가 오를수록 철규의 목소리는 이제 나를 쿵쿵 친다.

박선자는 부산하다.

저녁장사 준비를 하나도 안 해놨어. 다 해놓고 머리도 풀러 요 앞 미장원에 갔다 와야 하고, 대구탕집 상희씨하고는 아는 사인가? 지난번에도 카메라 들고 와서 그 집서 자고 갔잖아이? 나는 뭔 방송국 사람이 또 왔는가 했지이.

내가 만화책도 보여주고 노래를 불러줘도 계속계속 울잖아요, 업어주니까 안 우는 거예요, 진짜 성질 이상한 애라니깐요.

뭐여어? 아가씨 왜 그래? 왜 그러는 거여어? 아가씨, 이름이 뭐여, 어디서 온 거여!

내가아 만화책도 보여주고 노래도 불러줘도 계속계속 울잖아요, 업어주니까 안 우는 거예요.

아이고오, 우리 철규네, 우리 철규여, 죽은 우리 철규여, 철규야 아아아아아.

철규 엄마 박선자의 통곡 소리에 정신이 들었을 때, 나는 대낮부터 마신 술에 내가 취한 것을 알았다. 낮술은 되도록 조심해야 한다고 언젠가 아버지가 한 말은 맞는 것 같았다.

철규 엄마 박선자가 아침 일찍 대구탕집 문을 두드렸다. 박선자의 호프집에서 맥주로 취했는데 또 이모의 대구탕집에서 소주를 추가한 결과로 비몽사몽 간에 박선자의 울음소리를 들었다.

아가씨가 우리 철규를 어떻게 알고이, 우리 철규가 아가씨여. 아가씨 속에서 우리 철규가 나와서 엄마, 엄마 하고서 덜덜 떠네애. 아이고오 철규야아, 눈이 툭 불거지고 얼굴이 시커먼 것이 꿈에 나타난 지 아부지하고 똑같애, 그 어여뻤던 우리 철규가, 그 열무싹같이 어린 내 새끼가이.

사설이 잦아들며 코를 팽 푼다. 그 순간, 나는 켠 기억이 없는데 카메라가 절로 움직여 박선자한테 간다. 촤르르, 카메라가 숨을 쉬기 시작한 것이다. 숨을 쉬기 시작했으니, 카메라는 이제 곧 피가 돌고 살이 붙게 될 것이다. 박선자가 카메라 앞으로 바싹 다가앉는다. 오메 오메 철규야아, 내 새끼야아. 눈물 젖은 뺨을 카메라에 부빈다.

우리 철규하고 나하고 그렇게 둘이 살았어. 우리 철규가 아부지도 없이 그렇게 살았다고. 세상에 있는 것이라고는 애오라지 나 하나뿐이여, 우리 철규한테는. 그런디 철없는 내가 혼자 사니라고 그랬겄제이, 내가 젊어서, 철이 없어서 말이여이. 내가 집에 안 들어간 담날 우리 철규가 가게로 찾아와서 그러더라고.

엄마 왜 집에 안 왔어? 연탄불 꺼져서 추웠단 말이야, 엄마가 없어서 추웠단 말은 못하고 연탄불이 꺼져서 추웠다고 말이여어어어어엉. 철규야아아아아, 엄마가 잘못했다아, 엄마가 잘못했어어어어. 내가 못 들어간 이유가 있었단다. 집주인 할망구가 방세 안 준다고 갈군게애, 방세 만들어 갈라고오.

어느 순간, 박선자 울음이 딱 멈추었다.

내가 우리 철규한테 물었어. 할망구가 뭐라고 안 하디? 우리 아들이 그러더라고.

나보고 염병을 한다고 했어. 개가 지랄하니까 내가 발길질 한번 했거든. 그랬더니 나한테 염병을 한다고 하더라고. 근데 엄마, 염병이 뭐래?

집세 안 준다고 할망구가 우리 철규한테 염병을 한다고 했다는 거야. 그 어린것한테 염병을 한다고.

그럴수록 집주인네 개한테도 잘하고 해야지, 나는 속도 없이 우리 아들한테만 야단을 쳤지. 우리 아들도 속이 없기는 마찬가지여, 호호, 집세 주면 되잖아, 하더라고, 그놈이. 내가 그랬지. 장사가 안 되는데 어떻게 돈을 주냐. 엄마 지갑에 돈 있잖아, 이놈이 언제 봤는지 내 지갑에 돈 있는지를 알아. 내가 화장실 갔다 온 새에 이놈이 지갑을 갖고 튀었더라고, 흐흐흐.

박선자가 울다가 웃었다.

울다가 웃는 박선자의 뒤를 이상희가 이었다.

그날, 비가 오는데, 돈이 없어서 그 비를 홈빡 맞고 가겟집에서 집까지 걸어온 자네가 내 멱살을 잡았지. 지갑 내놔.

자네가 안 들어오니까 철규가 우리 방에서 잤다고. 혼자 춥다고 웅크리고 있길래 아줌마 방에서 자거라, 했더니 아뭇 소리 않고 곱게 와. 지갑을 손에 꼭 쥐고 놓지를 않길래, 내가 안 가져갈 테니 놓고 자라고 했어. 애가, 지갑에서 울 엄마 냄새 나요, 하더라고.

당신이지? 우리 아들한테 내 지갑 훔쳐오라고 시킨 게 당신이지. 내 멱살을 잡고 흔들어. 나도 박선자 머리채를 잡고 흔들었지.

오지 마, 다시는 나타나지 말라고, 울 엄마도 가서 안 왔어, 그래도 나 잘 컸다, 그러니 당신도 오지 마. 당신 안 와도 우리 아들은 잘 클 거니까.

안 돼요, 아줌마, 울 엄마 가지 말라고 해요, 엄마, 가지 마, 엄마아.

그날 동쪽방에 사는 땜장이 김가만 아주 신났지. 이쪽 방 사는 년이든, 저쪽 방 사는 년이든, 아무나 한년이라도 걸려만 봐라, 어떻게든 해볼 날만 기다리는 음흉한 놈이란 걸 누가 몰라, 놈 숭악한 속을 우리는 다 알지. 우리를 순 바보로 아는 멍청한 김가가, 우리 쌈하는 거 구경하는 재미에 홀딱 넘어가 아주 신이 났어.

싸워라, 싸워. 싸워야 큰다. 아이고 비야, 석달 열흘을 그냥 푹푹 내려부러라이, 내려부러. 발까지 구르며 노래를 해, 그놈이.

땜장이 흉내를 내며 문으로 간다.

어라, 비가 오시네, 봄비가 내리시네. 비도 오는데, 장사는 무슨 얼어죽을 장사냐이. 오늘은 문을 닫아야겠다. 박선자야, 울지 말고 오늘은 나하고 술이나 한잔하자. 술이나 한잔하면서 가슴속 묻어둔 이야기나 실컷 하거라. 언제 우리가 이런 날이 있었냐, 너나 나나이? 영화 하는 우리 은주 덕분이다이, 우리 은주 덕분이여.

이모가 대구탕집 문을 닫았다. 비가 와서인지 문을 닫자 실내가 어두컴컴해졌다. 이모는 불을 켜지 않았다. 내 카메라에서 나오는 빛이 실내를 푸르게 비췄다. 나는 주저없이 빛 속으로 들어가려고 했다. 그런데 이상했다. 철규가 빛의 끝에서 터벅터벅 걸어오고 있었다. 이윽고 카메라는 철규가 되었다. 박선자와 이상희가 동시에 카메라를 향해 소리쳤다. 철규야아아아.

4학년 첫날, 3학년 때까지 친하게 지냈던 김학수하고 김학수 돈으로 오락을 하다가 내가 이기니까 김학수가 화가 나가지고 나를 쳤다. 내 돈으로 이긴 것이 아니어서 나는 맞고도 가만히 있었다. 가만히 있는데도 계속 쳐서 나도 한대 쳤다. 내가 한대 치니까 김학수가 나를 세대 쳤다. 내가 가만히 있으니까 김학수는 더 치지 않고 가버렸다. 우리가 서로를 치는 것을 본 사람은 아무도 없었다. 심심해서 여기저기를 빙글빙글 돌다가 김학수 아버지가 개를 키우는 자개공장 뒤 산으로 갔다. 김학수 아버지는 개를 서른마리 정도 키우는데 한마리가 울면 개들이 한꺼번에 울고 그치면 한꺼번에 그쳤다. 그 울음소리가 동굴에서 울리는 소리같이 좀 이상했다. 개들한테 돌을 던지면 그 울음소리를 들을 수 있을 것 같았다. 돌 하나를 던졌는데, 개들은 조용했다. 두개를 던졌지만 실패였다. 세번째는 조금 성공하려다 말았다. 네번째 돌을 던지려고 하는데 언제 온지도 모르게 온 자개공장 남자가 오줌을 누면서 내 팔을 아프게 비틀었다.

사는 게 좆같지? 그러니까 너도 죽고 싶은 거구나, 새끼.

남자가 지퍼를 올리는 사이 도망쳐 오는 길에 엄마가 그전에 우리가 세 살았던 우물집 아줌마하고 싸우는 것을 봤다. 우물집 아줌마보다 엄마 힘이 더 센 것 같았다. 그래서 안심을 했다. 엄마가 이기나 지나 전봇대 뒤에서 지켜봤다. 엄마가 이겼다. 이제 우리는 우물집에 밀린 방세, 전기세, 우물세, 오물세를 떼먹을 수 있게 되었다. 세상에서 가장 사나운 우물집 여자를 이겨버린 엄마가 자랑스럽고 또 창피했다. 그런데 우물집 아줌마는 사람들한테 왜 우물을 그냥 쓰게 안 하고 돈을 받는지 알 수 없었다. 물을 자기가 만드는 것도 아니면서 돈을 받는 게 정말 이상했다. 우물집 아줌마네 돈통에는 돈이 얼마나 많을까. 우물집 아줌마네 돈통을 상상만 해도 침이 꼴깍 넘어가서 목구멍이 근질거렸다. 엄청 무거울 것이다, 그 돈통은. 아무리 무거워도 나는 그런 돈통을 한번 꼭 들어보고 싶었다. 그런 돈통 하나만 엄마한테 주면 엄마가 얼마나 행복해할까.

카메라 밖에서 두 사람이 카메라 안을 숨 죽이고 바라보고 있다. 철규야, 말 좀 해라, 말 좀 해. 너는 지금 어디서 뭐를 하고 있는지 말을 하라고 말을. 오메, 우리 철규가 뭐라고 하네, 뭐라고 해, 내가 우물집 여자하고 싸우고 있다고 하네, 싸우고 있다고 해. 숭악한 년 우물집 년하고 머리끄덩이를 잡고 싸우고 있다고 해.

상희가 질세라 선자 뒤를 잇는다.

나하고도 한번 싸웠지. 우물물 쓰는 데 돈 백원씩을 내야 하는지 알 게 뭐야. 제한급수라고 물이 안 나와서 은주를 업고 우물터로 가 빨래를 하는데 여자가 나를 미틀어불더라고, 사정없이 미틀어부러. 돈 백원, 우물세 안 냈다고. 그래놓고는 어라, 병신이네이, 다리병신이여이, 하면서 들어가부러. 다리병신을 미틀었다고 남들이 욕할까봐 겁났던 모양이야.

철규야, 우리 말 들려? 들리면 어서 말 좀 해봐라이. 좋은 일 한번 하는 셈치고 말 좀 해봐.

우리는 그날 저녁에 이사를 했다. 내가 무서워서 가는 것이 아니라 더러워서 간다고 하고 엄마는 수도가 설치된 집으로 짐을 옮겼다. 리어카를 빌려서 짐을 실었는데 딱 두번 왔다 갔다 하니까 이사가 끝났다.

새로 이사 들어온 집주인 할머니는, 우리 집은 백년도 넘은 집이야. 백년도 넘은 집 중에 이렇게 좋은 집 봤는가? 이 집이 바로 그런 집이야, 백년도 넘은 중에 제일 좋은 집이라고. 잘 알아들었는가? 왜 눈만 말가니 뜨고 대답이 없어? 우연히 왔지마는 좋은 집인 줄을 알고 그에 맞게끔 방세 같은 것 밀리지 말고 살자고이? 그런디, 이상하네이, 식구가 왜 둘뿐이여?

엄마는 눈도 깜짝 안 하고,

애아빠는 미국 갔죠.

미국서 언제 와?

돈 벌면 오겠지요, 하하하하…… 어어어어엉.

웃음이 끝나기도 전에 엄마는 울어버렸다.

딴살림을 채렸는가아…… 끄응. 벅구야, 벅구 어딨냐아. 할머니가 애먼 개를 부른다.

에이씨, 개 같은 할망구 같으니라구. 나가는 할머니 뒤에 대고 엄마가 입술을 움직여 욕을 했다. 나는 엄마가 그렇게 욕하는 것을 본 적이 있다. 엄마는 소리 안 내고 욕하는 능력이 있다. 입술을 빠르게 움직여서 상대방이 눈치 못 챌 정도로 욕을 하는 것이다. 4학년 때 담임 선생님이 가정방문을 왔다가 돌아가는데 뒤에서 엄마가 욕이 분명하게 입술을 움직였던 것이다. 나는 엄마가 왜 욕을 했는지 모른다. 엄마, 우리 선생님한테 욕했지, 하니까 엄마는 아니, 그러는 것이었다. 엄마한테는 분명히 욕을 했으면서 아니라고 발뺌하는 재주도 있다는 것을 나는 알았다.

교양 없는 할망구 땜에 기분 나빠 죽겠네, 자자 자.

운 것이 기분 나빠 우리는 짐도 정리 안 하고 잠부터 자버렸다. 아니, 자자고 했던 엄마는 잠을 자지 않았다.

니 아부지가 말이야, 꿈에 나타났더라. 어이, 나네 나, 나란 말이여. 보니까, 눈이 툭 튀어나오고 얼굴이 시커먼데 목소리 들어보니 니 아부지가 틀림없어, 니 아부지는 니 아부진데, 겁나게 무서워. 사람이 아녀, 딱 봐도 죽었어. 나란 말이여, 왜 안 본가, 나를. 당신이 무서워서 그러지. 그놈들이 나를 죽여서 여기다 파묻었어. 내가 그날, 당신이 나가지 말라고 했는데도 나가서 지금 이렇게 죽은 몸이 되어부렀네. 그런 줄이나 아소이. 나는 죽었어. 그러니, 인자 자네는 나를 잊어버리소이. 잊어불고 잘 살어이.

니 아부지는 역전 세차장서 일했단다. 차 닦는 디 말이여. 그 전날 니 아부지 직장 사람들이 군인들한테 잡혀갔단다. 니 아부지는 마침 그날 집안일로인가, 하여튼지 간에 집안에 뭔 일이 있어갖고 출근을 안 해서 화를 면했는디, 직장이 어뜨케 됐는가 가본다고 기언씨 나가갖고 여적지까지 소식이 없다가 십년이 다 되어가는 시점에사 내 꿈에 나타났더라. 시커먼 시체가 나타나서 지가 나라고, 니 남편이라고이. 니가 막 돌이 지났을 때였다이, 너 돌 지나고 며칠 안 지나서 니 아부지가 행불이 되었단게. 행불, 행방이 불명이 되었다는 뜻이여이. 니 돌 때, 니 아부지가 너를 안고 얼매나 좋은가 열바쿠를 돌더라, 어지럽도 안 한가, 열바쿠를 돌아. 니가 까르륵까르륵 해대는 것이 좋아서 열바쿠를 돌았다니까, 니 아부지가. 자냐?

자면서도 나는 엄마 말을 다 들었다.

오메, 빗지락을 빠치고 왔다아, 우물집 넌 지랄통에 빗지락을 빠치고 왔어어. 아이고 아까라. 아이고 아까.

새집으로 이사한 첫날, 빗자루 빠뜨리고 온 것을 아까워하다가 엄마도 잠이 들었다.

니 아부지가 죽고 없는 세상에서 니 엄마는 돈 때문에 싸웠다, 철규야.

니 엄마 박선자는 밀린 방세 때문에 머리끄덩이를 붙잡히고 나 이상희는 그놈의 백원 때문에, 물속에 처박혔단다, 철규야.

머리가 희끗한 두 여자가 카메라를 번갈아 들여다본다.

듣고 있냐, 철규야, 니 엄마 말소리 들리냐? 내가 좀 늙었다. 세월이 몇년이냐이, 안 늙고 배기겄냐. 아이, 철규야, 왜 아무 소리가 없냐, 설마 엄마 얼굴 잊어먹지는 않았겠지? 니가 아무리 먼 데로 갔어도 엄마는 엄만디, 잊어불면 안 되겄지? 글지? 지금이라도 그 속에 있으면 여기로 나와봐라. 나와서 엄마랑 이야기도 하고, 너 이 세상 있을 때 못했던 것 다 해보고 하루만이라도 있다 가거라. 엄마는 그것이 소원이다, 철규야.

니 엄마한테 오는 길에 아줌마한테도 오너라. 너하고 나하고 짧은 인연이었지마는 나는 너를 한시도 잊은 적이 없단다. 나는 니가 우리 은주를 업어주고 노래해주고 춤춰준 것을 알고 있지. 니가 얼마나 착한 애란 것을 니 엄마도 모르고 세상 사람 다 몰라도 나는 알고 있단다. 너는 니 엄마 아들이지만 나한테도 사랑하는 내 아들 철규였단다, 철규야.

축구나 한판 하자. 김학수가 내 어깨를 툭 쳤다. 나한테 사과하려고 그러는지도 몰랐다. 그러나 김학수가 자꾸 태클을 걸었다. 도저히 못 참겠어서 이번에는 내가 김학수 다리를 걸었다. 김학수는 넘어졌다. 얼굴도 좀 긁혔다. 선생님이 김학수 얼굴이 왜 그러느냐고 물었다.

왜 대답이 없어.

김학수가 대답하지 않자 나한테 물었다.

제가 김학수와 축구를 하다가 김학수가 자꾸 태클을 걸어서 제가 화가 나서 발을 걸어 넘어져서 얼굴이 긁힌 것입니다.

철규, 니 아부지 뭐 해?

돌아가셨습니다.

한 사람의 인성은 환경이 아니라 습관이 만든다. 박철규는 지금부터라도 사과할 일이 있으면 바로바로 사과를 하는 습관을 들여야 한다. 자, 사과해라.

사과 몰라?

사과하라니까.

사과해, 자식아.

안 해?

담임의 손이 결국 내 머리통 위로 날아왔다. 우리 집 키우는 개도 박철규 너보다는 낫다, 인마. 말을 너무 안 들어, 말을. 낼은 꼭 학교에 어머니 모시고 나와라. 어머니하고 너에 대해 상담 좀 해야겠다. 이대로는 도저히 안 되겠어. 너는 이대로 가면 사람새끼가 아니고 개새끼가 된다, 개새끼이.

엄마는 집에 들어오지 않았다. 엄마는 돈을 벌어야 들어올 수 있다고 했다. 엄마는 오늘도 돈을 못 번 모양이었다.

어머니는 왜 안 나오셨지?

………

왜 말 안 해?

………

왜 말 안 하냐고 묻잖아아.

………

이 새끼가!

………

어제보다 더 세게 내 머리통을 내리쳤다. 우리 집 개도 듣는 말을 사람새끼가 안 들어, 사람새끼가. 어떠한 일이 있어도 내일은 꼭 어머니 모시고 와라이.

김치는 있고 밥이 없으면 그냥 김치만 먹어도 맛있다. 밥이 없어서 그냥 김치만 먹어도 배가 고파서인지 맛있었다. 김치 한번 먹고 물 한모금 마시고 김치 한번 먹고 물 한모금 마시고 하다보니 배가 불러서 더 먹을 수가 없었다.

김치 맛있냐?

땜장이 아저씨가 김치를 한가닥 북 찢어 먹으며,

음, 맛있구나, 맛있어. 니 엄마 솜씨가 좋아, 김치도 맛있게 담그고이. 아들놈, 생기기도 잘생겼다. 니 엄마는 언제 오냐, 어제도 안 들어오신 모양이구나. 엄마한테도 무슨 사정이 있겠지. 인생은 참 복잡한 것이란다, 생각보다 복잡해. 니 엄마 인생이 복잡하니, 니가 고생이다, 니가 고생이여. 옜다, 김치 잘 먹어서 주는 것이니, 이것으로 몸에 좋은 우유하고 빵 사먹어라. 사아랑으을 팔고오 사아는 흙바람 소오개애. 아저씨가 장사 잘해서 돈 벌어올 테니까 집 잘 보고 있어라이.

땜장이 아저씨도 엄마하고 똑같이 돈을 주면서 우유와 빵을 사 먹으라고 한다.

나는 수돗가 거울을 보고 후이후이를 세번 정도 했다. 그렇게 했더니 어젯밤 엄마가 끝내 안 들어올 것 같은 느낌이 들 때부터 시작됐던 후이후이가 겨우 멎었다. 후이후이는 내가 지은 근지럼의 이름이다. 머리가 근지럽고 등이 근지러워서 죽을 것 같을 때, 괜히 후이후이, 하니까 재밌었다. 후이후이는 거울을 보면서 하면 더 재밌다. 근지럼은 멎었지만 나는 심심해서 후이후이를 몇번 더 했다.

왜 거울을 보고 한숨을 쉬는 거냐?

옆방 아줌마는 냄비를 싼 보자기를 들고 애기를 업은 채 어디를 가려는 모양이었다.

아줌마가 보자기를 풀어 닭백숙을 나한테 덜어주었다.

나는 왜 한숨을 쉬느냐는 아줌마 물음에는 어쩐지 부끄러워 대답하지 않고 아줌마 애기를 쳐다봤다. 애기가 울었다.

아줌마 애기는 내가 쳐다만 봐도 운다. 못생긴 애가. 아줌마 애기는 왜 내가 쳐다만 봐도 울어요?

저도 엄마가 없어서란다.

아침에 일어났을 때 엄마가 끝내 안 들어온 것을 알고 후이후이를 세번하고 세수를 하려고 나왔는데, 집주인네 마당에 핀 진달래꽃 빛깔이 왠지 근지러웠다. 그날따라 나한테 고분고분한 벅구 코도 근지러웠다. 등이 근지럽거나 머리가 근지러운 적은 있어도 마음이 근지러운 건 그때가 처음이었다.

오늘은 학교 안 가나부지? 잘되었구나, 아줌마 올 때까지 우리 은주 좀 봐주려무나.

마음 한복판이 근지러워서 나는 은주를 봐주기로 했다.

야, 니 이름이 뭐냐. 아 참, 은주라고 했냐? 반갑다. 니 가짜 엄마가 지난번 나한테 라면을 줄 때, 자기는 안 먹고 나한테만 딱 한개 남은 계란을 주더라. 근데 너는 왜 맨날 우냐? 니 엄마가 가짜 엄마라서 우는 거냐?

은주를 옆에 두고 만화책을 보고 있는데 애가 더럽게 운다. 원래 못생겼는데 우니까 진짜 못생겼다. 애기들은 다 성질이 좋은 줄 알았는데 이 가시내는 성질도 못된 것 같다. 세살이라는데 싹수가 노란 것 같다.

너도 염병하는 애냐? 너도 만화책 볼래?

애는 도리질을 하며 계속 앵앵거린다.

야, 그러면 내가 노래해줄까? 개구리 소년 빰빠바 개구리 소년 빰빠바 니가 울면 무지개 연못에 비가 온단다 비바람 몰아쳐도 이겨내고 일곱번 넘어져도 일어나라 울지 말고 일어나 빰빠바 피리를 불어라 빰빠바…… 계속 운다. 요리 보고 조리 봐도 음음 알 수 없는 둘리 둘리 빙하 타고 내려와 음음 친구를 만났지만 일억년 전 옛날이 너무나 그리워 보고픈 엄마 찾아 모두 함께 나가자 아아아 아 외로운 둘리는…… 하는데 외로운 둘리는……

계속 운다.

아, 맞다, 너도 근지러워서 우냐? 내가 그럼 춤춰줄까? 얼씨구씨구 돌아간다 꼴뚜기별에 꼴뚜기 죽지도 않고 또 왔네 절씨구씨구 돌아간다 꼴뚜기별에 꼴뚜기 죽지도 않고 또 왔네.

운다, 또 운다. 한대 때려줄까 하다가 에라 모르겠다, 하고서 업어줬더니 그제야 울음을 그친다. 그런데 뭔가 등허리가 축축한 것이 오줌을 싼 것 같다. 세살이나 먹었다는데 옷에 오줌을 싸다니, 못된 것이 멍청하기까지 한 것 같다. 그래도 우는 소리 듣는 것보다는 나은 것 같아서 계속 업은 채로 만화책을 보는데 허리가 끊어질 것처럼 아프다. 우리 엄마 허리가 끊어지지 않은 이유를 알겠다.

나는 적어도 은주처럼 맨날 우는 바보 같은 애는 아니어서 우리 엄마는 허리가 끊어질 정도로 나를 업어줄 필요가 없어서였다. 적어도 나 정도는 돼야 하는데 말이다. 그래도 할 수 없지. 니가 우는 것은 다 이유가 있을 것이다. 은주를 업고 엎드려서 만화책을 보다가 나는 깜빡 잠이 들고 말았다.

내가 와서 보니 철규가 우리 은주를 업고 자다 일어나서 대뜸 한다는 소리가 그래.

내가 만화책도 보여주고 노래를 불러줘도 계속계속 울잖아요, 업어주니까 안 우는 거예요, 애는요, 사람이 꼭 업어줘야만 안 우는 진짜 성질 이상한 애라니깐요.

그때 내가 두 애기를 보듬고 어뜨케 울었는지 몰라. 하여간 실컷 울었어, 내가.

실컷 울었다고 말하는 상희는 고요한데, 박선자가 부들부들 떨고 있다.

카메라를 꼈으면 좋겠네, 껐으면 좋겠어.

꺼진 카메라 앞에 박선자가 두 손을 모으고 무릎을 꿇었다.

쇠고랑을 차는 한이 있어도, 내가 이 말을 해놓고 죽는 한이 있어도 말을 해야겠지, 말을. 철규야, 이 엄마를 용서해라. 그리고 이 엄마를 잊어버려라. 나도 인자부터 너를 잊어버릴 테다, 잊어버리고 새 인생을 살아갈 거다. 너도 다 털어놓고 훨훨 날아가라. 니 가고 싶은 데로 날아가라. 우리 인생에는 그런 시기가 있단다. 막 미쳐 돌아가는 시기가 말이여이. 남한테 절대로 털어놓을 수 없는 한 시기가 있는 모냥이여, 우리 인생이. 그때 내가 그랬단다. 니 엄마 박선자 인생이 그때 막장 인생이었어.

그 일 있기 며칠 전, 우리 철규가 그날따라 해사하게 웃음서 내 품으로 달려와 지갑을 주더라고. 지갑을 주고는 이번에는 내 옷에다 코를 대고 킁킁거려. 뭐 하고 지냈냐니까 아줌마 애기를 봤다고, 그런데 못생긴 애가 맨날 울더라고 해. 그랬냐고 하고 애를 내려다봤어. 눈코는 지 아부지 닮고 입은 나 닮은 것을 그때 알았다고, 내가. 우리 철규가 그렇게 생겼다고. 말그름한 그 눈이 나를 빤히 올려다보는데, 억장이 무너지더라고, 억장이. 그 순간까지도 속을 못 차리고 엄마는 친구들하고 스트레스도 풀 겸 꽃놀이를 다녀올 테니, 엄마 없는 동안 우유하고 빵을 사먹으라고 돈을 줬네, 미친년이 밥해줄 생각은 안 하고 돈을 줬어. 그때도 나는 야가 학교를 안 가고 산이건 어디건 짐승같이 쏘다니는 것을 몰랐지, 몰랐다고. 돈 번다는 핑계 대고 젊은 삭신이 애먼 사랑에 눈이 멀어서, 지 새끼가 학교를 가는지 밥을 먹는지 몰랐다고. 엄마 지갑이나 낚어채가는 새끼가 쳐다보기도 싫고 외롭더라고, 내가 내 새끼를…… 죽인 것이나 마찬가지여. 내가 준 삼천원 중에 겨우 천원 쓰고 갔어. 주머니를 열어보니, 돈 이천원이 있더라고. 비에 흠빡 젖어서 있더라고. 휴우.

나도 말해야겠네. 진짜 말 못했는데, 울 아부지 제삿날 우리 은주한테도 못한 말을 철규한테 할라네, 우리 아들 철규 앞에서는 할라네. 자네가 오지 않아서 철규는 이제 내 아들이 된 셈이지. 적어도 그해 석달간 철규는 선자 자네 아들이 아니라 내 아들이었다고. 아들아, 어디를 제일 가고 잡냐, 바다를 가고 싶대, 나도 바다를 그때까지 한번도 안 가봤어. 바다 구경을 갔지. 은주를 업고 철규 손을 잡고 갔다고.

박선자 자네한테 다시는 오지 말라고 악을 쓰고 났으니 꼼짝없이 철규 엄마가 되는 수밖에 없었지. 나는 아이들과 여행을 하고 싶었어. 그래서 바다로 간 거여. 은주를 업고 철규를 데리고 바다를 구경하고 나니 어디로 가야 할지 막막하드만이. 선창에서 아무 섬이나 가는 배를 탔네. 아이들을 업고 걸리고 섬 가운데로 난 길을 걷고 있는데, 남자 둘이 우리를 따라오고 있는 것을 알았지.

아줌마, 죽기 전에 우리한테 좋은 일 좀 하시지. 다리를 절룩이는 거 보니 사연이 좀 있는가보네. 사연 있는 여자가 좋지, 싱겁지 않아서 좋을 거야. 낄낄낄.

철규야, 엄마 손 꽉 붙잡아.

응, 엄마. 걱정 마.

철규도 제법 의젓하게 대답하더라고. 그러나 사내들의 힘을 감당하기에는 내 아들 철규는 너무 어렸어. 우리는 섬 가운데 소나무 숲으로 끌려갔다고.

철규야, 은주 좀 보고 있어. 내가 아저씨들 혼내고 올게.

나는 아이들이 보이지 않는 더 깊은 숲으로 달려 들어갔지. 힘껏 갈 수 있는 끝까지 갔다고. 그것이 내가 할 수 있는 최선의 선택이었다고. 사내 둘이 느긋하게 나를 따라오드만.

그놈들이 바지를 추켜 입으면서 그래. 죽이기에는 애가 둘이나 있다고. 애들 봐서 죽이지는 못하겠다고.

철규가 나를 살렸어. 내가 숲에서 나왔을 때 철규가 은주를 업고 나를 기다리고 있더라고. 철규는 울지 않았고 은주도 울지 않았다고. 나도 울지 않았지. 다만 갈매기만 울드만. 파도만 울드만. 우리는 결코 울지 않았다고. 철규도 나도 아뭇 소리 안 했어. 그냥 가만히 있었어, 울지도 않고, 그것이 다여. 자네 안 들어오는 동안 우리한테 그런 일도 있었다고. 그러나 그것은 암것도 아니라고, 살았으면 된 거라고. 박선자야, 그냐, 안 그냐.

은주야, 인자 카메라 켜라.

밖에 아직도 비가 오는지 그쳤는지 알 수 없었다. 어두운지 밝은지도 알 수 없었다. 우리는 가만히 기다렸다. 카메라 속에서 철규가 나타나기를. 철규가 카메라 안에서 밖으로도 나오기를.

나를 보세요, 엄마. 나도 엄마 보니까 엄마도 나 봐요. 엄마는 내 엄마잖아요. 그러니까 무섭다고 딴 데 보지 말고 나를 보라고요.

박선자가 조용히 말했다. 가만, 우리 철규 목소리가 들리네. 분명히 우리 철규여. 우리 철규가 먼 데서 이 못난 엄마한테 오고 있다고.

산길을 한참 타고 가니 갑자기 큰길이 나왔다. 마침 버스 한대가 올라오고 있어서 나는 버스를 탔다. 산꼭대기에 있는 절로 가는 버스였다. 언젠가 어린이날 엄마와 함께 그 버스를 타고 절에 놀러 간 적이 있어서 나는 그 버스가 절에 가는 버스라는 걸 알고 있었다. 엄마는 어린이날이라고 남들 다 가는 놀이공원에 가면 기분만 잡치니까 절에나 가자고 했었다. 절에 가서 집에서 싸온 김밥만 까먹고 다시 버스를 타고 금방 내려오긴 했지만 차창에 스치는 바람 냄새를 맡을 수 있어서 좋았다. 버스 안에는 나 말고 아무도 없었다. 나는 버스 맨 뒷자리로 가서 작년에 내가 맡았던 바람 냄새를 맡으려고 창문을 열고 고개를 내밀었다.

야 새꺄.

나는 움찔했다.

잘못하면 모가지 날아간다, 고개 집어넣어라이.

나는 밖으로 길게 뺐던 목을 얼른 자라처럼 집어넣었다.

너 어디 가냐.

절에요.

왜 이 시간에 학교 안 가고 절에 가. 당장 내려 자식아. 내려서 학교 가.

나를 내려놓고 산으로 올라가는 버스 뒤꽁무니를 향해 돌멩이를 던져봤지만 돌멩이는 차에 닿지 않았다. 터덜터덜 내려오는데 마을이 나타났다. 지게를 진 할아버지가 지나가다가 또 나한테 욕을 했다.

야, 이놈 새끼야. 너는 누구냐?

박철규인데요.

박철규가 누 집 새끼여. 니 아부지가 누구여.

군인들이 죽여버린 것 같아요. 우리 엄마 꿈에 나타나서 그랬다는데요.

애비 없는 후레자식이구먼. 이 시간에 학교도 안 가고 말이여이. 학교 가, 이 시러죽일 후레자식놈아.

할아버지가 작대기로 나를 몰아냈다. 나도 엄마처럼 해보고 싶어서 할아버지 뒤에서 빠르게 입술을 움직여 욕을 했다. 사람들 눈에 띄는 것이 귀찮아 그만 길 아닌 곳으로 들어갔다. 잡풀이 우거져서 걷기는 무척 힘들었다. 아무래도 길을 잃은 것 같았다. 길을 잃어도 사람들 눈에 띄지 않는 것이 좋을 것 같았다. 아아아아, 타잔처럼 소리를 질러봤다. 조용했다. 아무도 내 소리를 못 들은 것 같았다. 새소리만 들렸다. 정글숲을 헤쳐서 가자 엉금엉금 기어서 가자 악어떼가 나올라 악어떼 코끼리 아저씨는 코가 손이래 머리가 하늘까지 닿겠네, 뒤죽박죽이지만 콧노래도 나왔다. 한참 동안 덤불을 헤쳐가다보니 바위가 나왔다. 나는 바위 위로 올라갔다. 내가 눕기 딱 알맞은 바위였다. 바람이 불어와서 땀으로 축축한 등을 쓸어주는 것 같아 기분 좋았다. 이제 내려가는 길만 잘 찾아놔야지. 그래서 다음에 꼭 다시 와야지. 여기는 내 놀이터다. 아무도 모르는 나만의 놀이터. 땀이 어느 정도 식어서 바위 아래로 내려갔다. 바위 밑에 크진 않지만 굴이 있었다. 여기서 놀다가 비가 오면 저 굴속으로 들어가도 좋을 것 같았다. 어디 한번 들어가보자. 굴속은 내가 허리만 약간 구부리고 누우면 적당한 크기였다. 엄마도 툭하면 집에 안 들어오는데, 나도 이제부터 집에 안 들어가고 이 굴에서 살아야지. 이 굴은 이제부터 내 방이다. 나는 굴 입구인 바위 밑을 손으로 팠다. 조금만 팠는데도 방이 금세 넓어졌다. 칡줄기로 입구를 장식했다. 꽃이 달려 있어서 향기가 좋았다. 엄마가 시킨 대로 사온 우유와 빵을 향기 나는 내 방에서 먹었다. 배는 부르고 바람이 얼굴을 간지럽혀서 기분 좋게 졸음이 왔다.

부스럭거리는 소리에 눈을 떴다. 날이 어두워졌다. 약간 겁이 났다. 겁이 나니까 다리에 힘이 좀 없어지는 느낌이 들었다. 산속이라 그런지 사방이 금방 캄캄해졌다. 산에서는 어둠이 호랑이처럼 쏜살같이 오는 것 같았다. 눈물이 나려고 했지만 참았다. 어차피 나한테는 방도 있다. 나는 바위 밑 내 방으로 들어갔다. 웅크리고 앉아 있으니까 먹을 것 생각이 났다. 아줌마가 준 닭죽, 엄마가 담근 김치를 생각했다. 언젠가 엄마가 해준 감자튀김, 아줌마가 해준 볶음밥도 생각했다. 그런 것들을 생각하니 기분이 훨씬 좋아졌다.

서창선이라고 하더라고. 자기가 우리 철규 담임이라고. 그러시냐고, 깍듯이 인사까지 했네, 이 등신이. 나중에사 알았지. 김빛나라고 우리 철규 짝꿍이야, 그 여자아이가 그래, 담임 선생이 철규 머리통을 때렸다고. 그뒤로 철규가 학교를 안 나왔다고. 우리 철규가 학교를 못 가고 산속을 헤매고 다녔어. 산속을 짐승처럼 헤매고 다녔다고. 본 사람이 더러 있어. 어떤 영감이 그래, 죽은 애가 당신

애였소? 쥐알만 헌 놈 하나가 학교에 있을 시간에 이리 갔다 저리 갔다, 산속을 헤매고 다니는 것을 보고 내가 야 이놈아, 학교를 가야지 이 시간에 왜 산속을 헤매고 다니느냐고 야단을 좀 쳐준 적이 있소. 내가 딱 보니, 죽은 놈이 바로 그놈이더란 말여. 말 들어보니 그날밤에 대학생 한명이 검문에 걸려 쫓기고 있었다등만. 이 어린 애가 저 잡을라고 쫓아온 사람들인 줄 알고 그 밤에 쫓기다가 어이없이 사고를 당한 거여. 어둠 속에서 발을 잘못 디뎌 벼랑 아래로 떨어진 것이여, 벼랑 아래 바위에 머리가 파삭 깨져부렀어. 그렇게 그날밤에 이 산에서 두놈이 쫓기다가 죽은 것이여. 두놈 다 자기만 쫓아오는 줄 알았겄제이.

그 영감이 우리 철규를 마지막으로 본 사람이여. 우리 철규가 어땠는지, 그 영감 보면 우리 철규 마지막 모습이라도 들을 수 있을까 싶어 갔는데, 그 영감도 지금은 죽었어. 이젠 아무도 없어. 우리 철규 살아 있던 마지막 모습을 아는 사람이 아무도 없어. 경찰서에서 오라고 해서 갔어.

박철규 군은 1989년 5월 3일 22시경에 광주시 청옥동 제4수원지 부근 야산에서 단순 추락사한 것으로 판명되었습니다이.

의사와 검사의 사인이 있는 서류를 들고 경찰서에서 나오는데, 시내에서 학생들이 철규를 살려내라,고 데모를 해. 우리 철규를 왜 살려내라고 하나, 왜 그러느냐고, 우리 철규를 당신들이 아냐고, 왈칵 물었지. 대학생들도 울어. 울면서 나한테 물어. 이철규 누나냐고. 아니라고, 나는 박철규 에미라고 했지. 말하자면, 죽은 애가 철규는 철균데 우리 철규가 아냐. 그 철규는 대학생이래. 철규를 살려내라고 데모하는 사람들한테 물었어. 대학생 철규는 왜 죽었답니까. 무슨 사건으로 수배를 당했는데 수원지에서 시체로 떠올랐대. 시체를 보니, 그냥 죽은 게 아니고 고문을 받다 죽은 흔적이 역력하더래. 그래서 사람들이 철규의 죽음을 밝혀내라고 데모를 한다고 하더라고. 대학생 철규가 부럽더라고, 그때는. 우리 철규는 어떻게 죽었는지, 열한살 우리 철규의 죽음을 밝혀내라는 사람은 아무도 없었어. 내가 혼자 어떻게 해. 우리 철규는 대학생도 아닌데. 그래도 이상해. 철규를 살려내라는 말이 꼭 나한테 하는 말 같아, 나보고 철규 살려내라고 사람들이 종주먹을 들이대는 것 같아.

철규야, 내가 이십년도 넘어서, 이십년이 다 뭐냐이, 하여튼지 간에, 인자사 너를 불러본다. 내 아들, 철규야아. 말은 솔직하니 다 해서 시원은 하다마는, 너를 보고 싶은 마음은 여전히 사무치는구나, 철규야, 왜 카메라 속에서 나오지를 않는 거냐, 박선자가 카메라 속을 바짝 들여다본다. 마치 카메라 속에만 들어가면 철규를 만날 수 있을 것처럼.

밤이 되니까 추워졌다. 아무리 먹을 것을 생각해내려 해도 더 떠오르는 것이 없었다. 잠은 안 오지만 차라리 잠을 자버려야 할 것 같았다. 엄마가 안 올 때도 나는 기어코 잠을 자버렸다. 이럴 줄 알았으면 낮에 아무리 졸음이 와도 꾹 참고 내 방을 좀더 근사하게 꾸밀 걸 잘못했다. 사람은 눕지 않고도 얼마든지 잘 수 있고 심지어 서서도 잘 수 있다는 말을 김학수한테 들었지만 나는 그렇게 잘 수는 없을 것 같았다. 어떻게든 자버리려고 손바닥으로 땅을 다진 후 누우려는 순간이었다. 산 아래서 번쩍이는 불빛이 올라왔다. 악, 악, 거기 서, 고함소리도 났다. 우두두두 하는, 쫓아가는 소리인지 도망가는 소리인지 하여간 뛰는 소리도 들려왔다. 저쪽으로, 저쪽으로, 하는 소리도 났다. 잡아, 잡아, 하는 소리도 났다. 내 바위 밑 방이 발각됐는지도 모른다. 아래쪽에서 비치는 서치라이트가 내 얼굴을 스치고 지나갔다. 저기다, 저기야, 어디, 어디, 저기, 저기. 나는 내 방에서 튀어나왔다. 저 자식이다, 놓치지 마, 빛은 점점 이쪽으로 오는 것 같았다. 나는 그제야 알았다. 사람들이 나를 잡으러 왔다는 것을. 분명히 철규 이 자식이라는 소리를 들었다. 서창선이 나를 잡아오라고 시켰을까. 학교에 안 오니 기어코 잡아서 학교 데려오라고 경찰들한테 시킨 것인지도 몰랐다. 틀림없이 그럴 것이다. 그쪽이다, 그쪽으로 도망간다, 잡아라, 철규 이 썅놈의 새끼.

짧은 순간이었는지 아니면 긴 시간이었는지는 알 수 없었다. 내가 너무 오래 이곳에 누워 있는 것 같았다. 이제 그만 툴툴 털고 일어나 우물집 아줌마가 화를 내든 말든 우물터로 가서 대충 씻고 집으로 가서 약 바르고 엄마 올 때까지 텔레비전을 보다가 배가 고플 테니 밥을 먹거나 밥이 없으면 라면을 먹거나 옆집 아줌마한테 먹을 것을 좀 달래서 먹어야겠다고 생각했다. 그저께 저녁에 상희 아줌마가 해준 카레라이스는 정말 기가 막히게 맛있었다. 지난 일요일 낮의 팥죽은 또 어떤가. 엄마가 해준 먹을 것 중에서는 밥과 라면이 생각났다. 작년 내 생일에 엄마가 해준 것은 흰쌀밥에 소고기 미역국, 라면에 떡볶이였다. 내가 맛있는 것을 좀 해달라고 하면, 내가 그런 것을 할 줄 몰라 안 하는 줄 아냐, 사는 게 재미가 있어야지, 해놓고도 그다음 날쯤 부쳐준 부침개는 우리 엄마 최고의 요리였다. 엄마는 아마 사는 것만 재미있으면 최고의 요리사가 됐을지도 모른다. 옜다, 맛난 것, 하면서 커다란 부침개를 프라이팬째로 턱 내놓을 때의 엄마 얼굴은 꽃이 피어난 것처럼 예뻤다. 엄마가 들어와 있으면 또 맛있는 것 좀 해달라고 떼도 써봐야지. 그러나 꼼짝할 수가 없었다. 어디선가 꽃냄새가 났다. 5월이니 그럴 만도 했다. 눈만 조금 돌려도 하얀 산벚꽃이 온 산을 덮었고 보라색 칡꽃, 노란색 원추리꽃, 또 무슨 꽃, 꽃들이 난리도 아니었다. 사방은 조용한데 우우, 이이, 어어, 하는 새소리가 들려왔다. 저렇게 울다 새들도 이제 곧 잠들 것이다. 나도 얼른 집에 가서 자야 하는데, 이 차가운 바닥에서 자면 안 되는데, 그러면 나는 얼어 죽을지도 모르는데, 자꾸 졸음이 몰려왔다. 엄마는 친구들하고 꽃놀이를 잘 갔을까. 엄마는 꽃놀이에 가서 무슨 꽃을 보고 올까. 엄마가 꽃놀이 가 있는 동안 우유와 빵을 사먹으라고 준 돈이 얼마나 남았을까. 만화가게에서 오백원어치 만화를 봤고 떡볶이 삼백원어치를 사먹었고 버스를 한번 탔으니 이천원 정도가 남았을 것이다. 이제 여기서 빨리 툴툴 털고 일어서서 집에 가면 먼저 라면을 끓여 먹어야지. 계란도 넣고 파도 넣고. 우유하고 빵도 사먹어야지. 그런데 자꾸 잠이 온다. 움직일 수 없는 내 몸 위로 찬 이슬이 내리고 머리 위에서 꾸루루꾸루루, 밤새 소리가 났다. 나는 꼭 엄마하고 여기로도 꽃놀이를 와야겠다고 생각했다. 엄마랑 꽃놀이를 와서 춤추고 노래하고 싶었다.

철규 손에 삼천원을 쥐여주고 꽃놀이를 갔다고. 나 좋다고 하는 놈하고 천지사방을 돌아다녔어. 그렇게 지랄 발광하고 있을 때 우리 철규는, 아무도, 아무도 오지 않는 산속 벼랑 밑 바위 위에서…… 어디 가서 말을 못 하고 살았어. 천벌 받을 일을 내가 어디 가서 말하느냐고. 그랬는데, 인자사 하네, 내가 인자사 우네. 울도 못했지. 죄인이 울 수나 있가디. 근데 정말 이상하네이. 카메라 안에서 자꾸 우리 철규가 보이는 것이 참말로 이상해. 저것이 뭔 조홧속일까. 우리 철규가 나한테 노래하고 춤추자고 하네, 거기는 꽃밭이라고 거기로 오라고 하네. 여기로는 안 오고 거기로만 오라고 하네. 그곳이 아무리 좋다 해도 카메라 속으로 내가 어찌 들어갈 것이여이.

나도 섬에서 몹쓸 일 당한 걸 누구한테도 말 못 했다가 이번에 했네. 야한테도 안 한 말을 방금 해부렀다고.

박선자와 이상희가 카메라를 부둥켜안는다.

우리가 철규한테 못 한 말을 카메라한테 했네, 카메라가 우리 철규여. 철규야, 너는 더 할말이 없느냐? 할말이 있건 없건 간에 카메라를 끄지 않으마. 절대로 끄지 않을 테니, 카메라 속으로든, 어디로든 오기만 오너라.

상희가 카메라를 들여다보며 소리쳤다. 그 순간 카메라가 꺼졌다. 내가 끈 것이 아닌데, 그랬다. 알 수 없는 일이었다.

이모가 가게 문을 활짝 열어젖혔다. 밤새 오던 비가 그치고 어느새 아침이 와 있었다.

야야, 저어기 노랑나비 봐라, 봄은 봄인갑다, 노랑나비가 날아가네, 노랑나비가.

초로의 두 여인이 노랑나비를 쫓는 순간은 카메라에 담지 못했다. 카메라가 고장 난 것은 아닌 것 같은데, 도무지 열리지가 않았다. 고속버스터미널로 가려고 택시를 타는 순간, 경화한테서 전화가 왔다.

너 업어줬다는 아이는 만나봤어? 내가 얘기한 너와 나의 영화 생각해봤어? 근데, 은주야, 우리가 정말로 영화를 만들 수 있을까? 근데 영화가 뭘까? 영화는 너한테 뭐냐?

경화는 술을 한잔한 것 같았다.

집에 도착했을 때는 오밤중이었다. 식구들은 모두 잠든 것 같았다. 나는 조용히 내 골방으로 들어갔다. 골방에 들어와 습관처럼 카메라를 켰다. 광주에서 갑자기 꺼졌던 카메라는 내 골방에서 정상적으로 켜졌다. 카메라를 켜는 순간, 카메라 속에서 처음 보는, 그러나 익숙한 느낌의 소년이 카메라 속에서 물끄러미 나를 바라보고 있었다. 철규였다. 아직 할말이 더 남아 있는 모양이었다. 나는 엄마의 공격을 막아내기 위해 커튼부터 내렸다. 빛은 완벽하게 차

단된 것 같았다. 사방은 조용했다. 빛은 오직 카메라 속에서만 나왔다. 한줄기 빛 속에 철규가 있었다. 철규는 나를 바라보고 나는 철규를 바라보았다. 무슨 말이라도 할 것 같았는데 한참이 지나도록 철규는 아무 말이 없었다. 오랫동안, 철규는 카메라 밖을 뚫을 듯이 응시하고 있었다. 그 침묵이 너무 단단해서, 뭐라고 말을 붙여볼 수조차 없는 그런 침묵이었다. 오랜 침묵의 뒤에 소년 철규는 카메라 저편으로 사라졌다. 내 영화가 소년 철규의 그 오랜 침묵의 끝에서부터 시작되었음을 나는 아직 알지 못한 채 어둠 속에 앉아 있었다. 사위는 아무 일도 없었다는 듯 여전히 조용했다.

염소

가족

그때, 그날의 아침을 떠올리는 건 막내딸뿐일까. 막내 여동생과 우연히 시내에서 만난 둘째 아들은 동생이 커피를 두모금쯤 마시고는 오빠, 난 왜 자꾸, 그러니까 껀떡하면 그때가 생각나는지 몰라, 그날 아침 말이야, 했을 때, 내색할 수는 없는 익숙한 지겨움을 느꼈다. 우선 동생의 그 특이한 말투가 그날따라 거슬렸고, 무엇보다 약속을 해서든 우연히든 옛날 식구들을 만난다는 것이 둘째 아들에게는 그리 편안한 일이 못 되었다. 다짜고짜 지겹거나 지루하거나 따분하거나 화가 났다. 둘째 아들이 이제는 옛날 식구라고 생각하는 식구들을 만날 때 가장 지겨움을 느끼는 대목은 바로 옛날 추억 이야기를 끝없이 듣고 있어야 할 때였다. 그래도 동생이니까, 오빠로서 해준 것도 없는 처지라 말이라도 들어는 줘야 한다. 나이는 먹었지만 어쨌든 동생이니까 귀엽지 않은가. 귀여워해줘야 하지 않는가. 왜냐, 오빠니까. 어렸을 때는 나이차 때문에라도 가장 무심하게 대했던 게 이 애(이 애? 쉰이 훨씬 넘었는데? 그래도 동생이니까) 아닌가. 지금이라도 잘해주자, 저나 나나 다 늙은 이 마당에 까짓것. 둘째 아들은 팔짱을 끼고 여동생의 얼굴을 지그시, 짐짓 여유로운 표정으로 바라본다.

언제 말이냐?

작은오빠 목소리는 언제 들어도 참 좋은 것 같아, 하고서는 마치 혼잣말처럼,

미대 다니는 우리 오빠는 목소리가 좋아서, 노래도 잘 불렀지, 우리 둘째 오빠는.

막내는 조금만 방심하면 옆길로 새버릇한다.

꺼떡하면 생각나는 그때가 언제냐?

그때, 왜 있잖아아, 광부가 구조됐잖아? 양창선인가, 김창선인가 하는 광부. 그날 그 사람이 구조되었다고 라디오에서 방송하는 거 들으면서 우리 식구들 밥 먹었잖아, 평상에서.

둘째 아들은 '그때'의 기억이 없다.

그때 말야, 평상 옆에 옥수수가 얼마나 큰 나무처럼 여겨졌는지 몰라. 큰오빠 민머리 위에 옥수수 이파리가 막 그림을 그렸지. 호호호. 아, 아름다운, 아니다, 평화로운, 음, 내 인생에서 가장 빛나는 아침 밥상머리였어, 그때가.

막내딸은 왜 자꾸, 꺼떡하면 그때, 그날 아침이 떠오르는지, 그날

아침의 풍경이 숫제 자기 인생을 주욱 따라다니는지를 모르면서도 또 알 것 같았다. 알 것 같은 바로 그 이유를 그러나 막내딸은 말하지 못한다. 말하다보면 피차 서로 민망해질 것이다. 내 기억에는 그때가 꼭 우리 식구들이 한 사람도 빠짐없이 밥 먹었던 마지막 날인 것만 같다,는 말 정도는 그래도 아직 괜찮은 편에 속한다. 그러나 내게는 그날 아침 이후 우리 식구들이, 아니 내가 그렇게 아름다운, 아니 평화로운, 아니다, 빛나는 아침을, 아침밥을 먹어본 적이 없어서 자꾸 그날 아침이 생각나는 것 같다는 말을 어떻게 할 수 있단 말인가. 더군다나, 이후로 사는 것이 힘들었다,는 말 같은 것을 해서 어쩌겠다는 것인가. 네가 그렇게 힘들게 사는데 도움을 못 줘 미안하다는 말은 하는 사람이나 듣는 사람이나 괴로운 일이 될 터인데.

나이 탓인가, 폐경 전후쯤 해서 막내딸은 부쩍 그날 아침의 풍경이 머릿속을 맴돌았다. 길에서 우연히 오빠를 만나 커피를 한모금 마시고 나자 할 얘기가 얼른 떠오르지 않았고 잠깐의 침묵이 주는 압박감 비슷한 감정을 어떻게 처리해야 할지 몰라 에라 모르겠다, 불쑥 제 머릿속을 맴도는 그 옛날 그 아침의 밥상머리 이야기를 하고야 말았다.

투명한 햇살이 마당 가득 찰랑거리는 여름 아침이다. 도시이지만 집집마다 마당에 화단이나 채마밭을 일구고 살던 시절이다. 간밤에 내린 이슬방울을 매단 꽃잎과 이파리들. 보라색, 자주색 나팔꽃, 노란 수세미꽃, 오이, 호박꽃, 사과 향이 나는 분꽃, 옆에만 가도

약이 될 것 같은 향기가 나는 족두리꽃, 마당 한편에서 별처럼 반짝이는 채송화꽃이 실제로 있었는지는 몰라도 왠지 있었을 것 같고 있으면 좋을 것 같다. 그러나 그런 것 없이 그냥 마당에 옥수수만 있었어도 좋았을 것이다. 그 옥수수 그늘 아래서 식구들이 한 사람도 빠짐없이 작은 평상에 모여 앉아 아침밥을 먹는 '그 좋은 순간'이 길을 가면서도 떠오르고 잠을 자면서도 떠오른다. 화장실에서 볼일을 보고 있을 때도 떠오르고, 텔레비전을 보고 있을 때도 떠오른다. 다섯살 어느 여름 아침의 햇살과 그 햇살이 만들어낸 옥수수 그늘과, 그리고 밥을 먹는 식구들의 풍경이. 왜 그런지는 모르지만 왜 그런지를 아는, 그래서 더욱더 짠한 기분이 들게 하는 그날 아침의 풍경이라니. 그러나 눈치 빠른 막내딸은 오십년이 다 된 그 옛날 이야기를 오빠가 그리 달가워하지 않는다는 것을 안다. 오빠에게는 지나간 옛날이야기보다 현실이 더 급하다는 것을. 그래서 급하게 현실로 돌아온다.

오빠 근데 어디 갔다 오는 길이야? 아니, 오는 게 아니고 가는 길인가?

갔다가 돌아가셔도 된다고 해서 돌아가려다가 돌아오는 길이야.

막내딸은 더이상 캐묻지 않고 싱겁게 웃고 만다. 막내딸은 보험외판 관련 서류가 든 노트북 가방을 들고 일어나며 묻는다.

주말, 요즘은 금요일이 주말이야이? 하여간 주말 저녁에 큰오빠 집에 올 거지?

왜 '큰오빠 집'에 '와야' 하느냐고 물어야 하지만, 묻는 것도 구

차스러워서 대뜸,

아니, 못 와.

막내딸이 눈을 치켜뜬다. 못 온다고?

형 집에 안 가면 여자 형제들에게 뭔가 안 좋은 소리를 듣게 될 것 같은 기분이 들어 급하게,

오지는 못하고 아마 갈 수는 있을 거야, 하고 말았다.

근데, 오늘이 무슨 요일이지?

화요일,이라고 대답하는 동생의 입매가 묘하게 일그러져 보인다. 커피값을 지불하고 까페를 나가서도 또 유리창 밖에서 둘째 아들 쪽으로 웃는 것도 아니고 찡그리는 것도 아닌 오리무중의 표정을 지어 보이고는 횡단보도를 건너 총총 사라졌다. 그때 문득 영상 하나가 눈앞으로 휙 지나갔다. 새끼 염소 한마리가 식구들 몰래 언덕을 넘어가는구나!

소년 시절에 염소를 키우다 만 미련이 작용해서 대학을 졸업하고 잠시 시골집에서 염소를 길렀다. 어머니가 언덕 위로 숨차게 올라오며 악을 썼다. 길용아이, 옥이 잡아오너라, 잡아와서 방 안에 집어넣고 쇳대를 콱 잠가부러라. 철물점집 그 머시마하고 어디다 방을 얻었단다. 시내 시장 건너 담배가게집 문간방이란다.

고등학교도 졸업하지 않고 연애를 해서 집을 나간 막내딸을 잡아오라고 어머니는 발을 구르는데,

어머니, 염소 새끼 한마리가 또 없어졌어요.

어찌끄나이, 어디로 갔으끄나, 재 너머 갔으끄나, 강 너머 갔으

끄나.

사뭇 근심 어린 표정이다가, 문득 다시, 숨이 넘어갔다.

염생이는 염생이고, 우선 길옥이 잡아오라니까아!

어머니 염소가 말이지요, 언덕을 넘어간 것 같아요, 장차 이 언덕에는 바람만 가득 차겠죠. 염소란 염소는 다 사라진 이 넓은 초원에 바람만 설렁설렁할 겁니다, 하고 싶었으나,

멍하게 서 있지만 말고 네 동생 잡아오라니까아!

초로의 여인이 탕, 다시 한번 발을 굴렀다.

염소 농사가 완벽한 실패로 끝나갈 즈음, 지방대학의 강사 자리가 생겨 집을 떠났다. 잡아다놓은 막내 소식을 학교 공금횡령 건으로 감옥에 간 이사장을 면회하고 돌아온 날, 하숙집으로 온 전화를 통해 들었다. 어머니의 목소리는 맥이 풀려 있었다.

아이, 야가 애를 배부렀단다야…… 니 생활은 어쩌냐?

잘될 겁니다 어머니, 너무 걱정 마세요, 밥요? 잘 먹고 있어요. 결혼요? 자리 안정되면 당연히 생기겠죠. 어머니도 건강 잘 챙기세요.

둘째 아들이 수화기를 내리는 순간, 어디선가 매애애 염소 울음소리가 나면서 진저리가 쳐졌다. 그 소리는 바로 제 속에서 나는 것이었다. 둘째 아들은 알고 있었다. 자신이 열번이면 열번 다 똑같이 매애애거릴 것이라는 사실을. 매애애거리지 않고 싶은 어머니, 제 전임 자리가 얼마나 더러운 자린 줄이나 아세요? 그것이 말입니다, 아부의 보상으로 주어진 거라고요. 그나마 대가나 제대로 받을 수 있다면 좀 좋겠습니까. 제가요, 월급도 제대로 못 받는 거지 교

수예요, 거지 교수. 그러나, 여전히 어머니 너무 걱정하지 마세요, 잘될 겁니다. 밥요? 잘 먹고 있어요,는 반복되었고 반복의 끝에서 염소 울음소리는 여지없이 나왔다.

왜 멀쩡한 대학교수 자리를 그만둔다는 거냐,고 울상이던 어머니한테 또 잘될 겁니다, 잘될 거니까 걱정하지 마세요, 매애애. 학교를 그만두고 나와 어머니 걱정을 덜어주기 위해 연구소라 이름 붙였지만 기실 개인사업체인 '공공조형연구소'는 구제금융 대란의 장풍에 맥없이 무너졌다. 때가 때인지라 활로가 막힌 대형 갤러리들이 '공공미술' 쪽으로 뛰어들었다. 경쟁에서 졌고 자금줄은 막혔다. 담보 잡혔던 집이 날아갔고 동시에 전임 되던 해 봄에 만나서 십년을 함께 산 아내와 아이도 제 살길로 날아갔다. 갚지 못한 빚은 악성 채권이 되어 대부업체로 팔리기 시작했고 이십년이 지난 지금까지도 채권을 산 대부회사에서 재산명시 소송을 제기해오면 연례행사처럼 둘째 아들은 법원 나들이를 해야 한다.

둘째 아들에게는 현금, 어음, 수표, 국채, 공채, 회사채, 금, 은, 백금류, 시계, 보석류, 골동품, 예술품, 악기 같은 동산이 없다. 부동산 소유권, 지상권, 전세권, 임차권, 청구권, 광업권, 어업권도 없다. 정기적으로 받을 보수, 소득세법상의 소득, 금전채권, 인도채권, 예금 및 보험금도 없고 특허권, 회원권, 저작권, 의장권, 실용신안권, 상표권이 없다. 그래서 둘째 아들은 '위 목록 전체 해당 사항 없음' 칸에만 브이자 표시를 한 서류를 들고 법원으로 갔다.

2016카명 90235번 하길용 씨이, 하길용 씨이, 하고 부르는 소리에 대답을 안 하고 바로 나갔더니, 제 이름이 두번이나 불렸다. 재산명시 서류를 제출하니 판사가 쳐다보지도 않고 돌아가셔도 된다고 말했다. 그러니까 동생에게 돌아가셔도 된다고 해서 돌아가려다가 돌아온다고 했던 말은 실없는 농담이 아니라 사실이었다. 둘째 아들은 사실 길모퉁이에서 여동생이 누군가와 인사를 하고 이쪽으로 막 돌아나오고 있을 때 모른 척하고 딴 길로 가버릴 수도 있었다. 어쩌면 여동생도 그러고 싶었는지도 모른다. 그러나 이미 때는 늦었다. 여동생이 자신을 향해 손을 흔들 때 둘째 아들에게는 사뭇 오랜 영상 하나가 여지없이 떠올랐더랬다.

식구들 몰래 집 나간 새끼 염소가 지금 저기 저 언덕배기에 나타나고 있구나!

마침 까페가 있었고 딱히 할말이 없어 바로 헤어져야 하지만 그러는 것도 어색해 둘은 자연스럽게 까페로 들어왔던 것인데, 동생이 앉았던 빈자리를 바라보니 둘째 아들은 은근히 분노, 혹은 노기가 느껴졌고 정체를 알 수 없는 모멸감 비슷한 감정도 밀려왔다. 우연히 만난 여동생이 아무리 할말이 별로 없고 말을 하고 싶지 않았다 해도 뜬금없이 까마득한 옛날 얘기를 늘어놓다가 버리기 전에 단물 빠진 껌을 딱 소리 나게 마지막으로 한번 씹듯이 거두절미하고, 큰오빠 집에 올 거지? 하는 말을 남겨두고 가버렸다. 그러니까 여동생은 오빠, 요새 어떻게 지내?라고 묻는 순간 둘째 오빠의 심란한 일상이 자기한테로 고스란히 쏟아져 들어오기라도 할 것 같아서, 그런 것 저런 것 나는 아무것도 묻지도 않을 거고 알고 싶지도 않다,라고 직접적으로 말하지는 못하고 양창선인가, 김창선인가 하는 사람이 무너진 갱도에서 보름 만에 구출됐다는 소식을 들은 날 아침 이야기나 늘어놓았는지도 모른다.

한편으로는 슬금슬금 피어오르려던 노기를 고이얀 염소 새끼 같으니, 혼잣말로 다스려놓고 그때 자신은 몇살이고 무엇을 했던가, 그때 기억이 남아 있기는 한 건가, 그런데 왜 동생을 보자마자 오래된 그 영상이 떠올랐던 것인지를 생각하느라 머릿속이 분주해졌다.

열세살의 소년은 언덕을 향해서 달음질친다. 언덕 위에 피어난 하얀 억새가 바람에 몸을 흔든다. 흔들리는 억새는 하늘과 바로 맞닿아 있다. 하늘과 맞닿은 억새밭 사이에 소년이 키우는 다섯마리의 새끼 염소와 한마리의 어미 염소가 있었다. 그렇지만 이제 어미 염소 한마리와 새끼 염소 네마리뿐이다. 새끼 염소들의 아비인 숫염소는 얼마 전 언덕을 넘어가서 돌아오지 않았다. 아비 염소가 없어진 다음날 새끼 염소 한마리가 또 언덕을 넘어갔다. 염소가 돌아오지 않는 것을 소년은 '언덕을 넘어서' 갔다고 생각했다. 언덕을 넘어간 염소들이 바람 부는 길을 하염없이 가고 있는 꿈을 꾸기도 하던 열세살 소년은 화들짝 눈을 떴다. 화요일 오전, 까페 '골드래빗' 안은 조용했다. 토끼들이 초원을 노닐고 있는 그림 장식 탓인가, 요새 그리고 있는 '가족도' 연작을 생각했다.

작업실에 들어가는 대로 남은 네마리 중에서도 두마리의 염소를 덜어내자. 마지막에는 한마리도 남아 있지 않게 될지도 모르겠군.

좀 전에 집 나간 염소 새끼, 아니 막내 여동생을 만났더니, 주말에 형 집으로 올 거냐고 묻더라고요,는 생략한 채, 저예요, 하고 전화했더니 형이 대뜸, 별일 없으면 점심이나 함께하자고 한다.

주말이 아니고 지금요?

주말은 주말이고 오늘은 오늘이지.

아버지와 형이 사는 시골집은 도시 경계를 벗어나 비닐하우스가 펼쳐진 들판을 지나 산 너머로 십년 전부터 생겨난 새 도시의 아파트 스카이라인이 언뜻언뜻 보이는 야산 입구에 있다. 첩첩산중처럼 여겨지던 곳이 지금은 새로 생겨난 도시 때문에 시골도 아니고 도시도 아닌 애매한 길갓집이 되었다. 아버지의 수목원(수목원이 아니라 조경원이라고 해야 옳다) 근처로 까페나 음식점들이 속속 들어서고 있는 중이다. 그중에는 둘째 딸 부부가 하는 오리탕집도 있다. 아버지 집 앞에 서는 광역버스를 탔다. 먼 산의 버드나무 둘레가 희미한 연둣빛으로 갓 물들기 시작하는 이른 봄날 오전의 버스 안은 한가했다. 출근 시간이 지난 버스 안의 한가로움이 둘째 아들은 편안했다. 아무것도 책임질 것이 없는 시간과 공간이 주는 편안함일 터였다.

배드민턴 채가 여기 있었는데 어디 두셨어요?

정구채 말이냐?

큰아들은 잠깐, 배드민턴 채와 정구채가 다른 것 아니냐고 하려다가 그만두었다.

정구채 같은 것을 우산꽂이에 함께 뒀더니 얼른 눈에 안 띄어. 그래서 다용도실에 걸어둔 거야. 두개가 다 필요해?

하나만요.

쏟아진 개밥은 마당에 깔린 쇄석 사이에 섞여 있다. 개밥과 쇄석을 배드민턴 채 위에 쓸어 담는다. 성긴 채 그물 아래로 개밥이 빠지게 하려는 심사다. 그러나 개밥이 다 빠지기도 전에 개가 날름날름 다 먹어치웠다. 약간 굽은 듯한 큰아들의 등에 봄 햇살이 따스하다.

그릇에 주는 밥은 엎더니 거기 있는 것은 다 먹는구나, 햐아, 그놈 맹랑하다.

아버지도 나머지 채를 가지고 온다.

뭐하세요들?

아버지와 아들이 '배드민턴 채 개밥 주기'를 하는 등 뒤에 언제 왔는지 둘째 아들이 서 있다.

큰아들은 지난겨울 눈이 온 아침에 운전을 하다가 차가 눈길에 미끄러졌다. 무슨 급한 일이 있어서 나간 것도 아니었다. 같은 사범대학에서 퇴직한 동료들과 점심 약속이 있었다. 아침까지 내리던 눈이 아홉시쯤 되자 그친 뒤 해가 났고 해가 비치는 곳은 벌써 녹기 시작했다. 한낮에는 기온이 올라간다는 뉴스를 본 것도 같아 조심히 운전하면 되겠지 싶어 차를 가지고 나왔는데, 약속한 식당에 거의 다 와서 그만 사고가 났다. 아직 눈이 녹지 않은 응달에서였다.

옆 차선의 컨테이너가 기우뚱하더라고. 금방이라도 덮칠 것 같아서 본능적으로 핸들을 조금 틀었는데 그대로 미끄러진 거야. 눈길에 미끄러진다는 게 속수무책인 것이더라고. 속수무책이라는 말의 의미를 눈길에 미끄러지는 사고를 당하고서야 진정으로 배운 것 같아.

야, 그래도 이만하길 천만다행이다야. 고트 자이 당크!

누나의 독일 말은 싹둑 자른 흰 단발머리와 썩 어울리는 듯도 했다. 누나는 파독 간호사였다. 독일에서 사십년을 살았다. 자식들이 제 갈 길 가기를 기다렸다가 사년 전에 돌아왔다. 독일인 남편과 함께였다. 나도 저희 나라에서 사십년을 넘게 살아줬으니 저도 내 나라에서 나 살아 있는 동안은 살아줘야지. 다스 이스트 도흐 젤프스트페어슈텐트리히!(그렇게 하는 것이 당연하지!)

내 누나는 멀리 가버렸군. 우리 길자 누나는 멀리 산 너머로 가버렸어. 강 너머 가버렸어. 그래놓고는 바다 건너서 이상한 누나가 온 거야, 그렇지?

큰아들의 말에 누나는 그저 피식 웃고 만다. 누나의 완강한 독일식, 독일투, 독일 말은 누나의 하얀 단발머리하고만 어울리지 자신이 기억하는 '우리 길자 누나'하고는 도무지 어울리지 않는다는 말까지 하고 싶었으나, 그쯤에서 그만두었다.

야, 저 여자가 독일에 호텔도 가지고 있고 말도 가지고 있고, 뭐 별별것 다 가지고 있는 여자라지?

침대맡에 켜져 있는 텔레비전에서 작달막한 여자가 수의 차림으로 악을 쓴다.

삼대를 다 멸하려고 합니다. 자백을 강요하고 있어요. 이것은 민주주의가 아닙니다. 나는 억울해요. 나는 억울해요오!

여자의 주변 어디선가 또다른 여자가 "염병허네, 염병허네, 염병허네"를 외치는 소리가 들린다.

독일에도 염병한다는 말이 있나?

염병은 열병이라는 건데…… 에라이, 똥이다! 샤이세!

야무진 독일 욕이 부어오른 큰아들의 이마를 딱 쳤다.

큰아들이 상처를 한 지 서너달 뒤에,

홀아비 둘이 각자 큰 집 갖고 사는 건 낭비야. 이리 오너라.

아버지의 제안이 아니더라도 구순의 혼자된 아버지가 늘 염려되기는 했었다. 큰아들이 살던 아파트를 팔고 짐을 싣고 왔을 때 마당의 수목에 물을 주던 아버지가 물 호스를 그대로 든 채 어서 와, 하고 웃으며 드러낸 치아는 아직 건강해 보였다. 아버지가 아직 건강하시구나, 싶어서 큰아들은 속으로 적이 안심이 되었다. 그동안 딸들이 번갈아가며 아버지 집에 들러 반찬을 해 나른다든가 빨랫감을 가져갔다가 가져온다든가 하는 식으로 아버지 생활을 살폈는데 큰아들이 오자 아버지는, 전속 도우미가 왔으니 여자들은 그만 사퇴하라는 말로 딸들의 방문을 중지시켰다. 앞이마를 차 유리창에 세게 박은 큰아들이 병원에 입원해 있는 동안 큰아들이 아버지 집으로 오기 전에 그랬던 것처럼, 딸들이 다시 번갈아가며 아버지 집을 왕래하다가 빙판길에 다리를 삐끗한 큰딸이 아예 자기 집으로 모셔갔는데, 아버지는 늙은 외국인 사위가 불편해서였는지 큰아들이 퇴원하자마자 다시 집으로 왔다. 아버지는 큰아들이 병원에서 집으로 오는 날만 기다렸다는 티를 확연히 냈다. 두 늙은 남자가 엷은 먼지 막이 덮인 식탁에 우두커니 앉아 있다가 문득 아버지가,

소주나 한잔하자꾸나. 갸 집에서 디럽다 브로트만 처먹어서인지 속이 좀 편치 않아.

병원에서 막 나온 아들에게는 반잔을 따라주고 소주 한잔을 달게 마신 아버지가,

나를 굳이 저희 집으로 데려간 게 지 남편 때문이었던 것 같아. 골골한 지 남편 말동무 시킬라고이. 내가 독일어는 못하고 공통으로 할 수 있는 말이 영어 나부랭이 몇갠데, 영어로 하는 말이 무슨 말이여, 막걸리여이? 몇마디 하고 나니, 눈 마주치면 실없이 웃는 일밖에 없더라. 숫제 감옥살이를 하고 왔다고!

어머니의 고향 말투까지 섞어가며 즐겁게 큰딸 흉을 보았다. 술 몇잔으로 속이 편해진 아버지는 일찍 잠자리에 들고 아들은 습관적으로 책상 앞에 앉았다. 사고 나던 날 아침까지 보던 책이 읽던 페이지 그대로 펼쳐져 있다.

그들에 따르면…… 민주주의에 대한 이 다른 식의 분석이…… 문제점에 대한 해석이랍시고…… 아닌지 궁금하다…… 해결책은 아닌지…… 이기적인 개인들이…… 동물적 형상의 탈근대적…… 회귀한다……

파편이 된 문장들 위로 아내가 쓰러졌던 날의 부엌 풍경이 겹쳐

졌다. 아내는 왜 그다지도 무더운 날, 더위에 어울리지 않는 음식인 짜장면을 볶았던가. 아내는 짜장면을 볶다가 부엌 바닥에 쓰러졌고 쓰러진 아내의 손에 아직도 쥐여져 있는 주걱에서 검은 짜장 소스가 뺨으로 흘러내리고 있었다. 급작스러운 아내의 죽음 이후, 자신에게 아무 일도 일어나지 않는 평온한 나날이 다행인 것 같기도 하다가 괴롭기도 하다가, 무슨 일이 일어나지 않는 것이 비정상인 것 같기도 하다가 아무 일도 일어나지 않는 것이 당연한 것 같기도 하다가…… 그랬다.

병원에서는 몇달간 약만 복용하면 문제없을 것이라 진단하고 퇴원을 시켰겠지만 아내의 뺨에 흘러내리던 검은 짜장 소스같이 끈적한 느낌의 액체도 아니고 고체도 아닌 어떤 물질이 제 머릿속 어느 곳인가로 흘러내리는 확연한 불쾌감을 누구에게도 제대로 설명하지 못할 것이고 설명하지 않을 것이라는 사실을 큰아들은 알고 있다. 쓰러지기 전의 아내도 그랬을까. 자신이 쓰러질지도 모른다는 어떤 전조 증상을 감지하긴 했지만 식구들이나 그 누구에게도 자신의 그 느낌을 설명하지도 못하고 설명하지도 않았던 것일까.

제 남편의 직장을 따라 중국으로 간 딸은 잘 살고 있을까. 딸이 아이를 낳은 지 오개월이 넘었는데 큰아들은 아직 손주 얼굴을 직접 보지 못했다. 가끔 아이 사진을 보내오는 딸에게, 이쁘다, 아이고 자식도, 하는 몇마디 허무한 감탄사나 보내면서 왜 한번도 딸애가 잘 살고 있는지를 생각해보지 못했을까, 그저 잘 살고 있을 것이란 전제만 했던 것일까, 하는 반성도 아니고 회한도 아닌, 조금은 낯선 감정에서 발현되는 이런저런 생각들이 간단없이 밀려왔다가 밀려갔다. 이 애가 잘 살고 있는지, 건강하게 자라는 아이하고는 아무 상관 없는, 제 남편하고도 상관없는, 그러니까 아무에게도 말하지 못하고 말하지 않는 깊은 곳, 제 몸속 어딘가, 저만이 알고 있는 우물 같은 장소에 웅크린 딱딱한 것, 그것을 굳이 슬픔이라거나 그늘이라고 하면 좀 민망해질 수도 있을, 그런 것이 딸에게도 있을 것이다, 왜 없겠는가, 사람의 자식인데……

아버지는 일부러 아무렇지 않은 듯이 하고 싶어서 술을 드신 것이 아닐까. 아무 일도 없는 듯이 하고 싶어서 술기운을 빌려 큰딸네 흉을 보셨던 것이 아닐까. 그러니까 아버지가 큰딸네 흉을 보는 즐거움이란 게 연출된 즐거움이 아니었을까. 유아 시절에 어머니한테 혼나서 울다가 그 울음 그치고 눈물도 마른 지 오랜데도 아버지가 퇴근해 오면 새 눈물을 억지로 짜내며 가라앉은 서러움을 한껏 과장한 적이 있었다. 그럴 때 아버지는 뭘 잘못했는데 우리 상이를 울렸느냐고 어머니를 타박하다가 조용한 자리에서 문득,

야야, 길상아, 떼아뜨르 그만하라우, 많이 하면 지친다!

눈을 찡긋했다. 오랜만에 듣는 아버지 고향 말이 얼마나 싱그러웠던지…… 얼마나…… 얼마나…… 사무치는지…… 애달픈지……

어깨에 아버지의 따뜻한 손이 느껴져 눈이 떠졌다. 고개가 의자 아래로 깊숙이 떨어져 있다.

야야, 춥다, 침대에 들어라. 고개가 아주 부러진 꽃대궁이 됐구

나야.

예에, 대답하는 순간, 자신이 칠십에 가까운 노인이 아니라 열몇 살의 까까머리 아이가 된 기분이 들었다.

아버지는 고등학교에서 영어 교사를 하다가 그만두고 할아버지가 남긴 땅을 개간해 수목원을 만들어야겠다고 시골로 갔다. 90퍼센트 넘는 투표율에 90퍼센트 넘는 찬성으로 헌법이 바뀌었던 다음해 봄, 입대한 지 석달 만에 첫 휴가를 나왔을 때 헌법이 바뀌는 것에 발을 맞추려고 그랬던 것처럼 집안 상황도 바뀌어 있었다.

나무가 언제 자라 돈이 될까요?

어머니가 가장 묻고 싶은 말이었을 것이다. 그러나 가장 묻고 싶은 말을 가장 묻지 못하는 사람이 어머니라는 것을 큰아들은 알고 있었다. 어머니의 물음을 큰아들이 우회해서 물었다.

나무가 자라는 동안 뭘 하고 지내실 겁니까?

책이나 보는 거지 뭐.

딴에는 힘들게 묻는 아들에게 아버지는 간단하게 대답했다.

큰아들이 대학 1학년을 마치고 입대를 한 지 한달 뒤 간호대를 졸업한 큰딸은 독일로 갔다. 비행기 트랩에 오르기 전 한복을 입은 큰딸이 옷고름으로 눈물을 닦는 동안 큰딸 등을 내내 두드리면서도 어머니는, 하고 싶은 말을 하지 못했다. 다만, 건강해…… 건강해이? 한사코 건강해야 써…… 건강하라는 말만 반복하다가 이별의 순간을 맞고 말았다. 하고 싶은 말일수록 하지 못하는 자신을 두고 어머니는 '반편이 김복순'이라고 표현하곤 했다.

나는 그날 짧은 배웅만 했지, 문 앞에서. 이별의 순간이란 게 말이야, 길어봤자, 좋지 않아. 자식새끼 돈벌이시킬라고 타국으로 보내는 놈이 아바지는 무슨 얼어죽을 아바지야, 개뿔이나. 한참 동백나무 묘목을 심고 있는데, 언제 왔는지 느이 오마니, 반푼이 김복순이가 말이야, 발짝 소리도 없이 와서는 내 등짝을 후드려 패드란 말이지. 아이쿠나야, 간땡이가 떨어지더구나잉? 말은 못하고 내 등짝만 살점이 떨어져나갈 듯이 후드려놓고는 삽자루를 움켜잡고 컴컴해질 때꺼지, 밤이슬이 흠뻑 내릴 때꺼지 동백나무 묘목만 심어대더구나, 느이 오마니가.

어머니 장례를 치르고 돌아온 고적한 저녁에 아버지가 자식들에게 한 말이었다. 이제 둘 다 혼자된 머리가 허연 큰아들과 머리가 검은 아버지가 산책을 나가면 동네 사람들이 친구냐고 묻기도 한다. 왜 머리가 검으시냐고, 비결이 무엇이냐고 큰아들이 물으면 아버지는 그냥 빙그레 웃는다. 아내가 죽고 나서 처음으로 부엌일을 손에 잡아본 큰아들이 요리책을 보면서 해준 감자탕이라든가 해물탕 같은 것을 아버지가 오물거리며 잘 먹으면 큰아들은 행복했다. 늙은 아들이 아버지, 욕조에 물 받아놨어요, 들어가세요, 하면 이번에는 아버지가 행복했다. 목욕을 끝내고 커다란 타월로 아랫도리만 가리고 나온 아버지가 여자들이 없으니 편쿠나! 하면 아들은 일부러 크게 웃었다. 늙은 아버지와 늙은 아들이 각각의 처들을 먼저 보내고 꾸리는 일상은 그런대로 좋은 일상이라고 할 만했다. 아침 산책을 하고 돌아와 커피와 빵으로 아침을 먹고 각자 자기 시간을 보내다가 점심으로 김치찌개를 끓여 소주 한잔을 하고 그리고 또 각자의 시간을 보내다가 해가 지기 전에 집을 나서 가까운 맛집이나, 둘째 딸의 오리탕집으로 가서 저녁을 먹거나 또 기분이 동하면 찻집에 가서 차를 마시거나 산 아래 도시 쪽에 새로 생기기 시작하는 까페들 중 분위기 좋은 곳을 골라 와인을 한잔하는 것도 좋았다.

지난겨울의 교통사고는 사실 큰딸 말대로 그만하기가 천만다행인 일로 부드럽게 끝난 일이다. 머릿속을 찍는 기계에 두번이나 들어갔지만 결과는 별 이상이 없었다. 의사의 처방대로 약을 먹었고 처음에는 부풀어오를 대로 올랐던 이마도 아무 일도 없었던 상태로 돌아간 지 오래다. 그런데도, 그러나, 그리고, 그날 이후로 큰아들은 달라졌다. 아버지와의 그런대로 괜찮았던 일상도 그대로 유지되고 있는 것 같은데도 뭔가가, 하여간 뭔가가 달라졌다. 둘째 아들은 형이 뭔가가 달라졌다는 것을 확연히 느꼈다. 그러나 내색하지 않고,

길옥이가 주말에 형 집에 올 거냐고 묻던데, 무슨 일 있어요?

아버지 생신이잖니.

아 참, 내가 깜빡했네. 하여간 요샌 뭐든지 깜빡깜빡하네요.

오랜만에 세 남자가 한자리에 모여 앉았다. 동생이 온다고 해서 큰아들은 장을 봐왔다. 뜨거운 콩나물밥을 양념간장에 비벼 먹은 후에 와인병을 따서 말린 견과류를 안주 삼아 아버지와 동생한테 먼저 따라주고 자신은 소주와 맥주를 섞은 소맥을 만들어 원샷을

했다. 큰아들이 왜 와인이 아닌 소맥을 마시는지 아버지도 동생도 묻지 않았다. 큰아들은 그것이 편했다. 여자 형제들 앞에서 같은 상황이라면 한바탕 왁자지껄, 생난리가 날 것이다. 여자 형제들의 오지랖은 얼마나 정겨우면서도 번거로운가.

아인슈타인은 정말 위대한 사람 같아. 그런데 위대한 사람도 가끔은 실수를 하더라고. 아인슈타인은 우주의 팽창을 믿지 못했다고 하더라고. 위대한 과학자의 선입견이었지.

아버지는 큰아들의 뜬금없는 아인슈타인 이야기에 고요히 귀를 기울였다. 눈빛이 호기심으로 반짝이는 것이 소년 같기도 했다. 큰아들의 말을 듣는 척하고 있다는 것을 은폐하면서 고요히 듣고 있는 둘째 아들의 머릿속으로 문득, 막내 여동생의 말이 번져들었다. 오빠, 나는 왜 껀떡하면 그때가 생각나는지 몰라. 양창선인가, 김창선인가 하는 광부가 구조된 날 아침이……

우주가 팽창한다는 것은 별과 별 사이가 점점 멀어진다는 것을 뜻하는 거 아니냐, 사람 사이처럼 말이지.

오빠, 난 왜 껀떡하면 그날 아침이 자꾸 생각나는지 몰라. 그날 아침의 햇빛과 그늘 말야, 햇빛이 만들어낸 빛남과 햇빛이 만들어낸 그늘.

동생이 생각하는 것은 그러니까 보름 만에 구조된 양창선이라는 광부가 아니라는 것은 둘째 아들도 알고 있다. 양창선이라는 광부가 구조됐다는 라디오 뉴스가 특히 그날 아침을 선명하게 기억하게 하는 한 요소이기는 할 것이지만 말이다. 동생이 '껀떡하면' 그날 아침을 생각하는 것은 그날 아침이, 그날 아침의 밥상머리가 그나마 동생에게 행복한 기억이어서일지도 모른다. 가족들에게 그날 아침같이 아무렇지도 않은 평화가 오래 지속되지는 않아서일지도.

우주는 지금도 계속 가속 팽창하고 있어. 팽창의 원인은 암흑에너지 때문이란다.

암흑에너지가 뭐라는 거냐?

한마디로 알 수 없는 에너지라는 거죠. 우주의 73프로가 암흑에너진데……

형의 말이 끝나기를 기다려 막내 여동생이 걸핏하면 떠오른다는 '그날 아침의 햇빛과 그늘'을 말하고 싶었으나 형은 두번째 술을 시원하게 마시고 나서 펜과 종이를 가져오는 것을 보니 하던 말을 쉽게 끝내지는 않을 것 같았다. 형의 말소리가 어느 순간, 매애애, 염소 울음소리로 들리는 것이 와인 몇잔의 취기 때문인가. 형이 매애애거리자, 언덕을 넘어갔던 아버지가, 소년이 되어 돌아온 늙은 아버지가 화답했다.

아하, 우주 나이가 137억년이로구나, 매애애.

언제쯤이나 동생이 이야기했던 그날 그 아침을 말할 수 있을까, 있을까, 있을까…… 하다가 까무룩 잠이 들었던 모양이다. 형이 옆구리를 툭 치며,

그런데 너는 요새 무슨 작업 하고 있어?

으응? 염소 작업 해, 염소, 매애애.

매애애애.

매애애애.

아버지와 형이 동시에 낸 염소 울음소리는 아하, 그렇구나, 오오, 그거 좋구나,가 아니었을까.

저녁의 박명 속에서 염소들이 언덕 너머로 모두 사라지고 바람만 가득한 캔버스를 바라보고 있는데, 화요일 저녁 형에게 끝내 말하지 못한 막내 여동생의 '그날 아침'이 또다시 떠올랐다.

바람 찬 언덕을 넘어갔는데 언덕 아래도 바람이 불었구나! 그래서 네가 그날 아침의 햇살과 옥수수 그늘을 너의 보금자리 삼는다는 것을 알지. 무책임한 남편과 셋이나 되는 아이들……

오빠 안 와?

둘째 여동생의 전화다.

난 화요일에 다녀왔어.

아이, 그래도 와아. 언니도 보고 싶어하고 나도 그래.

둘째 여동생의 교양기 가득한 목소리를 들으면 묘하게 기분이 좋아진다.

그러고 보니, 누나 본 지도 오래되긴 했어.

오빠 올 때 케이크 하나만 사가지고 와. 생신인데 케이크가 없어. 아버지 초코 좋아하니까 초코로 사와.

초코케이크가 있는 제과점을 들렀다 오느라 좀 늦었나 싶었는데 둘째 아들이 도착했을 때 누이들은 벌써 가고 없고 아버지와 큰아들이 텔레비전을 보고 있었다.

박정희가 파면됐구나, 야아, 박정희가……

큰아들은 그 사람이 아니라 그 사람 딸이라고 하려다가 그만두었다. 큰아들은 알고 있었다. 아버지가 왜 90퍼센트 투표율에 90퍼센트 찬성으로 헌법이 바뀐 이듬해 봄에 교사 일을 그만두고 시골로 갔는지를.

그러네요. 그 사람이 드디어 파면된 모양입니다.

아이, 술 남은 것 없니? 한잔하자꾸나. 에미나이들 성화에 양이 안 찼는데, 축하주 한잔 더 마시자꾸나.

마침 둘째 아들이 케이크 상자를 들고 들어섰다.

야야, 오늘 보니까 길자는 완전히 딸라에 나오는 조지 와싱톤 같더라야. 못생긴 게 흰 단발머리는 왜 그리 차랑차랑한지 하하하. 요 잡채는 길숙이가 해온 거란다. 필시 지 식당에서 팔고 남은 것일 거라이? 쿡쿡쿡. 야야, 막둥이가 해온 갈비 좀 남았으면 가이새끼한테도 좀 갖다줘라. 냄새만 풍기고 안 준다고 아까부터 인간들 숭을 되지게 보는 눈치더라. 한점 주다가 막둥이 그것이 지가 애쓰게 해온 갈비를 개한테 준다고 눈을 서발이나 흘기는 통에 간담이 다 서늘했다야 킄킄킄. 용이도 한잔해라.

기분이 아주 좋을 때, 아버지가 딸들 흉을 보거나 말을 많이 한다는 것을 큰아들은 알고 있다.

음식들이 특별히 맛있었나봐요?

아주 맛있었다. 맛이 좋아서 너한테 안 주고 혼자 먹을랬더니 왔구나. 자아 한잔 더 받아라.

큰아들이 밖으로 나갔다. 둘째 아들도 그 뒤를 따랐다.

아버지가 오늘 특별히……

그래, 기분이 아주 많이 좋으시다.

큰아들이 마당 끝 감나무 숲으로 들어간다. 둘째 아들도 큰아들 옆에 나란히 선다. 큰아들이 지퍼를 내린다. 둘째 아들도 지퍼를 내린다. 두 사람의 발치에서 모락모락 김이 난다. 안에서 아버지가 흥얼거리는 소리가 희미하게 들린다.

큰아들이 둘째 아들의 아랫도리를 건너다본다.

야아, 너 아직 싱싱하구나.

둘째 아들이 큰아들의 옆구리를 툭 친다.

아버지는 의자에 앉은 채로 어느새 잠들어 있다. 큰아들이 아버지를 침실로 부축해 가며 묻는다.

둘이 한잔 더 할까?

둘째 아들은 탁자를 치운다. 치우면서 형이 생략한 말을 속으로 된다. 너랑 하고 싶은 말이 많아서 말이지.

여기서 자고 갈 거지?

둘째 아들은 접시의 음식을 밀폐용기에 옮겨 냉장고에 수납한다. 큰아들이 빈 접시를 닦으며 또 묻는다.

여기서 자고 갈 거지?

둘째 아들은 남은 갈비 뼈다귀를 개한테 주려고 밖으로 나온다. 안에서 형이 설거지하는 소리가 들린다. 둘째 아들이 부엌 창문에 대고 묻는다.

누나랑 애들은 왜 그렇게 빨리 간 거야?

자기들끼리 해야 할 말들이 있대.

서쪽 산 아래로 반이 조금 덜 채워진 달이 지고 있다. 염소들이 사라져간 언덕 너머는 이제 아파트가 들어섰다. 저기 사는 사람들 중 누군가는 어느 바람 많이 부는 날이거나 공기 서늘한 밤에 아파트 단지 안을 어슬렁거리는 염소를 발견할 수 있을까. 그 염소가 실은 내가 잃어버린 염소라는 것을 그 사람들이 알까. 지금이라도 누구든 염소를 발견하면 나에게 알려달라는 방을 붙일까. 나의 염소 가족들은 언제쯤 한마리도 빠짐없이 모일 수 있을까. 한마리도 빠짐없이 다 함께 모여서 어느 햇빛 가득한 봄날이거나 햇빛이 만들어낸 그늘이 싱그러운 여름날의 언덕에서 향긋한 식사를 즐길 수 있을까. 개가 갈비를 뜯는 것을 지켜보며 둘째 아들이 두서없는 생각을 하고 앉았는데 설거지를 마친 큰아들이 두툼한 외투를 가지고 나온다.

공기가 꽤 차다야. 아, 지난번 내가 말하다 만 아인슈타인과 우주에 관해서 더 부연하자면 말이다. 시간과 공간이 합쳐져서 만들어낸 굴절에 대해서는 너도 알고 있지? 야아, 그게 그렇게 흥미롭더라고. 좀 들어봐아.

큰아들의 말을 들으며 둘째 아들은 생각한다. 어머니가 하고 싶어도 하지 못했던 말을 생각하고 아버지가 하지 않은 말을 생각하고 형이 차마 하지 못하는 말을 생각하고 누나에게, 여동생들에게, 헤어진 아내에게, 이제는 장성한 아들에게 듣지 못한 말들을 생각한다. 그러나 그들의 말들은 그저 허공에서 매애애거린다. 형이 매애애거린다.

시간과 공간의 굴절을 따라, 매애애애 끝없이 운동하는 암흑에너지는 매애애애……

밤길을 달리는 자동차 소리가 밤공기를 가르고 가까워졌다가 멀어진다. 공기는 서늘하고 밤은 깊다.

설운

사나이

오늘은 미용실 문을 닫는 일요일이다. 일요일이라고 해서 특별한 일이 있는 건 아니다. 언젠가부터 일을 쉬는 일요일에도 일찍 일어나는 습관이 생겼다. 적어도 일년 전 이맘때까지만 해도 없던 일이다. 딱 하루 쉬는 일요일엔 어디 갈 생각도 않고 하루 종일 미용실에 딸린 살림방에서 잠을 자거나 텔레비전을 보거나 배가 고프면 겨우겨우 라면 한봉지 끓여 먹으며 하루를 넘기고는 했었다. 물론 문을 열지 않는 날이니, 안에 있어도 미용실 전면 유리문에 쳐놓은 블라인드는 올리지 않았다. 아무리 햇빛 찬란한 일요일이래도 영애의 미용실은 깊은 바닷속처럼 어두웠다. 날마다 손님 비위 맞추느라 '말이 안 되는 말'도 아무렇지 않게 주워섬기고 사느라 일요일엔 아무도 안 보고 아무 말도 안 하고 싶었다. 그랬었는데, 지금은 누가 깨우는 사람도 없는데 아침 해가 뜨기 전에 눈을 뜨고 눈뜨자마자 책을 들여다보게 되었다. 학교 다닐 때도 책만 들었다 하면 잠을 자던 자신이 책을 보다니, 가증스러운 건지 감동스러운 건지 알 수는 없지만, 하여간 이제 적어도 할 일 없는 일요일이나 일하다 잠깐 쉴 짬에 무엇을 해야 할지 몰라 멍하니 텔레비전만 보는 일은 없게 되었다.

"일요일에도 평일과 같이 일찍 일어나서 잔잔한 하루를 보내는 게 좋을 거 같아요. 오전에는 밀린 일 하고 오후에는 책을 읽으시면…… 다음주가 훨씬 정신적으로 더 충만하지 않을까…… 뭐 그런 생각이 든단 말이죠."

여느 일요일처럼 하루 종일 자다가 텔레비전을 보다가 또 자느라 빌린 책을 다 못 읽고 돌려줬을 때 이강호가 한 말이었다. 그리고 그 말을 들은 뒤부터 일요일이 바뀐 것이다.

블라인드 줄을 잡아당기자 기다리고 있었다는 듯 아침 햇살이 쏟아져 들어왔다. 내일은 새 책 교환 날이다. 그러니 오늘은 이강호가 지난주에 주고 간 『역사 앞에서』란 책을 다 읽어야 한다. 언젠가 이강호는 말했다.

"우리가 배고프면 밥을 먹잖아요. 사람은 육체와 또 무엇으로 이루어져 있나요? 육체와 영혼이죠?"

"그럼요, 밥만 먹고는 못 살죠."

제 입매에 힘이 좀 들어간다 싶었는데, 아니나 다를까, 느닷없는 말이 튀어나왔다. 아무래도 이강호의 말에 너무 집중한 탓인 것 같았다. 사람은 밥만 먹고는 못 산다는 말을 자주 하는 사람은 미용실 단골 김여사다. 드라이로 부풀리고 고데기로 힘을 준 머리를 이쪽저쪽으로 살피며 김여사가 말했다.

"사람이 밥만 먹고는 못 살아. 가끔 빵도 먹고 국수도 먹어줘야지."

잔뜩 멋을 부린 김여사는 빵을 먹으러 가는지 국수를 먹으러 가는지 하여간 보름에 한번 정도 그렇게 특별한 외출을 하기 위해 미용실에 들렀다.

"맞아요. 영혼에도 밥을 줘야죠. 그럼, 영혼의 밥은 무엇일까요?"

"음, 음…… 큭큭큭."

목구멍이 간질간질해지면서 터져나오는 웃음을 겨우겨우 틀어막으며 조심스레, 사, 사랑이 아니겠느냐고, 이강호의 판결을 기대했는데, 이강호도 그만 웃고 마는 것이 아닌가. 그러다가 이강호 또한 급히 입꼬리에 매달린 웃음을 털어내며,

"사람이 책을 읽지 않으면 영혼을 굶주리게 하는 것이나 마찬가지랍니다."

이제부터 정말로 밥만 먹고 살지는 않으리라. 내 영혼에도 밥을 주자, 책이라는 밥을. 눈앞이 환해지면서 절로 손에 힘이 주어졌다. 그때의 결심은 아직까지도 유지되는 중이다. 그러나 책을 한참 읽고 있다보니, 배가 고파졌다. 육체와 영혼으로 이루어진 사람은 밥만 먹고도 못 살지만 책만 읽고도 못 사는 법, 이젠 밥을 먹자 하고 냉장고 문을 여는데, 문득 며칠 전 차우진의 아들 두리가 가져다준

애호박이 생각났다. 미용실 앞에 애호박 하나를 달랑 놓고 내빼는 아이 뒷덜미에 땀에 전 머리카락이 무성했다. 영애와 눈이 마주치면 수줍게 웃으며 도망부터 치고 보는 아이. 아이 머리를 잘라주고 싶어도 하도 재빠르게 도망을 가버리니, 어찌해볼 수가 없었다. 못 만나는지 안 만나는지, 어쨌든 차우진을 안 만난 지 몇달 됐다는 것을 그 어머니가 아는지 모르는지는 알 수 없었다. 차우진과의 만남을 그만둬야겠다고 결심하고서 미용실 앞에 슬그머니 반찬거리를 두고 가는 그 어머니에게 그러지 마시라고 역정을 내고 나서부터는 그 어머니나 두리가 지나가도 일부러 외면을 했었다. 그런데 한동안 뜸하다가 갑자기 애호박을 갖다준 것이다. 공터에 심은 애호박이 너무 많이 열려서 나눠 먹고 싶었던 것일까.

이강호는 영애 미용실에 손님으로 왔다. 그는 미용실 근처 초등학교 교사다. 나이는 서른. 영애보다 다섯살 어리다. 사춘기 시절의 여드름 자국이 아직도 남아 있는데, 좋게 보려고 해서인지는 몰라도 보기 싫다기보다 오히려 풋풋해 보이기도 했다. 단순한 손님으로서가 아닌 이강호와 말문을 트게 된 동기는 이강호가 미용실에 두고 간 책 때문이었다. 이강호는 머리를 손질하고 나서 들고 온 책을 두고 갔고 영애는 손님이 없는 새에 이강호의 책을 보게 되었다. 권정생이라는 동화작가가 쓴 『몽실 언니』였다. 언젠가 같은 제목의 드라마를 본 것도 같아 그 드라마를 베낀 책이 아닌가, 하면서 무심히 책장을 넘겨보다 영애는 그만 책에 홀딱 정신을 빠뜨리고 말았다. 특히 새아버지한테 밀려서 몽실이 다리가 부러지는 장면에서는 눈물이 절로 흘러내렸다. 세상에, 눈물 흘리게 하는 것이 드라마 말고 책도 있다는 사실을 그동안 내내 모르고 살았던 것이 그렇게 후회스러워졌다. 영애는 책을 더 읽고 싶은 욕심이 생겼다. 그래도 손님이 책을 달라고 하면 줘야 할 것이었다. 동네 서점에 가서 『몽실 언니』가 있느냐고 물었더니 그런 책은 없다고 했다. 책을 사러 시내 큰 서점까지 가는 수고를 하는 것은 내키지 않았다. 왠지 쑥스러울 것 같기도 했다. 시내는 옷이나 구두나 가방을 사러 가는 곳이라는 생각이 굳어져서인지도 몰랐다. 돈을 주고 책을 산다는 것이 낯설 것 같기도 했다. 영애는 그때까지도 이름을 알지 못하는, 여드름 자국 푯푯한 초등학교 선생이 책을 가지러 오면 빌려달라고 해봐야겠다고 생각하고 있었다. 그러나 책 주인은 책을 찾으러 오지 않았다. 출퇴근길에 지나면서도 어쩌다 마주치면 까딱 묵례만 하고 지나갈 뿐이었다. 혹시 책을 어디서 잃어버렸는지 모를 수도 있었다. 아니면 이미 잃어버린 책 따위는 잊어버렸는지도 모른다. 아무려나, 영애는 이제 책은 제 차지가 되려나보다, 내심 안도하던 참이었다. 그런데 딱 보름 만에 미용실에 들어온 초등학교 선생이 느닷없이,

"책 다 읽었습니까?"

하는 것이 아닌가. 하마터면 가위로 손님 뒤통수를 찌를 뻔했다. 이강호는 빙그레 웃으며 종이백을 내밀었다.

"책이에요. 지난번 책 가지러 와보니 어찌나 열심히 읽고 계시던지, 차마 달란 소리를 못하겠더라구요."

"몽실 언니는……"

"이제쯤은 다 읽으셨죠?"

"아직 다 못 읽었…… 혹시 그 책 제가 가지면 안 될까……요? 대신 머리는 공짜로……"

"물론 가지셔도 상관은 없지만요. 그렇지만 책은 다른 사람과 함께 나눠 읽으면 더 좋죠. 음식이 그렇듯이 말이죠. 그리고 머리 손질은 공짜로 받지 않을 거예요. 노동에 대한 대가는 드려야 한다고 생각하거든요."

말을 어쩌면 그리도 또박또박하는지, 더구나 그렇게 말할 때의 눈동자는 또 얼마나 반짝이는지, 남자를 보고 영애 가슴이 콩닥거리는 것도 참 오랜만이었다. 그렇게 해서 이강호는 영애의 독서지도 교사가 되었다. 독서지도 교사라고 해서 별것은 아니고 이강호가 학교 도서실에서 책을 빌려다가 영애에게 가져다주고 영애가 책을 다 읽을 즈음 또다른 책을 가져온 김에 지난번 책에 대한 얘기를 잠깐 나누는 식이다. 그리고 그 중간중간에 문득문득, 영애에게는 금과옥조가 되는 말들을 아무렇지 않게 해주곤 했던 것이다. 나이는 어려도 역시 선생은 선생인 것 같았다. 초등학교 도서실에서 빌리는 책들이니 주로 동화책이긴 하지만, 이강호는 일주일에 한번 미용실에 들러 영애에게 새 책을 가져다주었다. 그러는 새, 서른다섯 영애 가슴속에 남몰래 이강호를 향한 호감이 싹튼 것은 물론이다. 바로 그럴 즈음에, 김여사의 맞선 제의가 들어왔다.

"미스 리야, 우리 옆집에 내 이상형의 남자가 나타났다."

"아저씨는요?"

"거기는 내 밥이다. 내가 그랬지, 사람은 밥만 먹고는 못 산다고."

"그럼 옆집 남자는 빵이에요, 국수예요?"

"뻘소리 말고, 옆집 남자를 니 밥 삼아라."

말이 좀 이상해 웃고 말았는데, 어느 토요일, 김여사가 그 '밥'을 데리고 미용실에 나타났다. 다른 건 몰라도 키 크고 잘생긴 것은 맘에 들었다. 하나, 그 순간 이강호가 자신에게 준 '그놈'의 금과옥조가 머리를 치는 게 아닌가.

'사람을 외모만으로 판단하는 것은 미성숙한 사람들이나 하는 짓이다. 바로 영혼의 밥을 먹지 않는 사람들 말이다.'

그래서 단호히 거절을 하고는 싶은데, 아직 영혼의 밥을 충분히 먹지 않은 탓인지 어쩐 건지, 그놈의 키 크고 잘생긴 것이 자꾸만 또 단호해지려는 맘을 약하게 하니 영애 맘이 괴로웠다. 그런 상황을 두고 문자를 좀 써보고는 싶은데, 잘 생각이 나지 않아 괴로움은 배가되었다. 그럴수록 더욱더 영혼의 밥을 먹이는 데 애를 쓰려고 하면 그때까지 조용하던 육체가 밥을 달라 아우성쳤다. 육체의 밥과 영혼의 밥을 동시에 퍼 넣으며 영애는 곰곰이 생각했다. 영혼의 밥을 택할 것이냐, 육체의 밥을 택할 것이냐. 미용사 이영애가 현실과 이상 사이에서 번민을 하는 날이 오다니, 싶어 영애는 울고 싶은 기분을 웃음으로 터뜨리고 말았다.

고등학교 졸업하고 전자공장을 다니다 나이가 차니 그전에는 없던 증세가 생겼다. 마음 한가운데로 자꾸만 바람이 설렁거려 몸과 마음이 흔들리는 증세였다. 선도 보고 몇번의 미팅을 했지만 인연을 만나지는 못했다. 이쪽이 맘에 들면 저쪽이 고개를 흔들고 저쪽이 맘에 들어하면 영애가 싫었다. 인연 만들기를 단념하고 뭘 해 먹고살까 궁리하다 배운 게 미용기술이다. 그때 영애 나이 서른이 넘었다. 기술이 있어 밥 굶을 걱정은 없을 것이나, 심중의 바람이 생각보다 쉬이 가라앉지 않았던 것은 굳이 김여사가 말하지 않았대도, 짝을 못 만나서였던가, 아니면 이강호 말대로 영혼이 굶주려서였던가.

비가 추적추적 내리던 가을 저녁에 이강호가 어깨에 떨어진 빗방울을 털어내며 미용실 안으로 쓱 들어섰다. 물론 새 책을 주러 온 것이겠지만, 그날따라 영애 가슴이 이강호 어깨에서 후드득 떨어지는 빗방울처럼 떨리는 것은 어인 이유란 말인가. 비가 와서 손님이 없는 것을 그 순간에는 눈물 나게 고마워해야 할 것 같았다. 비 오는 가을 저녁, 따뜻한 커피 향을 맡으며 사랑하는 사람과 침묵 속에, 침묵 속에서도 사랑을 느끼며 책을 읽는 모습은 드라마나 텔레비전 광고에서나 볼 수 있는 풍경인 줄 알았는데, 그와 비슷한 상황이 바야흐로 이 비 오는 저녁 이루어질지도 모른다고 생각하니 영애 가슴이 은근히 벅차올랐다. 그런 벅찬 가슴을 들켜야 옳을 것인가, 아니면 아직은 숨겨야 할 것인가, 머리를 열심히 굴려가며 영애는 일단 이강호가 책만 가져다주고 가버리는 사태를 막기 위한 나름대로 필사적인 요량으로,

"보험 아줌마가 가끔 갖다주는 『아름다운 생각』이라는 잡지에

서 어떤 작가가 쓴 글에 이런 구절이 있더라구요. 정신세계가 약할수록 물욕에 빠지기 쉽고 물욕만으로 사는 사람은 다툼이 잦기 마련이다,라고요."

부끄러웠는가, 얼굴이 좀 달아오르는 듯도 했다. 이왕 엎어진 물, 마저 엎어버리자, 하고서 계속 말을 이었다.

"사는 게 늘 허전했던 이유를 이제야 알게 됐어요. 그것은 바로 책을 읽고 정신적으로 통하는 대화를 나눌 수 있는 상대가 없었기 때문이라는 걸."

이강호와 대화를 나누다보니 어느새 제 말투도 이강호를 닮아 또박또박해진 것이 영애는 맘에 들었다. 이제 이강호가 답변을 하든 뭐를 하든 해야 할 차례다. 영애는 표 나지 않게 침을 꿀꺽 삼키고 이강호의 말을 기다렸다. 이강호가 싱그럽게 웃으며,

"글쎄요. 그건 혹시 누나 옆에 사랑하는 남자가 없어서가 아닐까요? 언젠가 그랬잖아요. 영혼의 밥이 사랑이라고."

"그, 그건, 내, 내가, 아, 아직…… 그러니까……"

"무슨 말 하려는지 알아요. 그런데 지금에 와서 생각해보니, 그때 제가 한 말이 틀렸다는 건 아니지만, 누나가 했던 말도 맞았다는 생각이 들어요. 이제 와 생각하게 된 건데, 말하자면 사람들에게는 누구에게나, 밥이 되는, 밥이 되어서, 피가 되고 살이 되는, 영혼의 밥이 다 같을 수는 없다는…… 그런 생각을 하게 된 거지요. 내가 그때 누나가 말한 영혼의 밥을 왜 좀더 사려 깊게 성찰하지 못했는지 정말 부끄럽네요. 그때 불쾌하셨다면 뒤늦었긴 하지만, 지

금이라도 용서하세요."

바짝 긴장하면서 이강호의 다음 말을 기다렸으나 그뿐이었다. 더군다나 호칭도 자연스럽게 누나,라고 한다. 마음 한쪽이 서늘해짐을 어쩔 수 없었다. 도심에서 멀지 않은 곳에 있는 자동차 공장 노동자 차우진과 선을 본 것은 김여사의 추임새에 넘어갔다기보다, 어쩌면, 이강호 때문에 생긴 '낯선 외로움' 때문이었는지도 몰랐다. 물론 이강호를 알기 전에도 외로운 건지, 쓸쓸한 건지, 고독한 건지, 하여간 언젠가 어디선가 본 듯한 아리송한 제목을 본떠 '심중의 바람'이라고 이름 붙인 증세는 있었다. 솔직히 말하면 시도 때도 없이 밀물져 오는 그놈의 설운 기색 때문에, 뭘 어떻게 해야 할지 모르는 상태가 어떤 건지는 영애도 이미 경험한 바였다. 그런데 이강호 때문에, 이강호로 인해 생긴 낯선 감정 앞에서는 단순히 흔들리는 정도가 아니라 몸과 마음이 마구 떨려왔다. 어찌 됐든 영애는 그 떨림을 진정시켜줄 진정제가 필요했고, 차우진과의 만남은 그래서 시작되었는지 몰랐다. 애까지 딸린 차우진은 선을 본지 며칠이나 지났다고, 데이트하는 공원 벤치에서 한쪽 팔을 영애 어깨 뒤로 둘러 멀리서 보면 감싸안은 듯하게 앉아서는 하는 말이,

"여자랑 있으니까 좋네요."

하며 개구쟁이처럼 웃었다. 그러고는 아무 말이 없었다. 키 크고 잘생긴 남자가 좋다고 하는데도 가슴속 외로움이 쉬이 가시지 않는 연유를 영애는 알 수가 없었다. 그래서 물었다.

"차우진 씨, 우리 인간의 영혼의 밥이 뭔지 아세요?"

"영혼의 밥요? 그야 뭐 사랑 아니겠습니까?"

경상도 억양의 남자가 사랑이 아니겠냐고 하면서 자신을 말갛게 쳐다보는 데는, 분명히 자신도 그렇게 말한 역사가 있기는 있지만, 그리고 영혼의 밥이란 것이 누구에게나 똑같지는 않다는 이강호의 친절한 해설을 듣지 아니한 것은 아니지만, 아니, 막상 그래서 더더욱 기가 질리고 외로움의 두께는 무장 더 두꺼워지는 느낌이었다. 역시 외모가 잘났다고 영혼까지 잘난 것은 아닌 모양이라고, 영애는 차우진에게서 채울 수 없는 영혼의 갈증 때문에 바짝바짝 말라오는 입술을 잘근잘근 씹었다. 그걸 아는지 모르는지, 차우진은 꾸준히 성실하게 영애, 아니 여자와의 만남을 시도하기 위해 연락을 취해왔다. 그 성실함에 마음이 약해져 어쩌다 한번씩 나가면,

"얼굴 보니 좋네요."

"그냥 좋기만 하세요?"

"예."

"그걸로 끝인가요?"

"좋으면 됐지 무슨 말이 필요합니까?"

"차우진 씨는 책 같은 거 안 읽으세요?"

"책요? 하긴 사람답게 살려면 책도 좀 보고 영화도 보고 문화적 마인드를 가지고 살아야 하는 건데 말입니다. 우리 같은 사람들은 그럴 시간에 차라리 술을 먹지 않습니까? 하하, 생각난 김에 나름 서러운 사나이와 요 앞 호프집에서 간단히 한잔, 어때요?"

실은 길게 마시고 싶으면서 말은 일단 간단히 한잔,으로 하고 보

는 '나름 서러운 사나이'가 천진한 눈망울을 제 눈에 부딪쳐오면 거절할 도리가 없을 것 같아, 그럴수록 더 매정해져야 한다고 스스로를 다잡으며,

"저는 일이 있어서 이만 가봐야겠어요."

쌩하고 돌아서 왔다가 한식경쯤 지나 살금살금 호프집 문을 열고 살펴보면 '나름 서러운 사나이'는 문 쪽으로 등을 보이고 앉아 벽에 일렁이는 제 그림자를 동무 삼아 홀로 외로이 술을 마시고 있던 거였다. 꼭 그러려고 그랬던 것은 아니지만 영애는 호프집 맞은편 어둔 골목에서 제 그림자를 벗 삼아 술 마시는 사내가 나오기를 기다렸다가 정말 꼭 그러려고 그랬던 것이 아니지만 남자의 뒤를 밟게 되었는데, 그가, 말간 눈망울의 사내가, 나름 서러운 사나이가 영애의 수선화 미용실 앞에서 잠시 서성이다가, 잠긴 유리문에 손을 내밀었다가, 거두어들였다가를 반복하다가, 그 모든 짓거리를 거부한다는 몸짓으로 순간 단호하게 돌아서 꺼억꺼억 토악질하듯 부르는 노랫소리를 들었다. 소리업씨이 흘러내리느은 눈물 가튼 이슬비이 누가 우러어어 이 한밤 이젔던 추억이인가…… 어둠 속에서, 그의 그림자처럼 밤 골목에 길고도 낮게 깔리는 서러운 노랫소리를.

지난겨울, 배호 노래를 그럴싸하게 부를 줄 아는 이 사나이와 벤치가 있는 연못가에서 데이트를 했었다. 애가 딸렸대도 상관없었다. 영애가 괜히 이영애가 아니다. 비록 유명 배우와 이름만 같고 생긴 건 좀 달라도 애 딸렸다고 문제 삼을 만큼 촌스러운 '마인드'

는 아니라고 미용사 이영애 자신이 자부하는 바가 있었다. 그러니 누구도 오해하지 않기를 영애는 바랐다. 누군가 오해하는 이가 있다 한들, 왜 그녀 이영애가 차우진과의 만남에 종지부를 찍었는지를, 이 세상 누구에게 설명할 수 있을 것인가. 좋다고, 당신이 좋다고, 여자랑 있으니 좋아죽겠다고, 눈가에 무구한 주름을 있는 대로 만들며 진짜 좋아 날뛰는, 그것도 서러움에 꽉 찬 한 사나이를 이 세상 누가 그처럼 매몰차게 거부할 수 있단 말인가. 그러나 영애는 그날, 낮고도 음울하게 말했던 것이다. 그것도 나름 서러운 사나이가 발치에 굴러다니는 돌을 던져서 물수제비를 뜨는 방심한 순간에 말이다.

"이제 우리 그만 만납시다."

차우진이 물수제비뜨기를 멈추었다. 그리고 영애를 돌아보지 않고 낭패스럽다는 목소리로 중얼거렸다.

"아이참, 옛날에는 잘 떴는데 지름밥 묵고삼서 실력이 많이 죽어삐렀네."

둘이 어색하게 긴긴 연못가를 휘돌아 차를 세워둔 공터까지 왔다. 처음 이곳에 왔을 때는 연인 포즈였지만 돌아갈 때는 남남이다.

차에 올라탔는데 시동을 걸지 않는 차우진에게 영애는 마지막으로 한마디 덧붙였다.

"남자 여자로는 그만 만나자구요."

차우진이 그제야 시동을 걸었다.

"남자 여자가 남자 여자로 안 만나면 무슨 재미가 있습니까?"

“재미없으면 남자 여자 아닌 것으로도 만나지 말구요.”

차우진이 영애 얼굴을 빤히 바라보았다. 선보고 데이트 몇번 만에 제대로 바라보는 시선이었다.

“이렇게 보니, 영애씨 차암 귀한 사람 같네요. 제가 못 알아봐서 미안하긴 한데…… 아쉬움이 많이 남네요.”

운전을 하는 차우진의 표정이 금방이라도 울 것 같았다.

“에이씨” 하면서 그가 오디오 버튼을 눌렀다. 누가 울어 이 한밤 잊었던 추억인가 멀리 가버린 내 사랑은 돌아올 길 없는데 피가 맺히게 그 누가 울어 울어 검은 눈을 적시나……

영애는 돌아보지 않았지만 차우진은 울고 있는 것이 틀림없었다. 지난겨울 내내 그는 울었는지도 몰랐다. 그러다 미용실 앞에 개나리꽃이 활짝 핀 봄날 아침, 야간근무를 마치고 나온 차우진에게서 전화가 왔다.

“여자한테 하는 전화는 아니지요?”

“겁내지 마소, 짜장면 한그럭 같이 묵읍시다.”

“아침에 무슨 짜장면요?”

“택시 타고 공장 앞으로 후딱 오소.”

더이상 남자 여자 관계로는 만나지 않기로 하고서 처음 온 전화였다. 잘 보이거나 조심할 관계가 아니어서인지 사투리 억양도 더 억세졌다. 군더더기 없는 명랑한 목소리로 봐서는 미련이 남은 것 같지는 않았다. 더이상 토 달지 않고 달려갔더니, 회사 앞에 유일하게 있는 중국식당으로 들어갔다.

"여기 짜장면 곱빼기 둘요."

속으로야, 진짜 짜장면 먹자고 이 아침에 나를 불러낸 거예요? 하고 싶었으나 그 또한 뻔한 말이라 짜장면과 함께 꿀꺽 삼켜버리고,

"아침부터 짜장면 먹으니까 이상하네요."

했더니,

"이상해요? 많이 먹어요."

싱긋 웃기만 할 뿐이었다.

뚱딴지같이 싱겁게도 봄날 아침 그렇게 짜장면을 먹고 헤어진 후 차우진은 일부러 그러는 건지 자연스럽게 그러는지는 알 수 없으되 예의 그 한층 강화된 경상도 억양으로,

"요새 미용실 매출은 어때요?"

하고 묻는 전화를 한번,

"술 묵고 전화하면 추접할까봐 술 안 묵고 전화합니다. 잘 있는교."

라고 묻는 전화를 또 한번 했다. 라일락꽃이 한창이던 늦봄 저녁, 미용실에 들른 이강호와 지난주에 읽은 책에 대해 이야기를 나누고 있는 중에 불쑥 차우진이 들어섰다.

"머리 깎으러 왔네요. 한푼이라도 여다 보태줄라고."

"아, 두리 아버님!"

이강호는 차우진의 아들 두리의 담임 선생이었던 것이다. 두리는 2002년 월드컵 때 태어난 아인데, 축구선수 차두리처럼 씩씩하게 크라고, 마침 자신의 성도 차씨라 차우진이 똑같은 이름을 지어

줬다고 했다. 두리 엄마는 두리 아빠를 '나름 서러운 사나이'로 만들어놓고 암으로 삼년 전에 세상을 떠났다. 잘 마시지 못한다고 이강호가 아무리 사양을 해도 아들 담임 선생한테 해준 것이 아무것도 없으니 술대접이라도 하게 해달라고 차우진이 간청하다시피 하는 바람에 언젠가 차우진이 제 그림자를 벗 삼아 홀로 술을 마셨던 호프집으로 갔다. 차우진이 이강호에게 술을 따라주며,

"묵고살기 바빠 학교도 한번 몬 찾아가고, 지송합니다."

학부모로서의 예의를 차린다. 이어서 영애한테도 술을 따라주며,

"영애씨, 못 본 새 분위기가 확 달라지신 게…… 보기 좋네요. 축하드립니다."

뭘 축하받아야 하는지는 몰라도 하여간에 엉겁결에 술잔을 들어올리다가 영애가 물었다.

"차우진 씨, 아니 두리 아버님은 바쁘셨나봐요?"

"저 같은 경우는 바쁘다기보다, 차암 심란합니다. 선생님도 테레비에서 요새 떠들어쌓는 거 보셨는교?"

"아 네. 매스컴을 통해서도 알고, 엊그제도 시내서 아주머니들이 가두행진 하는 걸 봤습니다."

"요새 저희가 그런 지경에 있습니다. 사는 게 장난이 아니라 피가 말리는 전쟁이고오…… 하아, 사는 게 마냥 서럽습니다. 아, 갑자기 대갈통, 아 지송합니다. 머리에 막 쥐가 날라 카네요. 술 드십시오, 선생님. 찾아뵙지도 몬하고…… 영애씨 드시소."

이제 '나름 서러운 사나이'는 '마냥 서러운 사나이'가 되고 말았

다. 그날밤 과음을 한 마냥 서러운 사나이는 길 건너 연립주택 쪽으로 휘적휘적 사라지고 대취한 이강호도 아파트 쪽으로 흔들리며 가고 난 뒤 영애 혼자 호젓한 제 그림자를 밟고 서서 미용실 문을 여는 순간, 어디선가 토악질하는 소리가 들려왔다. 연립 쪽인 것 같기도 하고 아파트 쪽인 것 같기도 했다. 귀를 기울여보니, 양쪽 다인 것 같기도 했다. 어느 쪽으로 가서 누구를 먼저 도와야 하나, 갈피를 잡을 수 없는 한순간이 지난 뒤 소리는 멈췄다. 미용실 문을 열고 들어서는데 오래 낯익은 심중의 바람이 휘익, 일었다. 바람을 잠재우는 유일한 방법은 후다닥 잠이 드는 것뿐이었다.

이강호는 여전히 성실한 우편배달부처럼 책을 배달해왔다.

"누나가 재미있어 할지는 모르겠지만 제가 읽어보고 좋다 싶어서 가져온 책이에요. 편식은 몸에 안 좋잖아요. 우리 영혼도 마찬가지죠."

편식하지 말라고 가져다준 역사책에 코를 박고 앉아서 영애는 이강호를 생각했다. 어려운 책이라서가 아니라, 문장 속에서 수없이 명멸하는 '누나' 때문에 독서는 며칠째 진도를 나가지 못하고 있었다. 누나라는 단어가 자꾸 마음을 흩뜨려놨다. 오늘은 어떻게든, 마저 다 읽고 나서 밝은 모습으로 이강호를 맞이해야지, 하고서 애호박 넣은 된장찌개에 막 밥을 먹으려는 순간, 유리문 너머로 아이와 노인이 무거운 생수병을 들고 미용실 앞을 지나가는 모습이 보였다. 차우진의 어머니와 두리였다. 숟가락을 놓고 뛰어나갔다.

"할머니, 애호박 감사해요. 아침에 맛나게 된장국 끓였네요. 그리고 두리야, 지금 별일 없으면 머리 깎아줄게."

"지금은 안 돼요. 아빠 회사에 가봐야 해요. 우리 아빠가 지금 공장 안에 갇혀서 물도 못 먹고 싸우고 있거든요."

늘 부르면 내빼기부터 하던 녀석이 눈을 동그랗게 뜨고 또박또박 말하는 것을 보니, 그렇게 야무지지 않으면 안 되는 절박한 상황이란 것을 어린 속에도 자각하고 있는 것 같았다.

"너희 아빠가 싸워?"

"우리 아빠 회사 날마다 텔레비전에 나오는데 아줌마는 몰랐어요?"

이강호가 가져다주는 책을 읽느라 통 텔레비전을 보지 못했다. 지난봄 호프집에서 회사 사정이 좋지 않다는 말을 듣기는 했지만 설마 이렇게까지 될 줄은 몰랐다.

아이와 노인이 무거운 생수병 무게를 감당 못해 낑낑거리는 것이 안쓰러워 더 말을 붙일 수는 없을 것 같았다. 그런데 생수병 박스를 아예 바닥에다 내려놓은 두리가,

"그런데 우리 아빠 공장 안에서 죽을지도 몰라요. 물도 없고 쌀도 없어서요."

"그래서 물을 가져다주려는구나."

"네."

아이가 다시 물박스를 어깨에 멨다. 여덟살짜리 온몸이 휘청했다. 여든 노인과 여덟살 아이가 총총히 멀어지는데, 억장이 무너졌다.

바람 한점 불지 않는 더위 속에 공장 안 대형 스피커에서는 시끄러운 노랫소리가 귀청을 찢을 듯이 울려퍼지고 있었다. 비 내리는 호남선 완행열차에…… 타다다다, 하는 소리와 함께 헬리콥터가 날아와 하얀 물풍선 같은 것을 공장 지붕 위로 떨어뜨렸다. 최루액이 든 봉지라고 했다. 정문 앞에서는 공장 안으로 들어가려는 사람들과 막는 사람들 사이에 고성과 욕설이 오갔다. 해고자 가족 티셔츠를 입은 여자가 외쳤다.

"어째 그래요, 당신 우리 애아빠 알잖아요. 어제까지 함께 일하던 동료였잖아요."

굳게 잠긴 쇠철문 너머 회색 작업복을 입은 남자는 시선을 떨어뜨리고 말이 없었다.

"저 안에 사람들 잘못되면 당신들이 책임질 거예요? 당신들도 사측에 이용당하고 있단 사실을 정말 모른단 말입니까?"

한 젊은 남자의 외침에 회색 작업복 남자가 고개를 번쩍 들었다.

"맞소, 우린 사측의 개요."

그렇게 말하는 남자의 눈이 붉게 충혈되어 있었다. 피로와 슬픔과 분노가 서려 있기는 쇠철문 바깥 사람들이나 안 사람들이나 크게 다르지 않았다. 그렇게 하루해가 저물고 있었다. 인간 세상에서 벌어진 아수라를 구경하러 나온 공장 인근 마을 개들이 저물어오는 벌판을 동네 양아치들처럼 몰려다녔다. 식사 대용으로 배달되어온 피자 냄새의 유혹을 견디지 못한 개들이 몰려와 전경들 주변을 배회했다. 아이와 노인은 생수 박스를 지키며 시멘트 바닥에 속수무책으로 앉아 있었다.

공장에 갇힌 사람들을 응원하기 위해 왔다는 학생들이 시멘트 바닥에 둥그렇게 누웠다. 누군가 자그마한 소리로 노래를 부르기 시작했다.

내 맘에 흐르는 시냇물 미움의 골짜기로 물살을 가르는 물고기 떼 물 위로 차오르네 냇물은 흐르네 철망을 헤집고…… 노래는 이내 합창이 되었다. 낮고 조용한 합창. 그리고 잠시 뒤, 타다다다다 하는 헬리콥터 소리가 학생들의 노랫소리를 덮쳤다. 영애는 헬리콥터 소리가 멈추면 아이와 노인에게 짜장면을 먹으러 가자 해야겠다고 생각하며 하루 종일 달구어져서 뜨거운 시멘트 바닥에 학생들처럼 몸을 뉘었다. 좀 전에 살펴본 짜장면집은 발 디딜 틈이 없었다. 언젠가 아침에 느닷없이 불려나와 먹었던 그 한산한 짜장면집이다. 영애는 누워서 이강호를 생각했다. 쓸쓸한 바람 한줄기가 가슴 한가운데를 스치고 지나갔다. 차우진을 생각했다. 바람은 불지 않는데, 찌릿한 통증이 몰려왔다. 차우진이 자기에게 사준 짜장면을 이제 그의 아이와 어머니에게 사주고 싶은데, 헬리콥터 소리는 멈추지 않았다. 오 필승 코리아 오오오…… 붉은 조명등이 번쩍이는 밤하늘로 노랫소리가 울려퍼졌다. 왜 저렇게 음악을 크게 트냐는 영애의 질문에 지나가는 누군가 말했다.

"서러운 사람들 더 서럽게 할라고 저 발광을 해대는 거 아닙니까."

문득 공장 안에 있는 차우진도 저 소리를 듣고 있는지 궁금해졌다. 설운 그 사나이에게 전화라도 해볼까, 내가 왜 여태 그 생각을 못했을까, 하고 휴대전화를 꺼냈다. 설운 사나이의 전화기는 꺼져 있었다. 휴대전화를 만지작거리다가 문득 이강호에게 전화를 걸었다. 전화를 받자마자 이강호가 대뜸 물었다.

"지난번 제가 편식하지 말라고 드린 영혼의 밥은 다 드셨나요?"

"아뇨, 아직."

"저런. 그럼 내일 가져다드리기로 한 책은 안 드려도 되겠네요."

"저어 이강호 씨, 지금 무슨 소리 안 들리세요?"

"와아, 신나는 데 가신 모양이네요? 노랫소리가 장난 아닌데요?"

"네, 아주 신나네요. 노랫소리 빵빵하고, 조명등은 휘황하고, 헬리콥터까지 떴네요."

"재미있게 놀다 오세요."

"짜장면이 먹고 싶어요."

"하하, 찌장면요? 와아, 맛있겠네요. 짜장면도 맛있게 드세요."

"그랬으면 좋겠네요. 재밌게 놀고 맛있게 먹고…… 그랬으면……"

"그러세요. 그럼."

문득 돌아보니, 두리와 노인이 반쯤 누운 얼굴을 마주 보며,

"나도 배고픈데 울 아빠도 디게 목마르고 배고프겠다."

"사는 기 이케 서룹다."

구름 한점 없는 밤하늘에 달이 둥둥 떠나가고 있었다. 내일도 비는 내리지 않을 모양이었다.

어머니가

병원에 간 동안

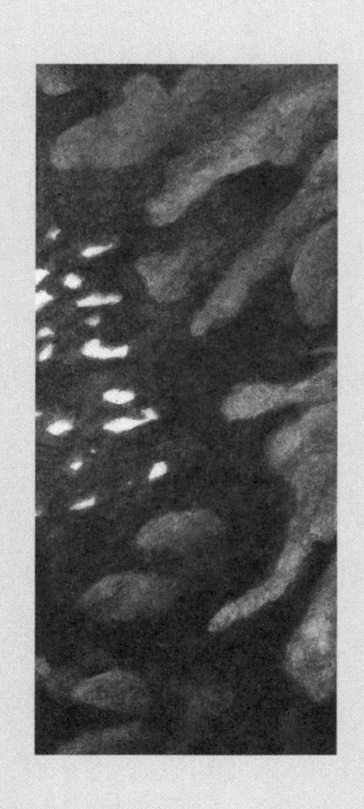

나는 꽃을 본다. 봉숭아는 싹이 틀 때는 수줍게 고개를 내밀다가 꽃을 피울 때는 누구의 눈치도 안 보고 와그르르 피어났다. 저희들끼리 짜고 그런 것처럼 봉숭아는 하양, 보라, 분홍, 빨강으로 깔깔거렸다. 옥수수가 열리지 않은 옥수숫대는 키가 너무 컸다. 바람 부는 저녁에 옥수수 이파리는 미친 듯이 너울거리고 벨 듯이 서걱거렸다. 어머니는 내 손톱에 봉숭아물을 들였다. 봉숭아물을 들이면 명도길이 밝아진다고 하더라. 명도길이 뭐냐고 물었다. 저승 가는 길이라고 하더라. 큰어머니는 어머니 손톱에 봉숭아물을 들여주며 말했다. 봉숭아물을 들이면 명도길이 밝아진다네. 어머니는 큰어머니한테 명도길이 뭐냐고 물었다. 저승 가는 길이라네. 어머니는 큰어머니가 한 말을 잊지 않았다. 어머니는 천치가 아니다. 저승은 개울 건너 마을이라고 나는 생각했다. 저승은 아주 멀다고 하더라. 한번 가면 돌아오지 못하는 먼 데. 내 가슴이 철렁했다. 봉숭아물을 들이면 한번 가면 돌아오지 못할 먼 곳으로 가게 될 것 같았다. 그럼에도 봉숭아물의 유혹은 강렬했다. 봉숭아는 작년에 났던 자리에서 다시 와그르르 피어났지만 어머니는 올해 봉숭아물을 들이지 않는다. 아무도 보는 사람 없는 꽃들은 혼자서 아름답고 혼자서 슬프다. 봉숭아는 텃밭에 심긴 고추보다 키가 더 컸다. 꽃도 고추보다 더 많이 달렸다. 줄기는 통통했다. 봉숭아에 영양을 뺏긴 고추는 병이 들었다. 고추는 빨갛게 익지 않고 하얗게 땅에 떨어졌다. 우리는 고추에 약을 치지 못했다. 약을 치면 고추는 파랗게 약이 오르고 빨갛게 단단해질 것이다.

아버지는 다리에 화농이 들어 움직이지 못하고 누워서 천장을 향해 욕을 했다. 오래 가물다가 갑자기 비가 왔고 온 동네 빗물이 우리 집으로 다 쏟아져 들어왔다. 아버지는 삽을 들고 도랑을 치다 들어왔다. 아버지가 두른 도롱이에서 썩은 지푸라기 냄새가 났다. 그날밤에 아버지가 무릎 아래를 긁었다. 아버지는 긁으면서 빌어먹을 것,이라고 말했다. 아버지는 밤새 긁었다. 아침에도 무릎 아래를 긁으며 이번에는 화를 내면서 젠장,이라고 말했다. 아버지 다리에 손을 대보면 뜨거웠다.

고추는 병들었는데 꽃만 무성한 것이 아버지는 화가 났다. 아버지는 술에 취해야만 겨우 화를 내지 않았다. 아버지는 약 대신 술을 먹었다. 어머니가 약을 주면 아버지는 화를 냈다. 갈퀴손 집에서 가져왔구나. 뼈 맞추는 사람은 갈퀴손이다. 갈퀴손은 방앗간을 한다. 갈퀴손은 뼈를 맞추며 방앗간을 하고 방앗간을 하면서 약을 팔고 약을 팔면서 이빨을 뽑고 이빨을 뽑으면서 체를 내리고 체를 내리면서 애를 받는다. 사람들은 콩이나 보리나 깨나 서숙 같은 것을 주고 갈퀴손의 먼지 앉은 약장에서 뇌신을 사고 고약을 사고 키니네를 사고 판피린을 사고 이약이나 빈대약이나 쥐약을 산다. 아버지는 어쩌다 우연히 재미 삼아(이 말은 조사 나온 순경한테 아버지가 한 말이다) 내기 장기를 두다가 돈을 잃었다. 돈을 잃은 것이 화가 나서 갈퀴손의 멱살을 잡으려다가 그의 갈퀴손이 두려워 그만두었다. 그렇지만 갈퀴손은 지서에 아버지를 폭행죄로 신고했다. 갈퀴손이 아버지를, 근면하지 않고 협동하지 않고 자조 자립하지 않는 자라고 말했다. 순경은 아버지에게 수갑을 채워 자전거에 묶고 지서로 갔다. 지서로 가던 중에 아버지는 순경에게 지폐 두 장을 건네고 풀려났다.

우리 가족은 아무리 아파도 이제 갈퀴손에게 가면 안 된다. 그러나 어머니는 가끔 잊어버리고 갈퀴손네 먼지 앉은 약장에서 약을 사온다. 아버지는 화를 내면서 급하게 약을 받는다. 약을 받으면서 약을 팽개쳤다가 다시 약을 집어든다.

화를 내던 아버지가 번개처럼 어머니를 안았다. 나는 빈 대두병을 들고 새마을구판장으로 갔다. 아버지가 어머니를 안고 나면 술을 찾는다는 것을 나는 알고 있다. 어머니도 기분이 이상해서 아버지가 주는 술을 얼른 받아 마신다는 것도 알고 있다. 구판장집 마누라가 나를 허옇게 째려보며, 공짜로는 술을 줄 수 없다고 말했다. 나는 서 있었다. 술을 마시는 사람들이 올 때까지 서 있었다. 술꾼 중 누군가가 내 빈 대두병에 술을 채워줬다. 술을 채워주며 내 손을 어루만지고 내 귓불 가까이 술냄새와 담뱃진 냄새 나는 입을 들이밀었다. 니 애비 에미가 빽을 한 모양이구나잉. 나는 술병 마개를 덮었다. 술병 마개를 내 아가리에도 덮었다. 내 아가리 속 말들은 마개에 막혀서 한마디도 밖으로 나오지 않았다. 나는 그것이 기분 좋았다. 나는 결코 아무 말도 하지 않을 것이다. 내 말들은 내 속에서 통통하게 살이 찔 것이고 배가 고프면 내 말들을 먹을 것이다.

술맛은 쓰지만 술냄새는 좋다,고 생각하며 나는 꽃을 본다. 봉숭아 사이에는 백일홍이 피었다. 노랑, 분홍이 섞여서 피었다. 백일홍은 달리아만큼 키가 컸다. 백일홍 이파리는 햇빛에 바래서 진딧물이 낀 것처럼 허옇고 까칠까칠하다. 백일홍 이파리가 팔뚝을 스치면 팔뚝이 쓰라리다. 백일홍 속에는 족두리꽃이 피었다. 족두리꽃 냄새는 독하다. 어린아이들은 족두리꽃 냄새에 화들짝 놀라 운다. 족두리꽃과 백일홍 아래 열무들은 힘을 못 받고 녹아버렸다. 열무도 상추도 고추도 없는 우리 집에 꽃들은 희희낙락 무성하다.

아버지가 토방에 내놓은 빈 대두병에 대고 나는 악을 썼다. 병마개를 곧바로 닫고 대밭으로 갔다. 병 속으로 들어간 말들이 대밭에서 파삭 깨졌다. 마을 사람들은 전부 대밭에다 버린다. 깨진 장독을 버리고 깨진 그릇을 버리고 깨진 유리를 버리고 세상의 모든 깨진 것은 다 대밭에 버린다. 죽은 것도 버린다. 죽은 쥐를 버리고 죽은 아기를 버린다. 약을 먹고 죽은 개도 버린다. 대밭은 쓸모없는 것들의 무덤이다. 대밭 속 움막에 사는 당골네가 대두병을 버리네잉, 대두병을 버려, 흐흐흐 하면서 뭔가를 버렸다. 보지 마라, 보지 마, 하면서 버렸다. 사람들은 당골네가 아기를 낳으면 대밭에 버린다고 말했다. 대밭에는 온통 당골네의 죽은 새끼들 뼈다귀들이 널려 있다고 했다. 쥐약을 놨더니 고양이가 죽었구나. 죽은 고양이한테서 나온 영이 너한테 씌면 어쩔라고 보냐, 보기를잉? 당골네가 내 눈을 가리고 내 귀를 잡아당겨 말했다.

너희 엄마 속에는 천치귀가 산단다. 너희 엄마 속에 사는 천치귀는 아주 영물이란다. 그러니 굿을 해라잉, 굿을 해야 천치귀가 물러간단다. 굿할 돈은 있냐?

분꽃은 아침과 저녁에 피어난다. 어머니와 언니는 분꽃이 막 피어나는 아침에 저수지 둑을 내려가 차가 다니는 신작로까지 걸어갔다. 해가 뜨면 걸어가기가 힘들다. 해 아래를 걸어가다가 언니가 저수지에 빠질까봐 어머니는 두려웠다. 해가 너무 뜨거우면 저수지 물은 시커메진다. 시커먼 저수지 물속을 쳐다보면 어지럽다. 그리고 일은 순식간에 일어난다. 어지럼증이 일어나는 순간 저수지 속에서 어떤 센 힘이 사람 옷자락을 잡아당긴다. 그렇게 물속으로 빨려들어간 사람들은 날이 가물어 저수지 물이 줄어들면 나타난다. 분꽃은 한낮에는 입을 꼭 다문다. 분꽃잎이 닫혔어도 향기는 공중에 남는다. 아버지가 베개를 마당으로 던지며 벼락같이 화를 냈다. 가시내 냄새가 진동을 하는구나, 아주 진동을 해잉? 분꽃들은 닫았던 입들을 벌렸다가 일제히 다시 닫았다.

어머니와 언니가 신작로로 가는 저수지 아랫길에는 도라지밭이 있다. 이른 아침의 안개가 도라지밭 위에 뭉실뭉실 피어 있다. 도라지밭의 안개는 보라색과 하얀색으로 뭉글거린다. 어머니는 보라꽃이 되고 언니는 하양꽃이 된다. 동네 사람들이 물었다. 어머니는 어디 갔니? 나는 도라지밭에 갔다고 입속으로만 말한다. 어머니와 언니가 도시의 병원에 갔다고 말하는 것이 나는 무섭다.

집은 늘 물이 고인다. 많이 오면 많이 고이고 적게 오면 적게 고인다. 그러나 아무리 비가 적게 와도 다른 집보다는 더 고인다. 집이 마을의 가장 아래쪽에 있어서다. 날이 가물어도 집은 물이 고이고 남은 흔적으로 이끼가 자란다. 비가 오지 않으면 이끼는 파랗지 않고 검다. 검은 이끼는 비가 오면 다시 파래진다. 이끼 밑 흙을 파보면 빨간 실지렁이가 고물고물하다. 내가 세살이 될 때까지도 머리카락이 나지 않자 어머니는 큰어머니에게 내가 살 것인지 죽을 것인지를 물었다. 지금까지 어머니가 낳은 아이 중에 언니와 나만 살아남았다. 마침 큰어머니 발밑에서 실지렁이가 꿈틀거렸다. 지렁이라도 먹여서 살릴 생각을 왜 안 하느냐고 큰어머니가 어머니 등짝을 후려쳤다. 어머니는 나에게 실지렁이죽을 쑤어 먹였다. 그

덕분에 나는 살아남았다. 죽은 실지렁이가 마른 이끼 위에 검불처럼 얽혀 있다. 마른 실지렁이 주위에 개미들이 바글거린다. 개미들은 실지렁이를 어딘가로 떠메고 간다. 나는 개미들의 행렬 한가운데로 오줌을 눈다. 나는 속옷을 입지 않았다. 나는 열두살이고 열두살을 먹는 동안 한번도 속옷을 입어보지 않았다. 사루마다는 도시 사람들 옷이야. 언니가 부끄러워하며 말한 적이 있다. 치마를 걷어 올리지 못해서 치맛단이 오줌에 젖었다. 옷감이 얇아서 오줌은 금방 마른다. 그래도 냄새는 남는다. 나는 얇은 옷감의 치마 때문에 오그라들고 오줌 냄새 때문에 또 오그라든다. 나는 내가 완전히 오그라들어서 공벌레가 될 것이라고 생각한다. 공벌레는 마당을 기어다닌다. 몸을 펴서 기어가다가 잡으려고 하면 동그랗게 몸을 만다. 공벌레는 냄새가 없다. 몸도 부드럽다. 그것들은 쉽게 부서진다. 노래기는 집 안을 기어다닌다. 노래기는 새카맣거나 짙은 밤색이다. 그것들은 몸이 깔끄럽다. 맨손으로 잡으면 냄새가 독하다. 손을 씻고 싶어도 씻을 물은 없다. 물은 늘 부족하다. 가물어서 '새마을 공동샘'의 물이 다 말랐다. '새마을 공동샘'이 아니었을 때는 물이 마른 적이 없었다. 텃밭에 우북한 풀을 뜯어 손가락으로 비빈다. 손가락에 금세 푸른 물이 든다. 어머니는 내가 손을 베었을 때 쑥이파리를 짓찧어서 무명실로 싸매준 적이 있다. 실이 너무 조여서 손가락이 푸르뎅뎅해지고 아팠다. 어머니가 돌보지 못한 텃밭에는 모기와 하루살이가 들끓는다. 하루살이는 내 눈으로 들어온다. 하루살이는 귓속으로도 들어온다. 귓속에서 하루살이의 날갯짓 소리가 간지럽다. 간지러워서 자꾸 웃음이 나온다. 눈은 울고 입은 웃는다. 나는 눈물을 흘리면서 웃는다. 지열이 후끈거린다. 흙도 나무도 집도 다 후끈거린다. 후끈거리는 것을 피할 곳은 아무 데도 없다. 큰 나무 밑은 남자 어른들이 차지하고 있고 여자들은 계곡의 물속에 몸을 담근다. 여자들은 계곡에서 우리 집에 마귀가 들었다고 말한다. 우리 집에 마귀가 들었다고 말하는 것이 계곡의 여자들에게 유일한 즐거움이다.

언니는 도시로 갔다. 처음에는 남의집살이를 하러 갔다. 남의집살이할 때 언니는 집에 아무것도 사주지 못했다. 언니는 그 집에서 먹고 잤다. 남의집살이 다음에 언니는 버스 차장이 되었다. 차장을 하면서 죽을 뻔한 적도 있었다. 사람들로 미어터져서 닫히지 않는 차에서 언니는 양팔을 벌려 차 문에 매달렸다. 언니는 버스 차장을 하면서 집에 돼지를 사줬다. 버스 차장을 그만두고 언니는 공장에 갔다. 방직공장에서 돈을 벌어서 언니는 집에 소를 사줬다. 언니가 사준 소가 죽었다. 소는 죽기 전에 흰 거품을 입에 물었다. 그러다가 눈자위가 온통 하얘지면서 고꾸라졌다. 아버지는 죽은 소를 묵정밭까지 끌어와 묻었다. 산짐승들이 내려와 소무덤을 파헤쳤다. 산짐승이 가고 나면 동네 개들이 또 소무덤을 파헤쳤다. 그 집에 필시 소마귀가 든 거야, 소마귀가잉? 여자들은 계곡 물속에 몸을 담그고 진저리를 쳤다.

언니는 아팠다. 얼굴이 노랗게 뜬 언니는 집으로 돌아와서 겨울 이불을 뒤집어썼다. 집으로 돌아오자 언니는 더욱 아팠다. 소가 죽어서 그러냐고 아버지가 언니를 두들겨 팼다. 아나, 니 소잉? 하면서 악을 쓰는 아버지가 소처럼 거품을 물었다. 언니가 허옇게 눈을 뒤집었다. 큰어머니가 언니는 중한 병에 걸려서 갈퀴네가 아니라 도시 큰 병원에 가야 한다고 말했다. 어머니는 큰어머니 말을 알아들었다. 큰어머니는 시장에다 깨를 내다판 돈을 어머니 손에 쥐여주었다. 어머니와 언니는 아침 일찍 도시의 병원에 갔다. 그러나 나는 어머니가 언니를 데리고 도라지밭 속으로 간 것만 같다. 도라지밭 속에서 어머니는 보라색 꽃으로, 언니는 하얀색 꽃으로 놀다 어두워지면 꽃에서 나와 집으로 올 것이다.

아버지가 잔뜩 화가 나서 나를 부른다. 가재 수건 좀 가져오너라. 아버지는 거즈를 가재 수건이라고 말했다. 나는 골짜기의 돌 밑에 사는 가재를 떠올리며 거즈를 가져다준다. 거즈는 이미 여러번 써서 핏물로 얼룩덜룩했다. 아버지는 화농을 빼보려고 애를 썼다. 화농은 아버지 다리에서 산처럼 부풀어올랐고 단단했다. 아버지는 울지 않으면서 울었다. 아버지는 울고 싶으면 빌어먹을, 젠장, 잡녀르것,이라고 뇌까렸다. 에잉, 잡녀르것.

천장을 기어다니는 노래기가 아버지 머리 위로 툭 떨어졌다. 이런 젠장맞을 것. 나는 쓰레받기에 노래기를 담아서 마당에 버렸다. 아버지의 젠장맞을 울음이 노래기와 함께 마당에 버려졌다. 하루살이가 언제 나갔는지 내 귀에서는 아무런 소리도 들리지 않았다.

큰어머니는 뒤꼍 우물 속에 미숫가루 물이 있다고 말했다. 한사발 마시면 오빠 마시게 다시 타놓으라고 한다. 오빠는 큰어머니 아들이다. 사카린을 넣은 미숫가루 물은 달다. 단것은 내 이빨을 날카롭게 물어뜯는다. 정신이 혼미해진다. 오빠가 땀을 흘리며 뒤꼍으로 들이친다. 오빠 얼굴에 흐르는 땀은 검정물이다. 오그리고 앉은 내 궁둥이를 발로 차며 미숫가루 내놓으라고 한다. 나는 대답을 할 수가 없다. 죽어라 죽어. 오빠가 두레박으로 물을 마시고 남은 물을 내게 퍼붓는다. 차가운 물에 내 이빨 속 벌레들이 화들짝 놀란다.

큰어머니는 감나무 아래서 동부를 까며 어머니한테 천치귀가 살고 있고 굿을 해야 천치귀가 물러가는데 굿을 하려면 돈이 든다고 한숨을 쉰다.

산짐승이 니 큰아버지 무덤을 파헤쳤단다. 산역을 해야 한단다.

동부는 붉거나 얼룩얼룩하다. 아름다운 동부는 걱정거리가 하나도 없다. 아름다운 것들은 다 야속하다.

나는 단것이 물어뜯는 입속에 큰집 울타리에서 뜯은 산초잎을 머금고 작은집으로 갔다. 작은아버지는 산중턱에서 산양을 키운다.

산양을 키우는데 별 재미는 못 보고 있단다. 작은아버지는 누구한테나 말하듯이 나에게도 똑같은 말을 했다. 재미가 없어도 꾸준히 해보겠다고 작은아버지는 말했다. 아랫마을 소처럼 죽어나가지 않는 담에야 키워야지, 돈 안 된다고 죽일 수야 없지.

골짜기에 산양 똥이 새카맣게 널려 있다. 주황색 나리꽃이 산을 넘어가면서 피어 있다. 나리꽃은 하늘과 닿아 있다. 나리꽃하고 하늘 사이로 예쁜 여자나 하나 나타나면 좋겠다,고 작은아버지는 말했다. 작은아버지는 월남에 갔다가 바로 독일로 가서 석탄을 캤다. 쉬는 날 마을의 술집에서 「그리스의 포도주」라는 노래를 들으며 포도주를 마셨다. 곡조는 경쾌했으나 가사는 구슬픈 노래였다. 작은아버지는 한국의 소주 생각을 하면서 포도주를 마셨다. 그때 눈이 파란 여자가 작은아버지한테 다가왔다. 한국은 어떤 나라냐고 푸른 눈의 여자가 물었다. 한국은 어떤 나라인지를 생각했다. 마침 술을 마시고 있어서 작은아버지는 소주, 막걸리 같은 술 생각만 났다. 소주와 막걸리를 마시는 나라라고 말했다. 먹는 것을 생각하니 김치도 떠올랐다. 김치가 떠오르자 밥도 떠올랐다. 푸른 눈의 여자가 작은아버지에게 밥을 해주었다. 작은아버지는 그 여자와 한국에 오고 싶었다. 그 여자가 한국의 화장실은 깨끗하냐고 물었다. 작은아버지는 고향의 뒷간을 생각했다. 뒷간의 구더기들. 푸른 눈의 여자는 외가가 루마니아 시골인데 외가의 화장실이 너무 지저분해서 똥이 안 나와 죽을 뻔했다고 말했다. 그래서 자기는 작은아버지를 따라 한국에 갈 수 없을 것 같다고 웃으며 말했다. 작은아버지는 혼자 한국으로 돌아왔다. 돌아와 산에서 산양을 키우며 푸른 눈의 여자를 생각한다. 작은아버지는 그 여자를 아직도 자신의 여자라고 생각한다. 작은아버지는 그 여자가 산을 넘어가며 핀 산나리꽃과 하늘 사이로 나타나주길 고대한다. 그 생각을 하면 작은아버지는 행복해지고 불행해진다. 작은어머니는 자기는 한번도 보지 못한 푸른 눈의 여자 때문에 화가 나서 작은아버지를 떠났다. 옆 마을로 시집간 작은어머니가 나한테 눈 파란 독일 여자가 왔었느냐고 물었다. 내가 아무런 대답을 안 하자 이제는 작은어머니가 아닌 작은어머니는 빨래에 방망이질을 하며 깔깔 웃었다. 미친놈. 너희 집안 사람들은 다 미쳤단다. 미친놈하고 살면서 나도 하마터면 미칠 뻔했단다. 깔깔깔. 그러나 작은어머니가 아닌 작은어머니는 작은아버지를 너무나 사랑했다. 작은어머니가 아닌 작은어머니는 밤에 아무도 몰래 작은아버지에게 왔다. 작은어머니가 아닌 작은어머니는 한번도 보지 못한 푸른 눈의 여자 때문에 너무나 외로워서 날이 새기 전 남편에게 돌아가다가 저수지 속으로 들어가서 다시는 나오지 않았다.

나는 작은아버지한테 아버지가 병이 났다고 말하고 싶었다. 비가 오는 날 죽은 소를 묻었고 집에 돌아와서 물고랑을 파고 들어와 다리를 긁더니 긁은 자리에 화농이 들었다고 말하고 싶었다. 산양을 팔아서 돈이 생기면 변소를 고칠 거란다. 물을 내리는, 하얀 사기로 된 변기를 앉힐 거란다. 작은아버지의 움막 천장은 곰팡이꽃이 활짝 피어 있다. 작은아버지가 내게 양젖을 준다. 양젖은 사람한테 아주 좋단다, 온몸에 다 좋단다. 한방울도 남기지 말고 다 마셔라. 배 속에 들어간 산양젖이 꿈틀거린다. 산 밑으로 내려와서 나는 꿈틀거리는 산양젖을 다 게워냈다.

풀 짐을 지고 땅만 보며 걸어오던 삼채가 어디 갔다 오느냐고 묻는다. 내 얼굴에 묻은 하얀 얼룩이 뭐냐고도 묻는다. 삼채는 한참을 기다렸다가 또 묻는다. 왜 대답을 안 하느냐고. 나는 삼채의 풀 짐이 오른쪽으로 기우는 것을 본다. 내가 속으로 으으으으 하는 동안 삼채가 풀 짐과 함께 넘어진다. 화가 난 삼채가 풀 짐 속에서 발딱 일어나 나를 향해 머리를 들이밀고 돌진해왔다. 삼채의 단단한 머리가 내 가슴에 부딪쳤다. 내가 넘어지자 삼채가 돌로 내 가슴팍을 쳤다. 사루마다도 안 입은 게잉? 삼채가 내 아랫도리에 침을 갈겼다. 죽었냐, 살았냐. 삼채가 작대기로 나를 툭툭 두번 건드려보고는 풀 짐을 지고 갔다. 나는 삼채한테 돌을 던진다. 돌은 겨우 내 눈앞에 떨어진다. 내 목에서 끼옥, 끼옥 하는 소리가 난다. 귀옥이하고 경자가 다슬기가 든 함지박을 이고 온다. 두 여자아이 입술은 파랗게 얼어 있다. 땅바닥에서 올려다보니 귀옥이 종아리에 거머리가 붙어서 피가 흘러내리고 있다. 끼옥끼옥끼옥. 귀옥이가 어쨌다고? 끼옥끼옥끼옥. 얼레리꼴레리 저 집에는요 여자 세마리가 있는뎁쇼 그으중에 늘근여자바보천치고무차대기 크은여자콜록콜록폐병쟁이 자아근여자사루마다는털보엿장수가걷어갔대요오 호리리리리. 입술이 시퍼런 가시내 둘이 신이 나서 발을 굴렀다. 발을 구르다가 호르르 도망을 갔다. 호르르 도망가다가 다시 왔다. 귀옥이가 종아리에 붙은 거머리를 떼어 나한테 던지고는 사부작사부작 가버렸다. 경자 동생 경택이가 맨발로 타박타박 걸어오다가 내 앞에 우뚝 섰다. 끼옥끼옥끼옥은 경택이가 서 있는 동안 잦아들었다. 말없이 서 있다가 그냥 가던 경택이가 돌아와서 엿을 내 머리 위로 던졌다. 경택이는 엿하고 신발을 바꾸었다. 지난겨울에는 호박엿 두 가락과 저희 집 솥단지를 바꾸었다. 엿은 하얗지 않고 시커멨다. 나는 엿을 먹었다. 엿이 너무 달아서 이빨이 아려왔다.

고모는 마구 웃었다. 웃는 고모 입속이 노랗게 반짝였다. 고모 이는 산뿌라찌란다. 이를 해 박아서 돌도 씹어 먹을 수 있단다. 호호호. 어머니가 굿을 해야 한다는 말은 하지 않기로 마음먹었다. 아버지 다리에 화농이 들었다는 말도 하지 않는 게 좋을 것 같았다. 나는 언니가 아프다고 말하고 싶었다. 귀옥이가 노래하기로는 언니가 폐병쟁이라고 했다. 그 가시내들 말은 하나도 믿을 것이 없다고 나는 생각했다. 언니가 어딘가 아파서 집으로 왔다고 나는 고모한테 말하고 싶었다. 그렇지만 이가 아려서 말을 할 수가 없었다. 고모는 자꾸 웃었다. 이가 노랗게 빛났다. 이 이빨은 아주 비싸단다. 이빨 한대에 찹쌀이 서말이란다, 찹쌀이 서말, 도둑놈. 찹쌀 세말을 주고 산뿌라찌 이를 해 넣어서 고모는 기분이 좋았다. 그러나 찹쌀 세말을 생각하니 기분이 나빠졌다. 순 날강도 같은 놈이라고. 산뿌라찌 한대에 그 귀한 찹쌀이 한말이야. 산뿌라찌 석대니까 찹쌀이 서말이지. 산뿌라찌 이에는 호박 반지가 제격인데잉? 고모는 빛나는 산뿌라찌 이를 하고 커다란 호박 반지를 끼고 금박 입힌 거들치마에 금박 회장저고리를 입고 친정 동네에 가고 싶다고 한다. 내가 그러고 가야 너희들도 귀한 대접을 받을 거야. 근사한 고모 뒀다고 사람들이 부러워할 거야. 그런데 너는 기운이 없구나. 고모 집 오는 길에 기운이 다 빠졌구나. 기운 없을 때는 보리단술이 최고지. 고모는 나에게 양재기 가득 보리단술을 준다. 쉰 보리밥에 쉰 막걸리를 부어 만든 보리단술을 마시고 나는 취한다.

외할머니는 감나무 그늘에서 콩을 까고 있다. 콩을 까는 외할머니 둘레에 흰 강아지 아홉마리가 곰실곰실하다. 외할머니 눈이 빨갛다. 요새는 쥐새끼가 빨갛구나잉? 빨간 눈으로 보는 세상은 빨갈 것이다. 흰 것도 검은 것도 푸른 것도 다아. 아나 콩. 할머니는 내게 생콩을 내민다. 생콩은 비리다. 비린 생콩을 먹는 척하다가 할머니 눈을 피해 뱉어낸다. 할머니는 콩을 자꾸 준다. 나는 할머니한테 콩을 뱉어낸다. 떽끼놈. 갑자기 나타난 외삼촌이 내 등짝을 후려친다. 아무리 정신없는 할머니라 해도 할머니한테 침을 뱉는 법이 어디 있느냐,고 외삼촌은 나를 나무란다. 나는 침이 아니고 콩이라고 하려다가 그만둔다. 삼채가 나에게 몹쓸 짓을 했단 것도 말하지 않는다. 나는 삼촌한테, 삼채가 가슴패기를 때려서 숨 쉬기가 힘들다고 말하고 싶었다. 니가 취했구나잉? 취했어. 삼촌은 검은 환약을 나에게 먹인다. 그것은 양귀비 씨앗으로 만든 것이다. 콩을 다 깔 동안 취기가 가라앉을 것이니 콩을 까라. 나는 콩을 깐다. 가슴 한복판이 서늘해진다. 배 속은 뜨거워진다. 콩을 다 까는 동안 가슴은 뜨거워지고 배 속은 차가워진다. 외삼촌은 깐 콩 한봉지와 강아지 한마리를 준다. 누이를 생각하면 날마다 눈물이 나온다고 말한다. 외삼촌이 울지 않는다는 것을 나는 안다. 아버지나 외삼촌이

나 이 고장 남자들이 우는 것을 나는 한번도 보지 못했다. 이 고장 남자들은 울지 않고 화를 낸다. 그놈을 생각하면 이가 갈린단다, 이가 갈려. 외삼촌이 말하는 그놈은 우리 아버지다. 나는 신작로를 달려 도라지밭 앞에서 멈춘다. 입술을 달싹여 어머니를 불러본다. 엄머이. 도라지밭은 조용하다. 나는 저수지 둑 위로 잽싸게 올라선다. 저수지 물은 검다. 검은 물은 고요하다.

개는 집에 데려가지 못한다. 개들은 우리 집 닭들을 잡아먹는다. 개들이 우리 집 닭들을 잡아먹는 것은 우리 집 터가 좋지 않아서라고 마을 사람들은 말한다. 개들이 닭을 잡아먹고 사람이 개를 잡아먹고 그다음에는 집이 사람을 잡아먹을 거야. 계곡물에 잠긴 여자들이 말했다.

갈퀴손의 사립문에는 능소화가 피었다. 능소화 꽃가루는 눈을 멀게 한다. 나는 능소화 아래를 눈을 꼭 감고 지나간다. 내가 전쟁터에서 뼈 맞추는 기술을 익혔지. 아직 손이 날아가지 않을 때였어. 나는 감나무 밑 의자에 길게 눕는다. 입을 찢어지도록 벌려봐라. 아이고 입이 벌써 찢어졌구나. 거짓말을 많이 하면 입이 찢어진단다, 입이 찢어져잉? 이빨이 우두둑 뽑힌다. 비릿한 피가 입속에 고인다. 어금니가 빠진 자리가 폭탄 맞은 것처럼 파였다. 나는 아버지가 아프다고 말하고 싶다. 말하지 말고 솜을 물고 있어라. 아버지가 아파요. 솜을 문 내 입에서 나오는 말을 갈퀴손은 알아듣지 못한다. 언니가 아파요. 말을 하지 말고 솜을 물고 있으래도 그러냐. 나는 입을 다문다. 나는 갈퀴손에게 외삼촌 집에서 가져온 강아지를 준다. 콩은 가져가서 먹어라. 강아지는 명년에나 먹을 수 있을 것 같구나잉?

아버지는 술이 떨어졌다고 화를 낸다. 애비는 아파 죽겠는데 어디를 처싸돌아댕기냐? 아버지의 다리는 붉고 푸르고 검다. 갈퀴손한테 가서 이빨을 뽑고 왔다고 말하면 아버지는 나를 죽일 것이다. 아버지는 화가 나서 술을 마시고 술을 마신 것이 또 화가 난다. 나는 아버지의 붉고 푸르고 검은 화에 쫓겨나온다. 밤은 붉고 푸르고 검다. 밤도 화가 났다. 나는 밤에게도 쫓겨 헛간으로 들어간다. 헛간에는 닭과 염소와 토끼가 있다. 그것들은 서로를 잡아먹지 않는다. 그러나 나는 닭을 잡아먹을 것이다. 겨울에는 토끼도 잡아먹을 것이다. 염소는 장에 내다팔 것이다. 나는 염소를 팔고 돼지를 살 것이다. 돼지를 팔아서 소를 살 것이다. 절대로 죽지 않는 소를 살 것이다.

염소를 데리고 장으로 간다. 밤새 내린 이슬이 종아리를 적신다. 물이 들어간 신발에서 찔크덕찔크덕 하는 소리가 난다. 도라지밭 위로 안개가 뭉실뭉실 피어오른다. 염소가 매애애 두번 운다. 나는 어머니를 한번 불러본다. 엄머이, 엄머이. 적막하다. 나는 언니를 한번 불러본다. 서엉, 서엉. 아무도 나오지 않는다. 염소가 두번 운다. 나도 염소를 따라 매애애매애애 두번 운다. 딸꾹질이 나기 시작한다. 매매애애 딸꾹 매애애 딸꾹은 스무번쯤 나오다가 그친다. 장터는 적막하다. 장세 받는 남자가 내 앞에 우뚝 선다. 그는 친절하게 묻는다. 염소 팔러 나왔구나. 나는 대답하지 않는다. 왜 대답이 없냐? 내 말들은 대나무밭 속에서 깨졌다,고 나는 입속으로만 말한다. 뭐라고 우물우물하냐? 나는 숨을 몰아쉰다. 장사를 하려면 돈을 내야 한단다. 나는 염소를 몰고 돼지장수에게 간다. 돼지장수가 염소와 돼지를 바꾸자고 한다. 나의 늙은 염소는 새끼돼지가 된다. 돼지는 내 품에서 발버둥을 친다. 검은 털이 매끄럽고 주둥이는 뾰족하다. 나는 돼지를 꽉 끌어안고 장터를 걸어간다. 우시장은 벌써 문을 닫았다. 나는 돼지를 소로 바꾸지 못하고 집으로 돌아온다. 신작로 가에는 미루나무가 무성하다. 미루나무를 뒤로 빠르게 보내며 검은 지프차가 달려온다. 버스엔 손을 흔들고 지프차엔 경례를 붙여야 한다고 마을 이장이 방송을 했다. 나는 지프차에 경례를 붙였다. 돼지가 내 품에서 벗어났다. 돼지는 순식간에 사라졌다. 검은 점이 풀숲에서 왔다 갔다 한다. 나는 돼지를 잡으러 풀숲으로 뛰어든다. 돼지는 더 멀리 도망간다. 뱀 허물만 내 손에 잡혀 있다. 어디선가 사람들이 와그르르 웃는 소리가 난다. 도야지가 산으로 가네, 산으로 가. 나는 뱀 허물을 소리 나는 쪽으로 던진다. 아이, 니 사루마다를 던져봐라, 니 사루마다를 던져봐. 나는 사루마다를 입지 않았다. 산에서 꽥꽥 소리가 난다. 나는 산으로 뛴다. 신발이 벗겨진다. 신발보다 꽥꽥꽥 소리가 더 가깝다. 사루마다를 던지라는 소리가 우우우 나를 따라온다. 도야지가 물속으로 들어가네, 물속으로 들어가. 나는 물속으로 들어가지 않는다. 삼채 형 일채와 귀옥이 오빠 귀택이가 물속으로 들어간다. 돼지가 일채와 귀택이 손으로 들어간다. 사루마다를 주면 돼지를 줄게. 사루마다를 주면 돼지를 줄게. 사루마다를 주면 돼지를 줄게……

풀 짐을 진 삼채가 작대기에 신발을 매달고 온다. 신발은 한짝이다. 삼채가 이번에는 아무 말 않고 지나간다. 뒤에서 신발이 날아온다. 한짝은 네가 찾아라잉. 신발 한짝은 저기에 있더라. 저기에는 배암이 우글거리고 지네가 구물거리고 땡끼벌이 진을 쳤더라.

나무는 버드나무다. 봄이면 벚꽃이 구름처럼 피어난다. 꽃이 피어나면 노인들은 살아서 또 꽃을 본다고 좋아라 한다. 꽃이 지고 잎이 나면 계집애들이 아기 띠를 나뭇가지에 건다. 계집애들이 아기 띠로 그네를 타는 동안 아기들은 땅바닥을 기어다닌다. 잎들에 물이 들면 총각들과 처녀들이 어디선가 오토바이를 빌려다 나무 아래 세워두고 사진을 찍는다. 사진사는 처녀 총각들의 사진 밑에 '환한 가을'이라거나 '가을의 추억'이라고 새긴다. 버드나무가 눈꽃을 두어번 피우고 나서 푸른 하늘에 빈 가지를 뻗친 사이로 솔개가 나는 겨울의 한복판, 환한 가을에 사진을 찍었던 무리 중에 누군가가 결혼을 한다. 그리고 봄에 꽃을 봐서 좋았던 노인의 상여꽃이 버드나무 빈 가지에 걸린다. 나는 나무 아래서 발바닥을 들여다본다. 나뭇잎 그림자가 내 발바닥을 핥는다. 뱀이 나무 뒤로 기어간다. 지네가 빠르게 뱀 뒤를 따라간다. 매미가 운다. 매미 울음소리에 놀란 땡끼벌들이 일제히 나무를 떠난다. 뱀과 지네와 땡끼벌은 어디에나 있다. 나는 신발을 찾으러 가기로 한다. 비켜라 비켜. 마을 남자들이 개를 끌고 왔다. 남자들이 망태기에서 개를 끌어내 버드나무 가지에 매단다. 몽둥이를 든 삼채 아버지가 아버지 화농은 가라앉았느냐고 물으며 몽둥이로 개 머리를 내리친다. 개는 깨갱 짧은 비명을 지르며 다리를 버둥거린다. 귀옥이 의붓아버지가 병원에 간 어매는 돌아왔느냐고 물으며 몽둥이로 개 머리와 몸통과 다리, 그리고 다시 머리를 내리친다. 개는 오줌과 똥을 싸며 축 늘어진다. 경자 삼촌이 가시내가 어른들이 물어도 대답을 안 하네, 대답을 안 해잉, 하면서 죽은 개를 나뭇가지에서 끌어내린다. 갈퀴손이 양은솥을 지게에 지고 온다. 이빨은 어떠냐고 물으며 지게에서 솥을 내린다. 재밌냐? 개는 이렇게 잡는단다, 흐흐흐. 가시내가 별것을 다 본다잉, 별것을 다봐, 내 등짝을 후려친다. 가시내들은 보면 안 돼잉, 오메 이 가시내가 하혈까지 해버리네잉. 남자들 눈이 일제히 내 아랫도리로 몰린다. 눈들을 빙글거린다. 빙글거리는 남자들의 눈길에 나는 쫓긴다. 찐득거리는 피는 허벅지를 타고 내려온다.

아버지는 봉숭아를 뽑아서 마당 가운데로 팽개친다. 망할 놈의 여편네가 오지를 않네, 오지를 않아잉. 아버지는 백일홍을 뽑아 장독대에 팽개친다. 너는 어디를 처싸돌아댕기다가잉? 분꽃을 뽑아 나한테 던지려다가, 내 아랫도리를 본다. 멘스를 허네잉, 멘스를 처해, 에라이 빌어먹을. 미처 던지지 못한 분꽃 무더기가 나를 덮친다. 아버지의 화농은 붉고 푸르고 검다. 붉고 푸르고 검은 화농이 씩씩거리며 나를 쫓아온다. 나는 달린다. 맨발은 쓰라리다. 나는 신작로를 가로지른다. 깃발을 단 지프차가 빵빵거린다. 비켜라, 비켜, 영부인이 저격당했다고 너도 뛰냐, 너도 뛰? 지프차가 뭐라는지 나는 알 수 없다. 나는 저수지 둑 위에서 멈춘다. 뜨거운 뭉텅이가 다시 한번 솟구치듯이 터져나온다. 저수지 물은 고요하다. 개미들이 내 발치로 몰려든다. 나는 저수지 둑 아래 도라지밭을 향해 어머니를 불러본다. 엄머이, 엄머이, 개미들이 올라탄 발등은 가렵다. 개미들은 허벅지를 타고 올라가 내 속으로 들어갈 것이다. 내 속에 들어가서 개미들은 내 속을 갉아먹고 내 뼈를 갉아먹고 내 살을 갉아먹을 것이다. 그러면 나는 가루가 되어 뜨거운 땅 위로 소복이 쌓일 것이다. 가루가 되기 전에 나는 저수지 둑 위로 올라간다. 저수지 물은 검고 고요하다. 나는 이번에는 날카롭게 어머니를 불러본다. 엄머이이이이이. 내 입속에서 나간 엄머이는 검은 물속으로 곤두박질친다. 해는 뜨겁다.

읍내의

개

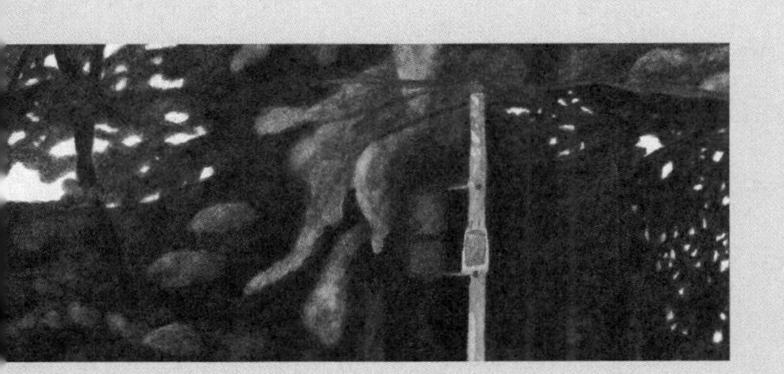

먼지는 사방에 켜켜이 쌓였다. 지붕 위 먼지는 비가 와도 씻겨 내리지 않고 떡이 졌다. 떡이 진 먼지 위로 풀이 돋았다. 원래 있던 나무들은 사람들이 자르고 뽑고 뿌리에 소금물을 부었다. 사람들은 기를 쓰고 나무를 죽였고 나무들은 사람을 피해서 기를 쓰고 돋아났다. 사람이 살지 않는 집 지붕 위로는 대나무가 솟았다. 사람의 발길이 닿지 않은 마당에 난데없이 아카시아가 무리지어 피어나고 또 아카시아 위로는 칡덩굴이 정글을 이루었다. 서까래가 내려앉은 집 변소 위로 솟아난 오동나무가 꽃을 피웠다. 오동나무가 솟아난 변소에서 아기를 발견한 사람은 파출소 옆 담뱃집 할머니였다. 아기는 순경들이 데려갔다. 순경들은 아기를 어찌해야 좋을지 몰라 다시 담뱃집 할머니한테 돌려줬다. 담뱃집 할머니 집에서 자라

난 길수는 한쪽 눈에 짙은 구름막이 덮여 있다. 길수가 먼지와 햇빛 속을 걸어오는 나에게, 개 찾아다니느냐고 물었다. 나는 대답하지 않았다. 길수가 내 등 뒤에 대고 욕을 했다. 씹년이 사람이 말을 해도 대답을 안 하네이, 크르릉 크크크. 내가 돌아보자 길수가 개 울음소리 같은 웃음을 뚝 그쳤다. 열다섯살짜리가 스무살인 내게 욕을 해서 돌아본 것은 아니었다.

길수는 욕을 섞지 않으면 말을 못한다. 길수 욕은 욕이 아니다. 나는 길수에게 우리 집 개를 보았느냐고 물었다. 길수가 읍내에서 일어나는 일은 모르는 게 없는 묘한 놈이라고 누군가 말한 것이 생각났기 때문이다. 개 울음소리 같은 웃음을 웃던 입을 다물고 구름막이 덮이지 않은 한쪽 눈을 찡그리며 길수가 보았다고 말했다. 길수가 가리키는 쪽 끝에 삼식이네 개소주집이 있었다. 개소주집 옆 공터에서는 온 동네 개들이 나와서 흘레를 붙는다. 결합이 된 채로 암캐가 수캐한테 질질 끌려간다. 두마리의 개는 돌멩이질을 당하거나 작대기질을 당하고 난 뒤 시나브로 풀어진다. 흘레를 붙었다가 치도곤을 당한 개는 고양이나 쥐를 봐도 쫓아갈 힘이 없다. 개들은 먼지와 햇빛 속에 주저앉는다. 주저앉은 개들은 먼지와 햇빛 아래서 고적하다. 공터 한옆에는 시멘트 벽돌이 쌓여 있다. 공터에 농협 창고를 짓는다고 했다.

개들이 흘레를 붙고 떠난 밤의 공터에서 영기를 만났다. 우리는 벽돌 뒤에서 만났다.

서로의 몸을 탐하고 나서는 딱히 할말이 없어서 무심코 벽돌을 훔쳐야겠다고 말했다. 영기가 너희 집 돈이나 훔쳐오라고 말하며 함부로 침을 뱉었다. 나는 그날부터 벽돌을 훔쳤다.

어느날 어머니가 문득,

이왕 가져오는 거 광에다 갖다놔라이.

나는 가져온 벽돌을 광에 쟁였다.

벽돌을 훔치기 시작하면서 사람들이 두려워졌다. 나는 읍내 거리를 실실 눈치를 보며 걸었다. 나는 삼식이한테 우리 집 개를 가져갔느냐고 묻고 싶었다. 물으면서 삼식이 눈을 자세히 관찰하고 싶었다. 눈빛이 흔들리는지 아닌지를 보고 싶었다. 그러나 삼식이가 네년이 벽돌 훔치는 것 봤다,고 할 것이 두려웠다. 나는 죄짓지 않고 살고 싶었다. 온 동네를 활개치며 살고 싶었다. 그러나 온 동네를 활개치며 살아가는 것은 개들뿐이라는 것을 읍내 사는 사람이라면 아이들도 알고 있었다. 우리 집에서 넘어간 호박을 옆집에서 따 먹고 시치미 뗐듯이 바람에 날아온 옆집 빨래를 나는 돌려주지 않았다. 옆집 중학생의 하얀 브래지어였다. 브래지어를 품속에 감추고 방에 들어와 이불을 뒤집어썼다. 죽을 것같이 뛰는 가슴이 진정되지 않아 이불 속에서 울었다. 어머니가 나를 툭툭 쳤다. 내가 빠끔히 내다보자 어머니는 쿡, 하고 웃었다.

중학생 부라자라. 오살나게도 작네.

어머니는 브래지어를 내 발치에 던져버렸다.

어머니는 전화에 대고 악을 썼다. 어머니의 악쓰는 소리는 쇠가 마찰하는 소리 같다. 어머니의 쇳소리를 견디기 위해 나는 숫돌에

칼을 갈았다. 가져다주지 않은 브래지어도, 광에 쟁인 벽돌도 쓸모가 없었지만 내가 윤나게 숫돌에 간 칼은 어머니 마음에 꼭 들었다. 어머니는 어머니의 언니가 줘서 가져왔다는 낙지를 내가 숫돌에 간 칼로 '탕탕이' 쳤다. 낙지들은 도마 위에서 산산이 부서졌다. 어머니가 언니라고 부르는 숙자는 읍내 유일한 목욕탕인 화정탕에서 어머니와 화투를 치는 사이다. 화투짝을 내리칠 때마다 검은 나일론 브래지어 밑으로 숙자의 뱃살이 출렁이는 것을 화정탕에서 목욕을 하는 읍내의 모든 여자들이 알고 있다. 전화는 어머니가 탕탕이 친 낙지를 안주 삼아 술기운이 막 올라 있을 때 왔다. 정다방의 정미는 어머니가 화내는 것이 즐겁다. 아버지의 연인 정미는 아버지와 함께 있는 시간보다 어머니가 화내는 것이 즐거워서 아버지와 연애를 하는지도 모른다. 정미의 목소리는 낮고 우아하다. 정미는 아버지와의 밀회 장소에서 어머니에게 전화를 걸었다. 그러고는 낮고 우아한 목소리로 말한다. 내가 지금 수정여관 305호에 당신의 남편과 함께 있어. 정미는 그 말이 하고 싶어서 아버지와 수정여관에 들어갔다. 정미가 바라는 대로 어머니는 태반이 욕인 쇳소리를 내뿜었다. 어머니의 술기운 오른 욕은 푸릇푸릇한 감자다. 푸른 감자욕은 싹이 오르고 꽃을 피운다. 감자욕이 꽃으로 만개할 즈음에 어머니 또한 화사하게 피어난다. 어머니는 전화를 받으며 줄곧 화장을 했던 것이다. 화장을 마친 어머니는 수화기를 바닥에 내려놓고 옷을 갈아입는다. 정미의 낮고 우아한 목소리가 가게 바닥에 깔린다. 정미의 목소리에서는 6월의 장미 향이 나는 것 같다. 읍내의 죄인들을 정미의 장미 향이 아름답게 감싼다. 정미의 장미 향에 읍내의 죄인들은 문득 숙연해진다. 문득 천진해지고 문득 해맑아진다. 조금 숙연해지고 조금 천진해지고 조금 해맑아진 죄인들은 정다방을 나와 다시 죄를 지으러 간다. 맹렬히, 명랑하게 읍내 거리를 활개치며 간다.

어머니는 당장 수정여관 305호로 가서 정미 머리채를 뒤흔들어 놓을 의지로 시퍼렇게 독이 올라 있다. 성장을 한 어머니는 아름답지 않고 기괴했다. 기괴한 아름다움으로 치장한 어머니는 수정여관으로 가지 않고 바닷가 횟집으로 갔다. 어머니가 군청의 전기공사 일을 바닷가 횟집에서 따냈다는 것을 나는 알고 있다.

긴 여름은 읍내 거리의 두터운 먼지에 갇혀 빠져나갈 기미가 없다. 가로의 드문드문한 플라타너스는 푸르기에도 지쳐 넓은 잎사귀들을 뚝뚝 떨군다. 잎사귀가 떨어지면 잎사귀에 붙어 있던 벌레들도 떨어진다. 통통하게 살찐 벌레들은 사람들의 발길에 툭툭 몸이 터진다. 삼식이 마누라는 길거리에 나뒹구는 마른 플라타너스 이파리처럼 물기가 없다.

개장사 한다고 우리를 개로 보는 거냐?

삼식이 마누라가 성마른 얼굴을 내 턱밑으로 들이민다. 나는 아니라고 대답한다.

아니라고? 그런데 왜 우리가 너희 개를 가져갔다고 우리를 개 취급하는 거냐?

나는 이제 삼식이 마누라가 정말 개 같다는 생각이 든다. 그래서 나는 개 같다고 대답한다. 삼식이 마누라는 발광하는 개가 된다.

우리가 너희 개를 가져갔다고 말한 것이 사실이냐?

나는 아니라고 대답한다. 그런데 왜 지금 내가 개 같다고 말하느냐고 악을 쓰는 삼식이 마누라 눈이 미친 개처럼 허옇게 뒤집힌다. 출입문 밖에서 삼식이가 빙글빙글 웃는다.

이 집 개는 우리 집에서 가져갔지. 몸에 좋은 약재를 넣어 푹푹 고아줬더니 지 아버지가 진작에 다 배 속에 들이부어버렸다네.

개 한마리를 배 속에 담은 아버지는 이따금 개소리를 내며 여자들을 희롱한다. 숙자가 집에 오자 아버지는 변소 문을 열어놓고 볼일을 본다. 숙자와 눈이 마주치자 아버지가 개처럼 컹컹 짖었다.

숙자가 내 귀에 대고 노래하듯이 속삭인다.

너희 어매가 바닷가 횟집에서 무슨 짓을 하는지 내가 알지. 그렇지만 말을 하지는 않을란다.

숙자가 눈을 찡긋거린다.

네 아부지는 이렇게 푸른 땡땡이 넥타이 매면 공무원보다 더 멋질 거야.

숙자는 어머니가 어디 간 줄은 알고 있지만 말을 하지 않겠다고 말하며 다 말한다. 다 말해놓고 말하지 않겠다고, 눈을 찡긋거리고 입을 오물거린다. 아버지가 들어오다가 숙자를 보고 컹컹 짖는다. 숙자가 자지러진다. 내가 훔쳐온 광 속의 벽돌 틈에 어머니가 감추어둔 돈이 있다. 나는 벽돌을 들추고 돈을 훔친다. 나는 광 속에서 훔친 돈을 공터 벽돌 틈에 감출 것이다. 풀어놓은 개가 집을 나가

듯이 나는 집을 나온다.

아버지가 싱글거리며 개 찾으러 가느냐고 묻는다.

나는 대답 대신 크르릉 짖어준다. 크르릉, 콱. 아버지가 던진 사기 재떨이가 마당을 덮은 시멘트 위에서 파삭 깨진다. 숙자가 기함이 드는 시늉을 하며 깔깔거린다. 이 집에는 야생화 천지구나, 헛소리를 하면서.

어둠 속을 걸어오는 내게 길수가 어매 찾으러 가느냐고 묻는다. 나는 대답하지 않는다. 씹년이 대답을 안 하네이, 네 어매는 저어기에 있단다. 불빛이 깜박이는 곳을 가리킨다. 성장을 하고 나간 어머니는 바닷가 횟집에서 공무원들과 함께 술을 마실 것이다. 전기공사 일을 몰아준 사례를 할 것이다.

어둠 속의 공터는 반딧불이 깜박인다.

나는 모기 때문에 죽을 것 같은데 너는 벽돌 속에 뭘 감추는 거야, 뭘 감춰.

영기가 어둠 속에서 불쑥 나타나 내 가슴을 움켜쥔다. 아픔 때문에 비명이 터져나오는 내 입을 영기가 틀어막는다. 영기 손바닥에서 담뱃진과 썩은 감자 냄새가 섞인 냄새가 난다. 지난겨울 고등학교를 졸업하고 이곳에 남은 사람은 나와 영기뿐이다. 영기는 내 블라우스의 단추를 풀며 숨 가쁘게 말했다. 돈이 모이면…… 둘이 함께 이곳을 떠서…… 성공하기 전에는…… 절대로 돌아오지 말자이. 절대로이, 하면서 영기는 내 손가락에 깍지를 꼈다. 영기는 내 몸을 결사적으로 압박해오며 왜, 힘들어? 돈이 없어서 힘든 거야?

숨차게 묻는다. 나는 숨이 막혀 대답할 수가 없다.

벽돌 속에 돈을 감췄어.

내 몸에서 떨어져나간 영기가 벽돌 속의 돈을 움켜쥐고 내뺀다. 벽돌 무더기 뒤에서 나타난 길수가 염소 울음소리 같은 소리로 웃어젖힌다. 매매애애애애.

영기는 난실이한테 간다네. 볼따구가 통실통실한 난실이는 밤마다 영기하고 삐꾸를 한다네, 매애애애애.

이것을 숙자년이 줬단 말이지이? 정미년도 모자라서 숙자년까지이?

어머니는 아버지의 푸른 땡땡이 넥타이를 마루 대들보에 걸고 고리를 만든다. 식구들이 돌보지 않는 여름 뜰에 강아지풀, 바랭이, 비름, 명아주들이 희희낙락이다. 아버지는 입속에 치약 거품을 문 채 풀들을 뜯는다.

누구는 쌔빠지게 못 마시는 술까지 먹어가매이?

어머니는 고리 밑에 의자를 놓는다.

살아보자고 발버둥치고 있을 때이?

아버지는 양치질을 하면서 우엑거린다.

간이 안 존가, 어쩐가, 우엑우엑.

어머니는 고리 속으로 머리를 집어넣는다.

어떤 년놈들은이 대낮에 버젓이 여관에서이?

아버지는 양치질을 마치고 푸억거리며 세수를 한다.

어이, 간에는 질 좋은 단백질이 좋다네, 푸억푸억. 요번에 공사대금 받으면 고단백 위주로 식단을 전환하자고.

가게에서 전화벨이 울린다.

전기공사를 할 인부들이 아침밥이 왜 안 오느냐고 하네애.

어머니가 고리에서 머리를 뺀다. 어머니가 웃는다. 어머니는 숫제 구르듯이 웃는다. 아버지가 웃는다. 웃음의 끝에 욕을 갈긴다. 욕을 갈기고 또 웃는다. 어머니는 욕을 해대며 신나게 인부들 밥을 한다. 정다방은 아버지의 사무실이고 바닷가 횟집은 어머니의 사교장이다. 공무원들은 아버지의 사무실에서 근엄하고 어머니의 사교장에서 즐겁다.

풀어놓은 개가 집을 나가듯이, 나는 집을 나온다. 가게 안 보고 어디 가느냐고 어머니가 악을 쓴다. 개 찾으러 간다고 말하고 싶지만 그만둔다. 그 대신 내가 개가 된다. 나는 어머니를 향해 크르릉 짖는다. 오메오메오메…… 어머니의 오메는 두영전기 먼지 낀 슬레이트 지붕으로 날아오른다.

며칠 전부터 저것이 개가 되었다네, 자네가 참소, 참아.

아침 해는 떠오르기 전부터 이미 달구어졌다. 담뱃집에서 막 눈곱을 떼고 나온 길수가 이른 아침의 열기에 눈을 뜨지 못한 채 묻는다.

난실이한테 가는구나, 크르르릉 크크크.

내가 돌아보자 길수가 개 울음소리 같은 웃음소리를 뚝 그치고 가리키는 곳은 산이다. 산속에 난실이네 농막이 있다. 산길을 헤치고 올라가는 동안 치맛단이 흠씬 젖었다. 젖은 종아리를 사나워진

쇠뜨기가 할퀸다.

누구를 찾아 첫새벽에 산을 올라왔냐이?

종길이가 미간을 찌푸리며 근심을 지어낸 표정으로 나를 반긴다.

보드라운 종아리를 못된 쇠뜨기가 와구와구 할퀴었구나이? 아이고오, 이 보드라운 살결을 천하의 못된 쇠뜨기란 놈이, 에라이, 호오.

난실의 삼촌, 종길이 나를 결박한다.

아이고, 이런 이쁜 종아리를 호오.

나는 꼼짝없이 종길이의 개가 된다.

다친 데는 이렇게 핥아줘야 낫는단다. 짐승들도 다치면 지 살을 지가 빨아준단다.

숲에서 아침 벌레들이 운다.

찌르르르, 총총총.

산짐승들이 고구마밭을 결딴 낸단다, 아주 결딴을 내부러.

종길은 얼금뱅이다. 곰보딱지가 떨어져나간 자리마다 접시꽃 씨앗 같은 무늬가 촘촘하다. 너도 얼금뱅이가 싫은 모양이구나이. 그년도 나를 싫어했지. 싫다고 도망가는 년을 잡아서 다리를 분질러놨단다. 다리가 새다리처럼 톡, 하고 부러지더라.

찌르르르, 총총총.

날마다 너하고 나하고 함께 산짐승을 지키자꾸나. 그래야 겨울에 고구마를 먹지이? 너하고 나하고 사이좋게 고구마를 삶아도 먹고 구워도 먹자. 고구마밥도 꿀맛이지, 아무렴. 너하고 나하고 함께 라면 하다못해 떫은 명감도 능금 맛일 테지.

해는 농막을 찌를 듯이 비춘다.

시내로 가는 버스 안은 달구어진 솥 같다. 읍내에서 시내로 가는 보따리들이 버스 안에서 뒹군다. 읍내의 늙은 여자들은 시내의 노상에서 보따리 안의 푸성귀를 판다. 푸성귀는 차지고 기름지다. 읍내 사람들은 읍내를 버리고 시내로 간다. 읍내 사람들은 읍내 사람들이 개새끼들이라고 말한다. 시내 사람들은 읍내 사람들이 개새끼인 줄도 모르고 개새끼들이 가져온 것들을 사준다고, 깔깔 웃으며 읍내 사람들은 버스를 타고 시내로 차지고 기름진 푸성귀를 팔러 간다. '띠띠가루'를 듬뿍 쳐서 매끄러운 푸성귀를 시내 사람들한테 팔고 시골 사람들이 가져온 구멍 숭숭 뚫린 푸성귀를 사서 읍내로 돌아온다. 제과점 앞에서 운전사가 외쳤다.

가시내야, 내리냐, 안 내리냐.

나는 대답 대신 크르릉 한번 짖었다.

저, 씹할년이, 큭큭큭큭.

웃고 웃으면서 욕을 하는 운전사는 읍내 사람이다.

높은 데서 데굴데굴 구르면 배 속의 씨가 떨어진다지?

난실은 배 속의 그 '씨'를 죽이기 위해 산으로 갔다.

산에 갔는데 까딱 잘못하면 내가 죽을 것 같더라고.

갖은 고난 끝에 병원에서 깨끗하게 씨를 없애고 나온 난실은 신이 났다. 팥빙수의 얼음이 손톱만큼씩 내려앉는다.

영기가 준 돈이 수술하고도 좀 남았어. 팥빙수 말고 딴 거 먹을래?

나는 얼른 팥빙수를 한숟가락 떠먹는다.

차가운 것이 갑자기 들어와서인지 딸꾹질이 나온다. 딸꾹질은 이내 크르릉, 킁킁으로 바뀐다.

영기가 수술할 돈을 줄 줄은 생각도 못했어.

난실은 새처럼 지저귄다. 씨를 없애고 난 난실은 행복하다.

팥빙수가 싫어?

나는 얼른 또 한숟가락 퍼먹는다. 어금니가 따끔 아려온다.

맛있는 것 먹으면서 오만상을 찡그리는구나?

따끔을 신호로 어금니가 불이 붙은 듯 아려온다. 이빨 때문에 기분은 더욱 개같아진다.

크르릉 킁킁.

내 말이 불편하다 이거지? 그러면 계속 그래라, 개같이.

나는 개같은 게 아니고 개라고 말하려다 참는다. 여차하면 너를 물어뜯어버릴 수도 있다고 말하는 대신 다시 한번 세게 크르릉 한다.

나, 수술한 지 한시간밖에 안 돼서 좀 아파, 너무 놀라게 하지 말아줘.

나는 그럴게,라고 말하고 싶었으나 이번에는 컹컹 짖는다. 난실은 약이 올랐다.

씹할년. 내가 못 본 줄 아냐?

나는 짖는 것을 겨우 멈춘다.

내려오면서 농막에서 삼촌이 너한테 뭔 짓을 했는지 봤다고, 등

신아.

영기가 너한테 무슨 짓을 했는지도 알고 있다고 난실은 말한다. 제과점 밖 시내 거리는 먼지가 떡이 진 읍내 거리와 다른 풍경이다. 포도에 내려앉은 햇빛이 유리처럼 반짝인다. 팥빙수 얼음은 이제 그릇의 가장자리까지 내려와 있다. 내가 그랬던 것처럼, 너는 이제부터 그것이 아니라고 판명되는 날까지 피가 마르는 날을 살아야 할 것이라고 난실은 말한다. 난실이 임신이라고 말하지 않고 그것이라고 한 것은 주변 사람들을 의식해서다.

그런데 너는 나보다 더 복잡하겠다이? 영긴지, 종길인지 알 수가 없잖아?

난실의 이마에 주름이 잡힌다. 난실의 머리가 하얘진다. 난실의 입가에 팔자주름이 깊게 그어지고 눈 밑이 검어진다. 나도 그럴 것이다. '그것'인지 아닌지 판명이 날 때까지는. 혹은 그것의 원인 제공자가 영긴지, 종길인지 알게 되기 전까지는.

나의 개는 기가 죽는다. 개인 나는 꼬리를 내리고 몸을 동그랗게 말고 아무도 찾을 수 없는 헛간 같은 데로 숨고 싶다. 깊고 어두운 헛간에서 깊고 어두운 잠을 자고 싶다. 끄으응, 끄르륵.

나는 갈란다, 너는 계속 그렇게 있어라, 개같이이?

난실이 영기가 준 내 돈으로 팥빙수 값을 치른다. 나는 제과점 문을 열고 나가는 난실을 물끄러미 바라본다. 내 개는 혼자 운다.

끄으응, 끄르륵.

그렇게 두어번 울고 나니 기분이 조금 나아진다. 제과점 점원이

제과점을 나오는 내 뒤에서 개 흉내를 낸다. 나는 기습적으로 커엉, 짖어주고 제과점을 나온다.

어머니는 광복절 기념 콩쿠르 대회에 나갈 연습을 한다. 한쪽 눈에 콜라병 마개를 덮고 거울 앞에서 몸을 흔든다. 어머니의 육중한 가슴이 벽에 가서 부딪히고 둔중한 엉덩이가 방바닥을 밀어낸다. 온 방 안에 어머니의 가슴과 엉덩이가 가득 찬다. 횟배가 돌 때 그런 것처럼 입안에 신물이 고인다. 나는 마당에 아무렇게나 돋아난 비름잎을 뜯어 씹는다. 비름잎은 미끄러워서 입속에서 금방 없어진다.

고짓말이야고짓말이야고짓말이야고짓말이야아아아아, 숨넘어가게 하다가 문득 묻는다.

돈이 비었더라이.

나는 명아주 잎을 뜯어 씹는다. 명아주 잎은 시고 달큼하다. 쓰고 비리다.

싸아랑도오고짓마알우씀도오고짓말, 돈 내놔라이,

나는 바랭이 잎을 씹는다. 바랭이가 뻣세서 혀를 베는 것 같다.

우씀쏘개만나고눈물쏘개헤여져, 요새는 개도 풀을 뜯는갑구나이.

내 속의 개가 꿈틀거린다.

다씨싸랑아느리이. 말 안 듣는 개는 후드려 패야이?

어머니 손에서 오두방정을 떨던 탬버린이 내 머리를 후려친다. 내 속에서 꿈틀거리던 개가 쏜살같이 튀어나와 어머니 팔뚝을 문다. 이번에는 어머니가 개가 된다. 나는 개를 피해 달아난다. 개가 된 인간을 피해 달아나는 개가 된다. 담뱃집의 길수가 크릉거린다. 애애애애앵, 군청에서 알려드립니다. 가뭄으로 인해 제한급수를 실시합니다. 홀수 날은 1반 짝수 날은 2반에 급수를 할 예정이오니 주민 여러분께서는 미리 대비하여주시기 바랍니다. 애애애앵. 방송차 뒤로 날리는 먼지가 나를 덮친다.

대밭 너머 영기 집은 가뭄에도 습기가 차 있다.

난실이가 닭죽을 쑤어왔더라. 가시내가 영판 수말스럽더라이. 나이는 영기보다 많아도 어린것보다는 낫제이. 난실이 아부지가 약조를 했단다. 영기가 기술만 잘 배우면 기술자도 시켜주고…… 가게도 물려줄란가, 어쩔란가아.

영기 어머니는 습기 찬 헛간에서 썩은 감자알을 추린다. 영기 어머니는 썩은 감자로 감자떡을 만든다. 영기가 난실네 목공소에서 돌아오면 영기 어머니는 영기에게 썩은 감자떡을 준다.

영기가 기술만 배우면 썩은 감자떡을 먹겠냐이. 그러냐 안 그러냐? 만날 감자밥만 먹어서 감자같이 노래진 우리 아들 영기가 기술만 배우면…… 시내로 가 살아야제이. 사람은 시골 살든지 시내 살든지 좌우간 읍내는 사람 살 데가 아녀, 개나 살지.

썩은 감자 밑으로 구더기가 굼실굼실 기어간다. 구더기도 썩은 감자 색깔이다.

시내 목공소 이층 다방에 마음약해서잡지못했네가 울려퍼진다. 영기가 노래를 듣고 있다가 짜라라짜짜짜만 따라 부른다.

너희 집에 갔더니 여기서 목공기술 배운다고 하더라?

짜라라짜짜짜.

재밌냐?

짜라라짜짜짜가 재밌지, 너도 한번 해봐라, 짜라라짜짜짜.

내가 왜 왔는지 알지?

내가 모른다고 하면 어쩔 건데? 짜라라짜짜짜.

네가 벽돌 속의 내 돈을 가져가서 난실이 수술비를 하지 않았느냐,고 말해야 하는데 턱이 떨려와서 소리가 잘 나오지 않는다.

농막에서 무슨 일이 있었는지 아무도 모르는 줄 알지, 넌?

영기 다리가 방아깨비 다리처럼 건들거린다.

내 돈 줘.

왜? 짜라라짜짜짜.

내 돈이니까.

종길이한테 달라고 해. 짜라라짜짜짜.

내 속의 개가 내게, 물까?라고 묻는다.

물어.

내 속에서 개가 튀어나온다.

이런 개같은 년이.

영기가 나, 아니 나의 개, 개인 나한테 물린 다리를 움켜쥔다.

읍내가 개판이더니, 너야말로 완전 개년이구나이.

영기가 개를 피해 달아나듯 뛰어간다.

광복절 경축 행사가 열리는 공설운동장의 만장하신 내외빈들 중, 내빈인 군수, 읍장, 농협조합장, 축협조합장, 경찰서장, 우체국장, 의용소방대장, 청년회의소 회장, 로타리클럽 회장, 라이온스클럽 회장, 4H 회장, 통일주체국민회의 대의원, 새마을지도자 회장, 예비군 대대장, 중대장, 소대장이 축구를 보려고 축구시합장 정면 천막 안에 새마을모자를 쓰고 밀랍인형처럼 딱딱하게 굳은 표정을 하고 앉아 있다. 축구장 앞에 앉아 있지만 내빈들의 눈은 자꾸 콩쿠르 대회 쪽으로 쏠린다. 무대 위의 어머니는 부풀어오를 대로 부풀어올랐다. 고짓말이야고짓말이야고짓말이야아아아아아, '고짓말'은 풍선이 되어 먼지와 햇빛 속으로 날아간다.

회장님 사모님이 아주 명카수이십니다이,라고 말하는 의용소방대장이 어머니의 옛날 애인이라는 것을 청년회의소 회장인 아버지는 알고 있다.

드리블, 그렇지, 드리블하다가 왼쪽으로 살짝 진철이한테 패스해서 진철이가 아이쿠 저 개새끼, 볼을 놓치네.

아버지는 딴청이다. 공설운동장이 어머니의 노랫소리로 후끈 달아오른다. 회장님 사모님은 창을 하셔야겠어, 목청이 아주 그냥……

목청이 그냥 돼지 멱을 따는구먼, 하려다가 끝말을 삼키는 축협조합장은 제 친구의 동생이라는 군청 건설계장을 소개해주겠다고 소개비조로 금품을 요구한 자다. 풍선이 된 어머니의 '고짓말'은 결국 땡, 소리에 퍽, 터지고 말았다.

김추자보다 더 김추자 같았는데, 땡 친 놈이 누구야, 엉?

한창 좋았는데 김새게 말이야,라고까지 하려다가 입을 다무는 예비군 중대장이 다리를 놓아준 건설과장에게 아버지는 뒷돈을 주고 술을 사주며 군 문화원 전기공사 일을 따냈다.

성수 저 개새끼는 볼을 어디로 끌고 가는 거야, 오오오, 그래그래, 잘한다 옳지, 진철아 슛 날려 날리라니까 뭐하냐아?

축구시합을 보는 사람은 아버지뿐이다.

다음에 모실 분은 매혹의 저음 허스키한 목소리의 주인공, 까페 정의 마드무아젤, 김정미 양입니다.

조용히 비가 내리네, 추억을 말해주듯이……

후끈 달아올랐던 공설운동장이 일순 조용해진다. 그제야 아버지도 콩쿠르 대회 쪽으로 고개를 돌린다.

채은옥이보다 더 채은옥이 같네애.

정미는 발끝에서 머리끝까지가 달라, 차원이 달라.

정미가 오직 어머니한테만 야비하게 군다는 것을 사람들은 모른 척한다. 정미가 아버지 애인이란 걸 모두가 알지만 아무도 말하지 않는다. 말하는 순간, 정미가 청년회의소 회장만의 애인이 되는 것을 군수도, 읍장도, 경찰서장도, 우체국장도, 농·축협 조합장도, 의용소방대장도 로타리, 라이온스 클럽, 4H 회장도, 통일주체국민회의 대의원도, 새마을지도자 회장도, 예비군 대대장, 중대장, 소대장도, 바라는 바가 아니다. 축구시합이 끝나갈 때쯤 콩쿠르 대회도 끝난다. 팡파르가 울려퍼지고 대상 김정미가 단상 위로 다시 올라온다. 트로피와 꽃다발을 안은 김정미가 다시 조용히 비가 내리네, 추억을 말해주듯이, 속삭이듯이 노래한다. 조용한 정미의 속삭임이 공설운동장에 가득 찬다. 김추자보다 더 김추자 같은 어머니가 채은옥이보다 더 채은옥이 같은 정미를 때려눕히는 돌발사태가 벌어지기 전까지는. 정미가 노래를 마치고 단상을 내려오기를 기다리던 어머니는 그러나 어느 순간 자제력을 잃었다. 이제부터 진짜 굿이 시작되었다고 누군가가 휘파람을 분다. 아버지는 슬그머니 사라진다. 나는 아버지를 쫓아간다. 내가 쫓아가자 아버지는 더 빠르게 사라진다. 아버지는 공설운동장을 나와 읍내 거리를 가로질렀다. 아버지가 돌아본다. 돌을 던진다. 넥끼. 나는 주춤한다. 다시 아버지를 쫓아간다. 아버지가 또 돌을 던진다. 개 한마리가 자꾸 쫓아오네이, 자꾸 쫓아와. 아버지가 던진 돌이 내 이마를 때린다. 내가 고꾸라진다. 담뱃집 길수가 크르릉, 튀어나온다. 나 대신 길수가 아버지를 쫓는다. 그렇게 두 사람은 사라졌다. 햇빛과 먼지 속으로.

마두영 회장의 싸모 이춘자 씨와 정다방 마담 김정미 씨가 광복절 경축식장에서 사소한 감정싸움이 커져서 육탄전으로 비화됐어요. 싸움이 벌어지자 두영전기 마두영 회장님이 우세스럽다고 현장을 떠나데요. 왜 안 그렇겠어요. 명색이 청년회의소 회장 신분인데이. 공설운동장 가녘을 어정거리던 개 한마리가 마회장 뒤를 쫓아가데요. 그 집 갠가, 해서 내비뒀죠. 주인이 어디 가면 따라가는 것이 개들의 생리니까.

라이온스클럽 회장의 진술이다.

광복절날 두영전기 마사장님이 어디로 급하게 가데요. 어디 가시냐고 인사를 하니 손을 휘휘 내저어요. 좀 있다가 길수가 또 급하게 오데요. 나를 보고 크르릉, 짖어요. 노상 그러니, 그런갑다, 하고 들어와서 짜장면을 볶았습니다이.

북경루의 성춘이가 본 것은 거기까지다.

종길이는 다른 책상에서 조사를 받는다.

니가 성미자를 강간했잖아. 그래서 성미자가 너를 고발한 거야.

종길이 웃는다.

웃어? 강간범이 웃네이, 웃어이. 콩밥을 먹어봐라, 웃음이 나오나.

너는 어딜 보냐, 여기에 네 아버지 실종사건 당일날 네가 뭘 어디서 어떻게 했는지를 자세히 써라.

저는 햇빛 속을 걸어갔어요. 먼지 속이죠. 먼지와 햇빛 속이었어요. 먼지와 햇빛 속에서 아버지가 말했어요. 넥끼, 집에 가라. 나는 그래도 아버지를 따라갔어요. 아버지한테 할말이 있었어요. 그런데 아버지가 나를 개로 봤어요. 개로 보고 나한테 돌을 던졌죠. 내 이마에서 피가 났어요. 나는 먼지 속에 주저앉았죠. 나 대신 길수가 아버지를 따라갔어요. 햇빛이 너무 셌어요. 햇빛이 너무 세서 두 사람이 잘 보이지 않았죠.

읍내를 떠날 돈이 필요해서 아버지를 따라갔다는 말은 쓰지 않는다.

니가 흉악범이란 걸 아냐, 모르냐, 얼금뱅이면 다냐?

성미자도 좋아서……

넥끼, 개같은 놈아, 개들도 너같이 억지로는 안 한다더라. 또 웃네이, 또 처웃어이.

어딜 보냐, 어딜 봐, 자아 보자, 진술서가 순전히 햇빛과 먼지 타령이네이, 가시내야, 네 아부지가 없어졌는데 너는 차암 한가롭다이.

종길이가 나를 보고 웃는다.

웃지 마, 이 흉악범아.

조사관이 종길의 머리를 후려친다.

나는 진술서에 도장을 찍고 경찰서를 나오다 다시 들어간다. 종길의 코앞에서 크르릉 콱, 짖어준다.

종길이 비명을 지른다.

뭐여, 저년, 진짜 개여?

대답 대신 다시 한번 사납게 짖는다.

크르릉, 크억.

거리의 먼지는 여전히 두텁고 햇빛은 여전히 사납다.

어머니는 아버지의 실종의 처음에 대해 말한다.

내가 지 애인하고 싸우는 것이 우세스러웠던 모양입디다. 그렇다고 해도 한마디 말도 없이 이레가 넘도록 어딜 가서 처박혀 있는지 모르겠소.

아줌마, 이 소케트는 얼마짜리요?

사흘째 되던 날 내가 신고를 했소. 경찰이 얼른 찾아서 끄집고 오라고이. 소케트 셋, 도란스 한대, 전선 십메다, 어디 보자 합이…… 경찰 이 새끼들이 국민들 세금 꼬박꼬박 처받아먹으면서도 사람 하나를 못 찾소, 못 찾는 것이 아니라 안 찾는 거제이? 내 얘기 조금만 더 들어보시오. 나는 한이 많아. 누구한테라도 말을 해야겠어.

나가려는 손님을 붙잡는다. 손님이 빙글거린다.

어머니는 가슴을 쾅쾅 친다.

어디 가서 콱 뒈지기나 했으면 속이나 션하지, 숫제 사람 피를 말려? 지가 뭐여, 지가 뭐냐고오.

어디 가서 콱 죽어나버렸으면 좋았을 아버지가 열흘 만에 돌아왔다. 그날밤 두영전기 기물들이 경쾌하게 부서지고 명랑하게 깨지고 통쾌하게 날아갔다.

그러니까 열흘간이나 정미 집에서 살았다는 거지이?

어머니는 마루 위 대들보에 푸른 땡땡이 넥타이를 맨다.

누구는 식구가 죽었는가 살았는가 애간장이 다 녹든지 말든지이?

어머니는 넥타이 고리 밑 의자 위로 올라간다.

가장이 좀 없었다고 집이 나간 집이 되었구나

아버지가 입에 양치 거품을 물고 잡초를 뽑는다.

다리 밑에서 발견되었네. 낚시꾼이 허연 것이 동실동실해서 보니 틀림없이 길수라고 하드만. 그놈이 왜 물에 빠져 죽었는지 죽은 놈은 말을 안 하니 산 놈들이 어찌 알꼬. 어이, 길수가 죽었는데 술 한잔을 해야지, 안 그런가?

그놈이 죽었든지 살았든지 내 알 바는 아니고이, 하면서 어머니가 넥타이 고리 밑 의자 밑으로 내려온다.

양치질을 하고 세수도 하고 면도까지 마친 아버지가 말끔한 얼굴로 술병을 딴다.

식전 댓바람에 안주도 없이 처마시고 싶으까?

어머니가 아침부터 고기를 굽는다.

아침부터 고기를 굽는 것이 군청 공사대금이 입금되었나보네이?

나는 가게 안에서 마당을 향하여 크르릉 짖었다.

어머니도 아버지도 뉘 집 개가 짖냐, 하듯이 아무런 반응이 없어서 더 짖지는 않았다.

나는 길수가 어디다 돈을 감추는지 알고 있었다. 천장 속의 돈은 쥐가 갉아먹고 거미가 알을 슬고 그러고도 남아서 내 돈이 되었다. 해가 뜨기 전에 나는 담뱃집의 담뱃진 내 나는 돈을 전날, 양품점에서 구경하는 척하다가 훔친 비닐가방에 넣고 터미널로 곧장 갔다. 나는 먼 데로 갈 것이다. 먼 데로 가서 다시는 돌아오지 않을 것이다. 표를 구하기 전 화장실에 들어가 돈을 세어보고 싶었다. 가방을 여는데 통통한 거미가 먼저 나왔다. 거미는 내 발등 위로 툭 떨어졌다. 거미가 내 발 밑에서 토독 터지는 순간, 익숙하지만 언제나 낯선 묵직하고도 뜨거운 것이 아랫도리 쪽으로 훅 쏟아졌다. 속옷을 벗어 수습을 하고 매점으로 가는 걸음이 나도 모르게 통통거렸다.

제가 갑자기 터져서요.

나는 비굴하게 웃었다.

같은 여잔데 어때요. 혹시 속옷 없으면 제 것이라도.

친절한 매점 점원이 내게 빌려줄 속옷을 가지러 갔다. 점원이 켜 놓은 라디오에서 뉴스가 나온다.

지난 1일 잠실체육관에서 전두환 대통령의 취임식이 성대하게 열렸습니다. 대통령 찬가가 울려퍼지는 속에 전두환 대통령 내외가 입장하시는 잠실체육관 실내는 새 시대 새 대통령을 맞는 경축 분위기로 가득했습니다.

친애하는 국민 여러분, 내외빈 여러분, 오늘 본인은……

새 속옷이에요. 얼른 갈아입으세요. 속옷 값은 안 줘도 돼요.

나는 화장실에서 친절한 매점 점원이 준 속옷에 생리대를 채우며 점원이 하지도 않은 말을 혼잣말로 잇는다.

왜냐하면, 새 시대 새 대통령의 시대니까.

혼잣말은 급기야 콧노래가 된다.

매표구로 가는데, 내 앞에서 표를 구한 남자가 매표소 점원에게 악을 쓴다.

환불이 안 돼? 차가 떠나서? 내가 안 탔냐? 못 탔지. 잠깐 볼일 보는 사이에 말도 안 하고 가부러? 손님이 안 탔는데 차가 가부러? 세상이 개판이라 읍내 차부도 개판이냐?

호루라기를 불며 순경들이 들이닥친다.

너희들은 뭐냐, 오라, 개같은 정권의 개들이구나이? 개들이야이?

순경들이 악을 쓰는 남자를 결박한다. 차가 들어온다. 나를 먼 데로 실어다줄 차다. 나는 날렵하게 차에 오른다. 새 시대 새 대통령의 시대가 열렸다는데 어디를 간들 읍내보다 못하겠는가. 개같은 읍내여, 안녕, 하는 대신 나는 이제 막 떠오른 햇빛을 받아서 그 형체가 더욱 선명한 읍내의 먼지 낀 거리와 지붕들을 향해 컹, 한번 짖어준다. 해가 난 읍내 거리는 먼지 속에 가라앉기 시작하고 지붕들은 미동도 없다.

| 작가의 말 |

아주 오랜만에 내는 소설집이다.

이 소설집 속 이야기들은 어디서 어떻게 내게로 왔을까.

「행사작가」를 쓸 무렵에 나는 글은 쓰지 못하고 글하고는 상관없는 어떤 행사를 '뛰고' 있었다. 그 행사 후에 원고료보다 훨씬 많은 '행사비'를 받아서 뜨거운 햇빛 속을 눈을 감고 걸어서 집으로 왔다.

「순수한 사람」은 전북 임실의 운암호에서 본 한 풍경을 그린 소설이다. 산다는 것은 보고 들은 것을 기억하고 그 기억이 희미해지고, 또 그런 속에서도 몇가지는 체로 거른 듯이 잊히지 않아 이렇듯 글로 쓰이는 것들이 있는 것이다. 우리 어머니가 살아 계셨다면 어쩌면 이 소설에 나오는 어머니 같지 않았을까, 하는 상상을 해본다.

「오후 다섯시의 흰 달」의 주인공 '윤'이 꿈꿀 수 있는 '희망'이란 것이 존재할까? 묻는 순간에 명치끝이 저려오는 것을 어쩔 수 없다.

「은주의 영화」는 1989년 봄에 내가 보고 듣고 경험한 시간들에 대한 이야기다. 그 또한 체로 걸러진 기억들이다. 지금 생각하면 1989년은 내게 1980년보다 더 까마득한 옛날 같다. 그리고 옛날은 내게 지금보다 훨씬 선명하다. '선명한 시간'은 어떤 식으로든 말을 해야지 안 그러면 사람이 '시낭고낭' 앓게 되는 법이다. 그래서 시작한 이야기가 「은주의 영화」다. 「은주의 영화」는 언젠가 또다른 이야기를 내게 데려다주리라. 어쩌면 문 앞에 와 있는지도 모르겠다.

「염소 가족」처럼 자식이 평균 다섯 이상씩이던 가족의 형태는 이제 아스라하다. 내 세대가 그런 옛날식 가족의 형태를 경험했거나 기억하는 마지막 세대가 아닐까 싶다.

「설운 사나이」는 평택 '쌍용자동차 사태' 때의 이야기다. 그때 그곳에서 나는 배호 노래를 좋아하는 사내를 알고 있는 여인을 만났다. 그때 이후 그 여인을 만나지는 못했지만, 지금쯤은 그녀가 배호 노래를 좋아하는 '설운 사나이' 곁에서 살고 있을지도 모르고 또 그랬으면 좋겠다는 생각을 해본다.

'어머니가 병원에 간 동안', 나는 소꼴을 망태기에 담아 지고 오다가 검은 조기를 단 지프차를 만났다. 영부인이 저격당했다, 비켜라, 비켜. 그날 한낮의 뜨거움과 신작로의 매캐한 먼지를 기억했다. 아주 오랫동안.

「읍내의 개」에서처럼 내가 스무살을 향해 가던 무렵 세상에는 '큰 개' '작은 개'들이 곳곳에서 '발광'을 했다. 그 개들은 사납고 멍청하고 비굴하고 또 위압적이기까지 한 것이 고약했다.

이 소설들이 지금 세상의 어느 누구에게 가닿아서 그에게 어떤 식으로 말을 걸까. 말을 걸 수나 있을까? 혹은 누가 이 소설들에 말을 걸어오기나 할까? 소설이라는 물건이 세상에 의미가 있기는 할까? 나는 혹시 노래를 익혀 '밤무대 가수'로 사는 것이 더 낫지 않았을까? 그렇게 사는 것이 '존재 의의'로서는 좀더 윗길이지 않았을까? 소설이 세상에서 그리 유용한 물건이 아닐지도 모른다는 의심이 들기는 해도 어쨌거나 그럼에도 아랑곳없이 나는 앞으로 사는 동안은 소설을 쓰면서 살게 될 것이다. 내가 '소설'로밖에는 말을 잘 하지 못하는 사람이라는 것을 이제 나는 안다.

2019년 8월 담양 수북에서

공선옥

| 수록작품 발표지면 |

행사작가 ……『문학3』 2018년 2호

순수한 사람 ……『봄날은 간다』(섬앤섬 2011)

오후 다섯시의 흰 달 ……『너의 빛나는 그 눈이 말하는 것은』(창비 2019)

은주의 영화 ……『창작과비평』 2016년 봄호

염소 가족 ……『문학동네』 2017년 겨울호

설운 사나이 ……『실천문학』 2010년 여름호

어머니가 병원에 간 동안 ……『황해문화』 2017년 가을호

읍내의 개 ……『문학들』 2017년 가을호

은주의 영화

초판 1쇄 발행 • 2019년 8월 25일
초판 2쇄 발행 • 2019년 9월 27일

지은이 / 공선옥
펴낸이 / 강일우
책임편집 / 박지영
조판 / 한향림
펴낸곳 / (주)창비
등록 / 1986년 8월 5일 제85호
주소 / 10881 경기도 파주시 회동길 184
전화 / 031-955-3333
팩시밀리 / 영업 031-955-3399 · 편집 031-955-3400
홈페이지 / www.changbi.com
전자우편 / lit@changbi.com

ISBN 978-89-364-3799-2 03810